U0005924

佐々木護

阿房庵

警官之血

警官の血

THE POLICEMAN'S LINEAGE

上卷

Sasaki Joh

佐佐木讓

李漢庭——著

各界感動推薦

跨越漫漫時間長河，精采至極的警察系大河小說。——**路那　推理評論家**

偉大總是由渺小組成，警察史詩級的經典。扎實硬冷，難以忘懷。——**盧建彰　導演**

《警官之血》將昭和戰後至平成初期的社會動盪與變遷，以祖孫三代記的形式表現出來。當我們隨主角們經歷如五重塔大火、全共鬥、日本赤軍等歷史的事件殘跡，也透過與一般推理小說不同的警官之眼（駐在所巡查、公安、監察）切入「警察」整個組織，刨挖內裡，進而探問個人與團體之間的正義取捨、善惡分際等道德問題。——**寵物先生　推理作家**

《警官之血》是一部時空跨度宏大的推理小說，也是情感濃郁深刻的職人故事，事件的謎樣感觸動你我好奇探詢，追查真相的過程迫使眼球緊盯書頁翻讀下去。作者佐佐木讓藉此作勾勒出近代日本的樣貌，涵蓋了巨觀的國家社會變遷與微觀的百姓個人生活，在「罪惡－正義－刑罰」三者間展開敘事，並且以血的意象鋪陳種種無法斬斷的糾葛、滲染與傳承。——**冬陽　推理評論人．央廣「名偵探科普男」節目主持人**

《警官之血》並非本格派那麼重視推理、懸疑破案，是以社會寫實取勝的警察小說，但佐佐木讓以不輸純文學的細膩，書寫戰後日本警界運作，尤其是「公安」部門的陰暗面，令人讀來彷彿回到那個荒蕪卻充滿希望的年代。而三代警官的家族血淚，父祖的死亡，構成隱而不顯的人性背叛與掙扎，令人讀了欲罷不能。——**林慶祥　作家．鏡週刊社會組中部特派員**

臺灣版序

佐佐木讓

親愛的臺灣讀者：

此次拙作《警官之血》由臺灣木馬文化翻譯出版，心中充滿感激與喜悅。這是本書第二次翻譯成正體中文版，自己的作品能藉由翻譯讓外國讀者閱讀，之於小說家，可說無比幸福，同時藉此也成為從事創作的自信來源。

從《警官之血》的書名讀者不難想像，這是以警官為主角的小說。廣義來說，它被劃分在警察小說的範疇。只是，這不是一本關於警察的「犯罪搜查小說」，而是描寫祖父孫一家三代都是警官，「血脈」傳承的故事。第二次世界大戰後，日本社會變遷快速，在這樣的背景下，第一代主角、他的兒子以及孫子是在何種想法下投身警職，並且抱持什麼樣的價值觀、使命感、倫理觀來履行警察職務，這些才是故事的主題。書中描寫的時代，是從二戰才結束三年的一九四八年，到日本泡沫經濟破滅的二〇〇〇年，時間跨度足足有五十多年之久。

戰後的年代，不論風俗民情、社會制度與現今有極大的不同，日本年輕讀者讀起這本小說或許已稍感吃力；對臺灣讀者而言，除了世代的差距，可能還有地理與文化上的隔閡，是否會更難進入故事？我不免有些擔心，卻同時對於在這樣的時代決心翻譯、出版這部作品的出版社及其氣魄，感到讚嘆並心存感謝。

或許有讀者熟知，在日本警界有所謂的「駐在所」制度，不過較廣為人知的可能是由警署派出少數制服員警到地區執勤的「交番（KOBAN）[1]」制度。所謂「駐在所」，是警察與家人共同生活起居的地方，並且全天候守護該地區安全的一種制度。駐在所執勤的警察既是公權力的基層職員，同時也是該地區的居民。我想稱他們是擁有權力的公務員，倒不如說是維護地區安全的公僕更為適切。可以說在警察組織中，最親近市民的就是駐在警察了。

不同於其他警察，日本民眾往往會親切稱呼駐在警察為「駐在さん」。甚至在日本警察之中，因為憧憬成為駐在警察而報考警職者大有人在。

在《警官之血》中，第一代主角與兒子都選擇擔任駐在警察一職。而分派到不同單位的孫子，則不忘祖父與父親的理想與夢想，在自身崗位上努力著。誠摯希望這樣描寫東京警察一家的故事，也是一本能貼近臺灣讀者，並有所共鳴的小說。

二〇二一年七月九日

寫於東京古書店街的工作室

1 相當於派出所等基層警察機構。

人物關係圖

安城多津

清二的妻子

安城正紀

任職於電子設備製造商，積極參與工會運動。

民雄的弟弟

安城清二

耿直真誠的駐在先生

1948

在帝銀事件爆發、人心浮動不安的昭和二十三年，清二開啟了警官的職涯，分派到上野警署。出現在他眼前的是戰爭孤兒、混混團、遊民、藥物成癮者，以及懸而未決的「男妓死亡案」和「國鐵員絞殺案」。就在五重塔發生火災當晚，已調職谷中天王寺駐在所警官的清二，遭人發現從鐵路天橋上墜落身亡。

早瀨勇三 香取茂一 窪田勝利

清二的警察同期好友，清二死後共同援助其家人生計

安城民雄

為何他迎向槍口將自己置身於危險之境

1968

生於昭和二十三年，追尋父親的腳步進入警界。後受命臥底入學北大，調查學運激進派分子。在嚴酷的任務結束之際，身心遭受重創。重返警官職務後，父親清二死亡之謎，以及清二生前私下查訪的兩件懸案，始終在心中揮之不去。隨後，繼承父親的衣缽成為谷中天王寺駐在所警官，在上任後七年的平成五年九月，在一起重大綁架案中與歹徒對峙，殉職身亡。

安城順子

民雄的妻子

守谷久美子

民雄臥底入學北大時相當關心的女學生。

安城和也

正直不屈 思路縝密的高學歷刑警

1999

生於昭和五十一年，安城家第三代警官。畢業後受警務部指示，破例擢升至總廳刑事部搜查四課臥底，成為加賀谷仁刑警的部屬，並對其展開內部調查。加賀谷的特立獨行，以及遊走在都內黑道勢力間的手段，讓和也大受震撼。在一場追緝黑槍與毒品事件中，和也成功識破並上報加賀谷的不當行徑，然而逮捕當天加賀谷的一句話點醒了他：祖父和父親之死疑點重重。他決定找出真相。

永見由香

和也的女朋友，東京消防廳的緊急救護技術員

安城奈緒子

和也的妹妹

目次 Contents

序章

火焰已經燒到了塔的最高層。

五重塔的塔齡一百六十五年，如今在灼人的高溫中掙扎，變得瑟瑟縮縮。火勢愈來愈猛，剛灑水時以為轉小了，不料只是錯覺。這場火似乎想證明自己強悍得連水都澆不熄，燒得愈發激烈。火花在夜空中飛散，塔上的相輪[1]在火光中燒得通紅。

烈火燒塌了木材，叭叭聲響不絕。

安城民雄再次環顧四周，四輛消防車已經趕到現場正在灑水。天還沒亮，卻已聚集了數百人來看熱鬧，還有人在拍照。

谷中警察署的外勤巡查正扯著嗓門大吼，疏散看熱鬧的民眾。

天王寺駐在所[2]就在五重塔旁邊，安城的母親和弟弟揹著背包站在駐在所前面，應該是擔心火勢延燒，才先把重要行李帶了出來。母親和弟弟在封鎖線外驚恐地觀察火勢，如果火勢再控制不下來，消防員就要動手破壞駐在所房舍了。

有人大喊民雄的名字，他回頭一看，是父親的長官，警視廳谷中警察署署長杉野，是個肥胖的警視。

署長問民雄：

「你爸呢？跑到哪裡去了？」

口氣明顯透著責怪。

「我爸，」民雄很快看了看四周。「他剛還在，忙著叫大家散開。」

「現在人不見啦。這裡可是你爸負責的區域，火場就在駐在所旁邊啊。」

「他剛還在。」民雄說：「剛剛真的還在。」

此時傳出轟隆巨響，民雄往五重塔看去，塔的第二層崩塌了，火花四濺。

「不行了，得再後退點！」

民雄乖乖聽話，跑向母親和弟弟，母親看著民雄的眼神有些憂心，似乎察覺到了不祥的事。

民雄點頭，這時塔又有一部分崩塌了。

那天是昭和三十二（一九五七）年七月，梅雨即將結束的日子，凌晨時分。

1 五重塔屋檐的金屬飾件，塔剎的主要部分。

2 為了在偏遠或特殊地區執勤的警消相關人員設置的基層警察機構，附生活起居空間。天王寺駐在所，位於東京谷中靈園境內，是JR山手線內側唯一的駐在所。

第一部　清二

1

安城清二回到家裡，妻子多津正兼差做著裁縫。

多津腿上攤著一件軍服，應該是返鄉待命的軍人請人修改的。

「回來啦。」多津抬起頭，笑得有些靦腆。

「怎麼了？」清二問。

多津說：

「好像有小孩了。」

清二眨眨眼，盯著多津瞧。

小孩？那真是太好了，這下總算真正成了家，如果有工作就更棒了。

「怎麼了？」多津純真地問。

「嗯。」清二看了看屋裡說：「我也有事要告訴妳。」

清二脫掉鞋子，坐在房間裡鋪的草蓆上。

其實這裡不是清二的家，而是清二母親的娘家。清二是土生土長的淺草人，三年前的下町[1]大空襲把老家給燒了，父母也在當時喪生。戰爭結束之後，清二返鄉待命，不得不搬到台東區三輪的房子，與祖父母和伯父一家同住。

台東區大半燒燬於那場空襲，只有這區奇蹟似地未受火勢波及。清二在沒燒光的正房旁邊增建一間一坪半的房舍，就此寄住下來。房舍十分簡陋，地上只有木板鋪草蓆而已。

多津的臉龐原本比新婚之初來得豐腴，但這陣子反而變尖了。不對，他必須說，多津是更憔悴了。戰後已經過了兩年半，社會卻還沒有穩定到足以復興的地步。別說糧食，衣物與住處的水平就和戰爭結束的那個夏天差不了多少。清二是賽璐珞工廠工人的次子，戰後找不到好工作，只能在工地打些領日薪的零工，難怪新婚的妻子日漸消瘦。

清二盯著多津看。

多津是清二老家附近榻榻米師傅的女兒，也是因為老家在戰時燒燬，只好搬去親戚住的下根岸。兩人自小認識，但不算熟，清二返鄉待命時，兩人在三輪車庫附近重逢，彼此才有了好感。旁人發現之後，勸兩人盡早結婚，於是清二就在不帶任何心理準備之下，半年前成了多津的丈夫。

清二看著多津。

「我想去找份像樣的工作。」

多津問：

「你想當什麼差？」

「我不會做生意，沒有本錢，也沒有半點技能。」

「現在社會上工作也多起來了，你不要太急，找份好工作吧。」

「哪有時間慢慢挑呢？」

「你有想法了嗎？」

1 東京都低地的人口密集區，後指庶民居住或存留古早風情的地區。

「有啊。」清二掏出今天早上撿來的報紙，社會版有個篇幅很大的報導，豐島區椎名町的帝國銀行發生搶案[2]，十二名銀行員被毒殺身亡，歹徒劫走鉅款。案發四天了卻還沒有任何歹徒的線索。

「哎呀，我也有聽說這件案子，太慘了。」

「不是那個啦。」

只見報導下方，刊登著警視廳招募警官的廣告。

「妳也知道吧？」清二指著廣告說：「警視廳去年底開始大舉招募巡查，聽說警察機構要重組，開缺一萬名巡查呢。」

多津的表情突然緊張起來。

「我沒想過清二會去當警察呢。」

「因為妳怕穿制服的男人啊。」

「我討厭氣焰囂張的人。」

「如今憲法改了，警察也成了民主警察，和戰前的警察不一樣。妳不喜歡我當巡查？」

「不會，我想清二就算當了警察，也不會變成囂張跋扈的警察。」

「那妳擔心什麼？」

「這工作很危險吧？」

「不管哪一行多少都有危險，除非去當學校老師。」

「清二做得來嗎？」

「我就是這種性格。」清二說。

清二從懂事起就有自覺，入伍服役後更是深信不疑。

他是個不通情理的死腦筋，喜歡秩序與管理，只要看到別人幹壞事便無法袖手旁觀。以他這脾氣應該很適合當巡查，至少比當服飾店員或鐘錶匠更適合。

「我覺得自己很適合當巡查，只是不知道人家會不會這麼想。」

「要怎麼樣才能當上警察呢？要去警察練習所嗎？」

「好像要先去附近的警察署考試。」

「考試會不會很難啊？」

「聽說只要會寫自己的名字就錄取了。但我覺得這實在太瞧不起警察啦。」

「清二一定沒問題。」

「但巡查的薪水不高，可能還趕不上通貨膨脹。」

「局勢總會慢慢安定下來，清二想當巡查的話，我沒有意見。」

「總之當上了就有穩定的薪水，既然有了孩子，還有比薪水更重要的事嗎？」

多津點點頭。

隔天一早，安城清二前往昭和通的坂本警察署。以前說到考巡查，就是像多津說的去警察練習所，地點在芝區。這時則是因為警視廳廣招新人，只要前往附近的警察署報名，就能立刻錄取。

坂本警察署原是一棟鋼筋水泥造的三層樓房，戰時燒得只剩牆壁，勉強修補改建之後，坂本警署去年才遷進來。昭和通一帶都是棚屋，警署在這裡算是最顯眼的建築。

---

2 即一九四八年震驚日本社會的「帝銀事件」。

清二看著牆上告示，前往招募面試的場地，沿路沒看到有人在排隊。雖說警方大規模招募，一般年輕男子也不太喜歡做這行吧。軍隊解散才兩年半，這種讓人聯想到軍隊的機構當然不受歡迎。

清二走進面試場地，看見長桌後方坐著一名四十來歲的面試官，露出令人放鬆的笑容。或許他是署長。

清二將履歷表與戶籍謄本影本交給面試官。

面試官看著履歷表問：

「有刺青嗎？」

「沒有。」清二回答。

「近衛第二連隊，所以你沒有上過戰場？」

「有，我去過法屬印度支那北部，回來後又應召入伍，在東京留到戰爭結束。」

「法屬印度支那啊，戰爭剛開打的時候吧。運氣不錯。」

清二並不同意，但沒有說什麼。

「有什麼專長？」

「沒什麼，啊，會打點棒球，當過中隊對抗賽的隊員。」

「投手？」面試官似乎也懂點棒球，說了術語。

「是游擊手。」

「之前有過重病或重傷紀錄？」

「沒什麼傷病，很健康。」

「有妻子嗎？」

「有。」

「妻子是什麼學歷？」

「女子高中畢業。」

「父母做哪一行？」

「賽璐珞工廠的工人，戰爭時過世了。」

「身高多少？」

「一百七十公分。」

「我要出題考你，你現在就作答。」

「現在嗎？」

面試官聽了面露不悅，口氣也變差了。

「你以為不考試就能錄取嗎？那只有在去年底的第一次招募而已。預計招募一萬人，目前已經找到七千人了，所以現在文件審查和考試都變得更嚴格。你這份履歷表是自己寫的吧？」

「是，都是我自己寫的。」

「那就不必擔心，你現在就作答，我先離開。」

「知道了。」

清二拿到了三張考卷，考的是書寫、社會常識和加減乘除計算題。書寫考題考了些比較難的漢字，應該是因為巡查需要處理大量文書工作。

清二大概花了一小時寫完考題，面試官回到室內，當場開始計分。面試官計分時，清二內心七上八下地盯著面試官的手。

計分結束，面試官抬起頭來。

「好，及格，錄用。下星期去警察練習所受訓。」

清二沒想到錄用考試竟然這麼快結束，面試官不是才說錄用標準提高了嗎？

清二訝異地問：

「請問，我這樣就錄取了嗎？」

「練習所畢業時也可能被刷掉，所以別太放鬆了。」

「是。」

「下星期一早上九點去九段的練習所分校報到，訓練期間兩個月。」

「兩個月？」

清二以為訓練期長達六個月。

面試官說：「現在就是缺人，兩個月要讓你結訓，會操很兇，你要認命啊。」

「住宿受訓時會有薪水嗎？」

「月薪一千八百圓，但要扣除餐費和住宿費。等你當上巡查開始值勤，會有各種補貼下來。」

月薪一千八百圓。

比清二想像得要低。記得去年有個裁判所法官，因為買不起黑市糧食而餓死。那法官有兩個孩子，他把吃的都分給孩子了。報紙說法官月薪三千圓，而月薪只有一千八的話，一家四口會餓死的。但換作是兩個大人加一個吃奶的小嬰兒……

只能幹下去了。

清二準備起身，卻被面試官攔住。

「你還有親朋好友想找工作嗎？」

「大家都想要找好工作，怎麼了嗎？」

「去問問有誰想當巡查，介紹來坂本警署。多介紹幾個朋友來當差，我會好好酬謝你。」

清二微笑說：

「我去打聽看看。」

當天清二就去上野的黑市，買了兩個甜豆麵包給多津。麵包是管制品，購買是違法的，一旦進入警察訓練所受訓就不方便做這種事。或許警察目前可以睜隻眼閉隻眼，一旦穿上巡查制服，就不能光明正大違法。所以在解除管制之前，這是最後一次買麵包了。

回到家，清二從布包裡拿出用報紙包好的甜豆麵包，遞給多津。

多津一見甜豆麵包，又驚又喜。

「錄取了嗎？」

「是啊。」清二驕傲地點頭。「我要去受訓了。下星期一開始，要去九段的警察練習所受訓。」

「還不算正式錄用啊？」

「沒問題的，我考上了學校，怎麼可能搞到退學呢。重點是巡查的薪水比我想像得低，妳猜多少錢？」

多津開心地歪著頭，要清二快點說。

「一千八百圓。」

結果多津的表情和清二想的相反。

「這麼多啊！那就可以放心生小孩了。」

「會過得很拮据喔。領這薪水會被人瞧不起的。」

「沒那回事，這可是做正當工作領的薪水，而且也不會總是這麼低呀。」

「希望哪天妳不必兼差也能過日子。」

多津從女子高中畢業之後，就去上裁縫學校，現在還是在家兼差做裁縫。但絕大多數都是修改軍服。

多津搖搖頭。

「我想盡量把裁縫工作做下去，只是……」

「怎麼了？」

「你會被派去某個警察署工作吧？如果是很遠的警察署，我想要搬家，住在一個不必顧慮別人的地方。」

「也對。」清二壓低嗓門怕被正房的人聽見。「就搬去我當班處附近吧。我會想辦法找個夠我們一家人住的房子。」

多津連點了兩次頭。

隔週星期一早上九點，清二走過九段警察訓練所分校的大門。其實也沒什麼，這裡原本是近衛連隊的兵營，對清二來說相當熟悉。

這座紅磚平房是從前的近衛師團司令部，清二走進去，跟著標示前往指定的房間。

房間裡聚集了上百名男子，其他房間應該也差不多人數，代表這座分校有三、四百個練習生。大家年紀看來都和清二差不多。

這些男人無論年紀大小，共通點都是沒有工作，同病相憐。有的一臉橫眉豎目，也有年輕人戴著度數很深的眼鏡；有的姿勢看來相當英挺，之前應該是職業軍人。

制服警察將文件分發給房間裡的眾人，表示要先健康檢查。清二脫得只剩內衣，可惜房裡沒有暖氣。

量完身高體重，接著檢查視力。清二前往下一個用簾幕隔開的區域，有醫務官進行檢查。這裡就像徵兵一樣，也要檢查性病與痔瘡。

健康檢查結束回到休息室，已經有十幾個做完檢查的練習生等著，幾個人圍成一圈聊天。

清二隨意張望，突然和一名男子對上眼，看來比自己年輕，頭戴復員[3]帽，身穿國民服，應該和他有一樣的境遇。這人眼睛小，感覺似乎很親切，只見他掏出香菸盒叼起一根菸，然後把香菸盒遞向清二。

「來抽一支。你哪裡來的？」

清二不客氣地收下。

「不好意思，我三輪來的。」

「東京人啊，我宇都宮啦。」

男子替清二點菸之後說：

「警察變民主了，巡查的工作內容有變嗎？」

3　指軍人因服役期滿或戰爭結束而從部隊返回民間。

清二回答：

「不知道，特高[4]沒有了，軍刀也都繳還進駐軍[5]了，往後應該不能隨便叫囂了。」

「就不太會被百姓討厭了啦。」

男子看看室內又說：

「我還以為會有更多新人，想不到這麼少。」

「聽說錄取標準提高了。」

「幸好錄取了，我爸老是叫我快去賺錢，好拿錢回家。這下總算有面子啦。」

清二抽起菸來，旁邊站著一名男子偷偷瞥了他幾眼，這人身形矮小還有點駝背，年紀輕輕，感覺有點漫不經心。

宇都宮人也拿菸要請矮個子抽。

矮個子搖搖頭。

「不必，心領了。」

宇都宮人聳聳肩。

房間後面的門總算打開，一名男人走出來，應該是學校的事務官，手上拿著文件夾。

事務官說：「接下來要分班，首先是第一班，叫到名字的人留在房間裡。」

他用不帶感情的語調，開始唱名，第一個唱到的就是清二。

「安城清二。」

清二小聲回答：「是我。」

「香取茂一。」

宇都宮人小聲回應：「我也是第一班啊。」

約莫喊了十個名字之後，喊到了早瀨勇三，方才婉拒香菸的矮個子挺直腰桿。

其他練習生被分到第二班、第三班，接連離開房間。房間裡的第一班練習生大概只剩三十人。

事務官看了看留在房間裡的練習生說：

「聽好，你們今天開始要住宿。以前訓練期是六個月，但首都的治安還沒穩定到能等那麼久。你們只有兩個月，會狠狠操下去。」

清二等人前往第一班分到的宿舍原本是兵營，房間裡有一邊墊高，上面鋪了榻榻米，晚上眾人就在這裡打地鋪睡覺。榻榻米區上面有架子，每隔一段距離貼一張名條，清二把隨身的行李放在自己的名條上方。

確認過宿舍之後就要分發制服。大家隨即換上制服去操場整隊，清二和第一班的三十名新同學前往操場，面對舊兵營列隊。

有個穿制服的警察官來了。年紀大概五十左右，表情嚴肅，應該是其中一名教官。

這個看似教官的警官，面對清二等人站好，戴起警帽簡短招呼幾句：

「我是今野，負責指導各位。時局艱困，訓練也會很嚴格。我看你們都是成年人，廢話不多說，要認命啊。」

今野踏著步，一一掃過練習生的臉，又回到原地。

---

4 特別高等警察，以「維持治安」為目的，鎮壓共產主義等危害社會體制活動、思想的帝國祕密警察組織。

5 戰後進駐日本的同盟國軍隊。

「軍中階級曾到下士官以上的人，出列。」

幾名男子看看身邊的人，往前一步。總共三人。

今野問了其中一個：

「階級？」

男子回答：

「帝國陸軍伍長[6]。」

「去過外地？」

「去過華北。」

另一名男子也是下士官。

教官來到第三名男子面前。

第三個是早瀨勇三。

教官問：

「什麼階級？」

早瀨回答：

「帝國陸軍步兵少尉。」

清二忍不住偷瞥早瀨，他看來並不像是從士官學校畢業的人。

今野又問早瀨：

「從候補士官開始？」

「是。」

原來不是軍校畢業的。

「哪裡的單位？」

「佐倉，步兵五十七連隊。」

「第一師團啊，哪個戰區？」

「菲律賓，從雷伊泰灣返鄉。」

今野聽了有些震動。

「這樣啊。」今野的口氣緩和了些。「辛苦了。」

三人都歸隊，今野又說：

「我話說在前頭，日本已經成了民主國家，根據新憲法，警察的地位也變了。警察不再像以前是天皇的官吏，必須服務國民。警視廳也成為自治體警察，是東京都民的公僕。各位大多是當過兵的人，但是從現在起要忘記軍隊的經驗，不管先前什麼階級，當哪種兵，從哪裡返鄉，全都要忘掉。各位練習生從今天開始，都是警視廳的巡查，人人平等，沒有階級高低，也不分長幼。知道嗎？」

「是！」所有人齊聲回答。

當天中午，清二吃了宿舍裡的第一餐。這裡的餐廳和軍隊一樣用鋁餐盤裝飯，由打飯班盛飯。吃的是地瓜湯和米飯，米飯是麥飯，配上幾根青菜。

清二和香取茂一坐在一起用餐，兩人對面坐著那個從菲律賓回來的人，早瀨。

---

6 二戰時期，日本軍隊特有的士官軍銜，相當於其他參與國軍隊下士。

一名娃娃臉的年輕人站到早瀨旁邊問了：

「這裡可以坐嗎？」

早瀨看了看年輕人，對他點頭。

香取茂一對早瀨和年輕人自我介紹：

「我叫香取茂一，從宇都宮來的。我這鄉巴佬可能會給大家添麻煩，多多包涵啊。」

清二也學茂一自我介紹：

「我住台東區三輪，其實我是淺草人，房子燒了才搬家。」

清二看看年輕人，年輕人急忙開口：

「我叫窪田，窪田勝利，浦安人。不好意思，我沒當過兵。」

言談間相當青澀，清二會心一笑。

早瀨看看三人後說：

「我叫早瀨勇三，請多指教。」

早瀨對教官報階級的時候很英挺，現在卻支支吾吾，或許他不太擅長和別人打交道。仔細端詳早瀨勇三的長相，眉毛細，眼白多，瞪起人來應該很可怕。清二覺得這人遲早會當上便衣刑警。

香取茂一問：

「早瀨兄是大學畢業？」

早瀨搖搖頭。

「不是，沒畢業，念到一半就被徵召入伍了。」

「那也很厲害。」

清二等人才開始吃飯，教官今野來了。

教官說要選定班長，選的是剛才操場上自稱伍長的人，表示往後教室之外的場合，班員要服從班長指示。

今野又補充：

「今晚開始，所有人就寢前要寫日報。班長在熄燈前要收齊全班日報，知道嗎？」

清二等人不自覺對看一眼。原以為警察和軍隊很像，但看來還是有不同的地方。

這一整天，都在聽警視廳主管和練習所長訓話，清二覺得有些無聊。

熄燈前，清二在宿舍裡寫當天的日報，年輕的窪田勝利對早瀨勇三說：

「早瀨兄，請教我寫漢字吧。」

早瀨也在寫日報，抬起頭對窪田說：

「要寫什麼字？」

「秩序兩個字怎麼寫？我沒讀過什麼書。」

「你寫的給我看。」

窪田把自己的日報拿給早瀨。

清二也停下筆，看向兩人。

早瀨讀了窪田的日報，抬起眼來搖了搖頭。

「上頭會從你的日報判斷思想傾向，所以寫些陳腔濫調就好。什麼民主日本、社會正義之類的，可千萬別寫啊。」

窪田立刻解釋：

「我真的想當民主警察，為民服務。警察不是和以前不一樣了嗎？」

「上頭還有很多討厭左派的人，你從練習所畢業之前千萬別寫這些，否則當不上巡查喔。」

「這樣啊？」

「寫些不痛不癢的東西吧，比方說長官提到巡查應有的心態，我心有戚戚焉之類的。」

「好的。」

香取在清二旁邊聽著兩人交談，然後客氣地對早瀨說：

「早瀨兄，能不能也看看我的日報？」

早瀨先看看香取，然後伸出手，香取把自己的筆記本交給早瀨。

「這樣沒問題。」早瀨說：「照這樣就行了。」

清二也把自己的筆記本給早瀨看。

「我的怎麼樣？我一定要當上巡查才行啊。」

早瀨看了清二的筆記本說：

「肩負正義，這句最好換個說法。」

「換成什麼？」

「以目前來說，保護民眾安居樂業吧。」

清二乖乖改寫了自己的日報，正好班長走了過來，把日報收去了。

班長離開房間之後，香取對早瀨說：

「得救啦，明天也要麻煩你了。」

「這不難。」早瀨說：「只要小心措辭，不要被當成小紅[7]就好。只要像小學生寫作文：今天聽了長官的金玉良言，我更是下定決心要當個好警察之類的。要是寫得太自命不凡，只會被當成小紅。」

隔天，終於開始接受正式的巡查訓練。長官先前說要狠狠操，但是清二並不覺得操起來有多狠，和軍隊比起來真是溫和多了。訓話、服務教學都很無聊，團隊訓練、禮儀、逮捕技巧、杖術等項目也能輕鬆跟上。畢竟警視廳只能花兩個月訓練巡查，內容肯定一開始就簡化過了。只要先湊齊足夠的制服警官上街巡邏就好，品質還在其次。

學科（主要是簡單教授《刑法》與《刑事訴訟法》）下課之後，清二一行人圍在早瀨身邊複習。早瀨上過法政大學，在法律知識上領先眾人。課堂上聽不懂的地方，早瀨都會仔細解說。

「要是沒有你，」香取某次這麼說：「我肯定早被刷掉了。我們運氣真好。」

訓練的第二個星期，某天要上逮捕技巧課程。

教官有一定的柔道段數，每一班的練習生在教官指導下互相過招。輪到早瀨的時候，眾人才發現原來早瀨很擅長格鬥技。他一把抓住對手的右手臂，瞬間壓倒在榻榻米上。早瀨一手圈住對方頸部，緊緊勒住，對手痛苦踢腿，清二完全沒看清楚這短短幾秒鐘發生了什麼事。早瀨和他勒住的對手，兩人都滿臉漲紅。

認真的？

---

7 アカ，用來指共產黨的侮辱用語。

教官驚覺趕來，大聲喝斥：

「住手，夠了！結束了！」

早瀨好像沒聽見教官的命令，還是繼續勒住對手的頸子，教官上前跪在早瀨後方，拉開早瀨。早瀨被教官一拉，這才回過神來。

他的對手趴跪在地，痛苦咳嗽。

教官對早瀨說：

「你搞什麼鬼？太過火啦！」

早瀨垂頭喪氣，小聲說：

「非常抱歉，我忘了要手下留情。」

早瀨退下後，香取就問早瀨：

「你練過柔道？」

早瀨喘著氣說：

「在戰場上學了一點。」

清二在一旁聽起來，感覺早瀨學到的是比柔道更凶殘之事。

受訓第一個月，上面發了第一份薪水。

清二打開信封確認，扣掉宿舍費與餐費之後，薪水只剩一千兩百多。如果考慮到附食宿，對清二來說肯定是個好收入，不過又想到通貨膨脹加劇，這點薪水沒多久就杯水車薪了。

發餉後第三天，隔天是星期天。香取交了日報後坐在自己的地鋪上，突然間坐立難安，不斷翻找自己的行囊。

清二小聲問：

「什麼不見了嗎？」

香取點點頭。

「薪水袋不見了，早上明明還在。」

「仔細找找地鋪底下。」

香取掀開毯子和被子，早瀨與窪田也跑來一探究竟。

香取小聲告訴早瀨與窪田：

「我把薪水袋搞丟了，怎麼找都找不到。」

早瀨和窪田面面相覷。

窪田說：

「會不會是被偷了？如果只是弄丟，應該會有人發現。」

香取反問：

「你覺得有人敢在警察練習所裡偷錢？」

早瀨對香取確認：

「確定不見了？」

「對。」

「我們去報告班長。」

「等一下。」香取搖頭。「是我不小心，搞不好掉在廁所裡了。我不能懷疑同伴，也不能去報告。」

清二問：

「為什麼不能報告？」

香取轉頭對清二說：

「你想想，要是全班同學都被調查的話，大家都當不上巡查啦。」

「如果你的錢被偷，也只有那一個人偷，不會連坐啦。」

「接下來一個月還得吃同一鍋飯，大家光是被調查就很不開心了吧？到時我哪有臉待下去。」

「不必擔心，報告上去吧。」

「不行，只是我不小心，就這樣了。」

香取對著早瀨和窪田堅定地搖頭，兩人也就默默回到自己的被鋪裡。

清二用更小的聲音問香取：

「你要寄錢回家吧？要不要借你？」

香取沮喪地問：

「方便嗎？」

「慢慢還我就好。」

「對不起，能不能借我五百圓？」

清二從自己的行囊裡拿出薪水袋，給了香取五百圓。

香取感激地收下這筆錢。

清二想，如果自己少抽幾根菸，就可以撐一個月，剩下的錢交給多津就好。多津或許會失望，但是他解釋後一定能理解。

＊

三月底，是警察練習所的結業式。

清二等人在受訓期間，警察練習所已經改名為警察學校，所以他們起初是去警察練習所受訓，最後從警察學校畢業。

所長繼續訓話：

「我再次提醒各位，各位即將受命成為巡查，必須保守公務上的機密。也不可做出傷害警官信譽，或傷害整個警察機構名譽的行為……」

昭和二十三（一九四八）年二月入學的四百名巡查練習生，在操場上整齊列隊。這一天還有芝區的校本部、警察大學教室、小坪的管區警察學校教場舉辦同期入學生的結業式，全校約有兩千五百人結業。

所長用力扯開嗓門：

「各位聽著，不可逃避職務上的危險與責任，萬萬不可。逃避的人就不配當警察，各位務必銘記在心。」

聽完二十分鐘的漫長訓話之後，結業式總算結束了。

回到宿舍，今野教官頒發人事令給每位練習生，說明分發單位。

清二分發到上野警察署外勤股。

香取分發到坂本警察署，早瀨是尾久警察署，窪田是淺草警察署。練習生上午就要離開練習所分校。

香取有個建議：

「櫻花還開著，要不要去賞花？」

清二同意。

「也好，回家前我們幾個去喝一杯吧。」

窪田問：

「我也可以去嗎？」

早瀨笑了。

「我們幾個，當然有你一個啦。」

早瀨提議去靖國神社或千鳥淵賞花。

香取說上野比較好。

「我們都分發到那一帶，隨便看看環境吧。我已經等不及啦。」

早瀨也同意，四人從九段搭都電前往上野，走進上野恩賜公園。

漫步在櫻花下的民眾人數，比想像中要少。

最顯眼的還是住在公園裡的空襲災民。園內到處都是臨時搭建的小屋與帳篷，四周盡是衣衫襤褸的男女。戰爭結束約兩年半，如果從下町大空襲算起則是整整三年，但是目前在東京，仍無法提供新住處給所有因戰爭流離失所的人。下町確實已經搭起許多棚屋，人口密度恢復到戰前的水準，但是整體來說東京還是缺乏住宅，產業與經濟並未復甦到讓所有災民都住得起房屋。

這座公園裡的小朋友特別多，都是戰爭孤兒。據說最多曾達數千人，目前大多由孤兒院收留，但還有兩三百名孤兒在公園一帶活動。清二等人眼前就有幾十個孩子，應該是孤兒沒錯，每幾人聚在一起，眼神空洞地望著往來行人。

香取邊走邊說：

「說到目前在公園裡的小孩啊，應該是連孤兒院都管不動的壞孩子。聽說很多孩子聯手扒竊，可要小心。」

清二想到現在要關心的是自己家。他分發到上野警察署，前年下谷區與淺草區合併為台東區，上野警察署就在台東區的北稻荷町。他希望可以不必繼續借住母親的娘家，能租間房子，和多津自由自在生活。

房子就租在上野附近吧。但是上野警署東邊，菊屋橋與淺草一帶，大多在下町大空襲時燒燬了，應該很難租到空屋或空房間。就算有，房租也很貴。

清二走在櫻花樹下，突然想到這座公園北邊，寬永寺那一頭如何呢？那裡應該沒有受到戰火波及，就算有也不嚴重。那一帶到上野警署的距離，就和從三輪過去差不多，走路三十分鐘左右就到了。

香取又說：

「我跟你們說，那些孩子啊，女孩都會去賣身，男孩也會找想玩的男人賣。聽說買春的男人啊，傍晚就大批聚集來到這座公園呢。」

清二回頭看看同伴，只見早瀨別過頭，不想看樹叢後的孩子們。

大家走到動物園入口，香取說：

「我們去阿美橫丁吧，那裡應該有鋪子賣酒。」

窪田問：

「穿制服？長官說不能穿制服在外吃喝。」

「實習巡查已經畢業，明天才要分發，這半天沒人管啦。」

早瀨諷刺地笑著。

「這不是詭辯嗎。」

香取說：

「搞不好再也沒這種機會了。」

結果眾人還是去了阿美橫丁的酒鋪，各喝了一杯合成酒[8]。清二平時不太喝酒，一杯合成酒就夠他喝到微醺了。

所有人喝完酒後，決定散會。

香取對大家說：

「哪天出人頭地，再一起開個同學會吧。」

三人也同意點頭。

這天是昭和二十三年三月三十一日。

警視廳將當年大量錄用的巡查稱為「二十三年組」，清二等人就是本組第三期。

回家之後，清二對多津說：

「我要去上野警察署當差，從這裡也可以通勤，但我想租比這裡更近的房子。」

多津笑得有些失望。

「要是分發到更遠的警察署，就能下決心搬家了呢。」

「我是去坂本警察署報考，又剛好住這裡，警視廳應該是替我著想。」

「你在上野警察署做什麼勤務呢？」

「外勤，新錄用組都要上街，巡邏警戒、夜間巡守什麼的。」

「會不會是派出所呢？」

應該是吧。聽說大部分警署的巡查都要先從派出所勤務做起，但是今天從練習所結業的巡查練習生就有兩千五百人，目前東京都有那麼多派出所可以安插這些人嗎？就算輪班也很困難吧。

清二說：

「明天去了就知道，或許真的會去派出所。」

「其實我這兩個月一直在想。」

「想什麼？」

「如果清二真的錄用了，應該當什麼樣的巡查比較好。」

「當個不會作威作福的巡查？」

多津天真笑著。

「要是能去駐在所當差就好了，我也可以幫忙清二做點事，孩子們可以看著清二值勤的樣子長大。你要不要去駐在所當差？」[9]

清二還真沒想過。

---

8 日本經過二戰後的糧食短缺，發展出合成清酒等酒精飲品，添加釀造酒精可高達八〇%以上，普遍認為是劣等酒。

同伴們確實有聊過想去哪裡服勤，香取只想著升官，說總有一天要當上警察署長。年輕的窪田夢想帶頭衝進案發現場，他應該希望哪天能指揮攻堅部隊吧。早瀨說得很明白，想當便衣刑警。以他的頭腦與個性來說，確實很適合。

清二倒是沒什麼期望，他原本就只想領份月薪，再來才是站上街頭當制服警官。

在警察學校受訓的時候，清二起初想得比較具體，他希望受到負責區域的民眾和商家喜愛，每次巡邏，路過的人都會向他打招呼。他想成為這樣的巡查。不管是當署長、戴頭盔揮警棍或便衣刑警，他毫無頭緒。真要說起來，鎮上的警察伯伯，就是他當警察的夢想。

駐在警官啊。

清二凝視著多津說：

「我會好好努力，希望哪天可以申請到自己想要的職位。只要多立點功勞，很快就能當上駐在警官啦。」

「不要太勉強，但是要有目標啊。」

清二點頭，將多津抱進懷裡。

2

上午九點鐘，安城清二來到分發的上野警察署，對著署長報告赴任。

「警視廳巡查安城清二，奉命於昭和二十三年四月一日至上野警察署服勤，現在正式到任。」

署長狩野高太郎警視給人的感覺不像警官，比較像個國稅局職員。這人戴著眼鏡，從髮型到五官的感覺都很古板，應該不是那種靠怒罵來監督手下巡查的主管，而是喜歡透過文件與聯絡來維持組織運行的人。他見清二報告到任，也只是不耐煩點點頭。

向署長報告後，清二轉往警務股領取警察手冊、筆記紙、警棍、哨子、捕繩、巡查階級章等物品。清二當天就被編入上野警察署外勤股巡邏第三班，奉命前往公園前派出所服勤。隔天開始輪班，但要先到上野警察署接受署長點名與服儀檢查，才能去上班。

清二在巡查學長的指導下穿好一身裝備，此時警署的副座來了。這人是警部，名叫岩淵忠孝，留著大鬍子，虎背熊腰，年紀五十左右，聲音洪亮。

岩淵先叫清二立正站好，然後從頭仔細打量到腳，光是那眼神就夠懾人了。換作是膽子小一點的罪犯，碰到這人保證會乖乖聽話。

岩淵伸出手指抵著清二身上各處說：

9　派出所（交番）為警察輪值，駐在所為一兩名警察居住該處執行勤務。

「收下巴，不准摺袖口，衣服不准塌，皮帶位置錯了。」

清二緊張立正站好。

岩淵繼續盯著清二。

「練習所可能對你胡說些什麼民主警察的狗屁，不過警察就是警察，警察有警察的規矩，有日本警察的傳統。占領軍的公告要遵守，但現場要隨機應變，懂嗎？」

「是！」清二脫口應聲。「懂了！」

「管你什麼民主警察，警察要的是威嚴，要能恫嚇罪犯，其次才是為民服務。懂嗎？」

岩淵又接著說：

「什麼為民服務，受人喜愛的公僕，忘了這些場面話。警察的任務就是賭命維護首都治安，要是對民眾鞠躬哈腰，怎麼維護治安？要讓人怕！讓民眾怕，讓罪犯怕，人家怕你才有用，懂嗎？」

「是！」

「懂不懂？」

「懂！」

「好。」

「是！」

岩淵轉過身，清二以為訓話結束了，正想稍微放鬆時，岩淵突然回過頭來甩了清二一巴掌。清二嚇得立正站好。

岩淵整個人貼上來，臉近到幾乎要撞到清二的頭，接著問：

「我剛剛那是什麼？民主主義下的行為？暴力？官員蠻橫？說，是什麼？」

清二不知道該怎麼回答，默不作聲，旁邊有人小聲開口：

「教育，訓導。」

應該是大辦公室裡有人出手相救。

清二隨即回答：

「是教育！是訓導！」

「沒錯。」岩淵把臉移開。「就是這樣，可以接受吧？你往後當巡查，要教育和訓導那些罪犯和罪犯的種子，不要猶豫。要有信心幹到底，懂嗎？」

「是！」

清二臉還有點疼，岩淵的教育和訓導倒是毫不留情。

開始服勤之後，這天是第二次輪夜班，清二早上下了班，與多津在上野站會合，打算一起找房子。兩人之前想的沒錯，在公園前派出所服勤，住在谷中或上野櫻木町一帶比較方便。可以走路或搭京成線上班。這個地方沒有受戰火摧殘，還林立著很多老房子。其實根津方面也未受戰火波及，不過那一帶房租比較高，月薪只領一千八百圓的菜鳥巡查根本住不起。

兩人先去寬永寺附近找空屋，但是一張紅紙都沒看到。

只要看到長屋[10]，兩人就去找街坊打聽，可惜也沒有空屋。

---

10 出現於江戶末期，多為貧窮百姓的住處。日本政府為了解決大量移往東京、大阪的人口，興建了相連的屋宇，也因為連串長型併排型態，才有了「長屋」的名稱。

兩人走了快一小時，又被一戶屋主回絕之後，多津說：

「我看沒頭沒腦地找不是辦法，還是請地方上有頭有臉的人介紹好了。」

清二說：

「我在這一帶沒認識什麼人。」

「你有這身制服呀。」多津這麼說。

巡查要在家穿好制服才去上班，警棍和捕繩也是警署出借，由巡查負責保管，所以清二現在的打扮和在派出所當班是一樣的。

多津接著說：

「附近不是谷中警察署嗎？去那裡請教地方上有哪些仕紳就好了吧？」

「那個警署的巡查也在煩惱要住哪裡吧。」

「又不是請人介紹空屋，只是介紹地方仕紳啦。」

「原來如此。」

清二和多津一起前往谷中警察署，向窗口巡查報上單位，接著說：

「我想在附近租房子，能不能介紹地方上人面廣的人給我認識？」

眼前的巡查一臉「臉皮還真厚」的神情，但還是提供了訊息。

「那裡有座澡堂，老闆人面很廣。」

巡查說的澡堂距離警察署不過一百公尺左右，兩人在澡堂後門向老闆說明來意，六十多歲身形清瘦的澡堂老闆說：

「三崎坂過去那邊可以嗎？」

比預期的要遠一些，不過還可以接受。

「不打緊。」清二回答。

「從酒鋪旁轉進初音通，有間鼈甲工藝行，工藝行對面有長屋。那條巷子先前出了強盜，附近的人都提心吊膽。如果巡查先生說要住進去，大家應該很歡迎。」

清二問：

「強盜的案子後來如何？」

「抓到人了，但是壞蛋可不會只有一個啊。」

清二與多津按照指示前往初音町，走進巷子，拜訪長屋的房東。

房東是位老先生，應該七十左右，手腳靈活，口齒清晰，他說自己姓中山。

兩人一說明來意，中山老先生就說：

「你們來得正好，我們這長屋之前有一戶女人家，被嚇得搬走了，後天就會空出一間四個半榻榻米的房間。如果警察先生願意住下，我們這裡就放心啦。」

清二問：

「這一帶有那麼危險嗎？我看寺廟很多，治安應該不錯才是。」

「都是戰爭害的。」中山作勢看看上野公園的方向。「愈來愈多人沒辦法過活。我也很同情流離失所的人，不過那麼多災民聚在一起，裡面總有不法之徒。這裡離公園近，戰後局勢又亂，大家都過得提心吊膽啊。」

問了房租，每個月六百圓，遠遠超過預算，但是考慮時局，這價碼也不算敲竹槓。

清二看看多津，多津點頭。

「我想租下房子。」清二對中山說：「讓我稍微看看房子，好嗎？」

房東說那戶人家還在屋內，於是兩人就從外面伸頭往內看。房子面東，四個半榻榻米大，有壁櫥和小小的土間[11]，廁所是公用，巷子底有打水幫浦，也是長屋居民公用。

清二與多津決定，三天後房子空出來就立刻搬家。反正兩人幾乎沒有家當，搬家簡單得很。

清二有個同屬第三班的巡查學長叫做橫山幸吉，和他一起在公園前派出所服勤。這人頭髮花白，五十來歲，感覺像個工匠，與下町十分合得來。清二和橫山搭檔，每天例行從廣小路巡邏到阿美橫丁。

第一天巡邏的時候，橫山邊走邊問：

「你釣魚嗎？」

清二回答：

「沒有，我沒釣過魚。」

「我偶爾會釣，突然想起剛開始釣魚的時候啦。當時我看著水流，怎麼也看不到魚在哪裡，結果教我釣魚的叔父說他看得到魚。他用手指著河裡說，你看那深潭裡有魚、那淺灘前有魚，但是我瞇著眼怎麼都看不到，還以為叔父在說謊。可是某天啊，我突然看得見魚了。魚真的就在叔父指給我的地方，想不到竟然能看得那麼清楚，忍不住懷疑起我的眼睛有毛病了呢。你也是啊。」

橫山盯著路上往來的行人，繼續說：

「你遲早也會練出巡查的好眼光。同樣走在廣小路和阿美橫丁，就是看得出哪裡不一樣。這個時機啊，就是出乎意料，突然送上門來。你會看得愈來愈清楚，就好像有人摘掉矇住你眼睛的布一樣。」

或許清二的開眼時機，比普通巡查要來得晚。

約莫三星期後的某一天，清二再次和橫山巡邏阿美橫丁。

橫山邊走邊說：

「看到沒？」

清二也看到了，沒必要反問看到什麼。

「嗯。」清二回答。

「上啦。」

「是。」

橫山撥開人群，走到一家商店門前，清二走在橫山左側，離橫山約兩步的距離。

一名光鮮亮麗的中年貴婦正在飾品店門口挑選商品，右手提著信玄袋[12]。

兩名男子就站在貴婦身後，一個較年長，穿西裝，另一個年輕的穿國民服。國民服男子面向馬路。

國民服男子發現清二等人，臉色大變，看來完全沒注意到兩名警察靠近。男子用手肘頂了頂身邊的西裝男，然後拔腿就跑。

清二立刻衝上去用力一撞，兩人撞得東倒西歪，倒在地上扭成一團。周遭行人驚呼連連。

男子迅速站起身，又打算要跑，清二對男子掃了一腿，男子立刻跌了個狗吃屎。

清二隨即騎到男子身上壓制，把他的手扣在背後，男子試圖抵抗，清二抬起男子的臉往地上撞，男子頓時喪失力氣不再反抗。

11 常見於日本傳統建築，屋內的泥土地，可放鞋、炊煮等。

12 和服中抽繩的平底束口袋。

清二壓制男子後，望向橫山，橫山正扭住西裝男子的手腕，就要套上捕繩。西裝男腳下掉了一只像錢包的物體，只見貴婦把信玄袋緊抱胸前，一臉錯愕。

清二將趴在地上的國民服男子套上捕繩，用力拉起來。

接著一把將男子推到橫山面前，橫山微微一笑。

「你開眼一陣子了吧？」

清二回答：

「哪裡，這才是第一次開眼啊。」

兩名男子正是阿美橫丁的扒手慣犯，清二與橫山將兩名扒手帶去廣小路口派出所，交給承辦警探。聽說兩人後來認了二十多件案子。

清二與橫山以現行犯逮捕兩名扒手，獲得警察署長丙獎。

這天，清二來到京成線博物館動物園站入口，不經意東張西望，想尋找熟悉的年輕人。

早上八點半，他在上野警察署已經服勤兩個多月。

一開始，住在公園裡的遊民都很提防他。大多數遊民看清二穿制服走來，不是別過頭就是轉過身。警視廳與上野警察署多次針對這座公園驅趕遊民，他們一看到穿制服的巡查就提心吊膽。

清二從初音町通勤一個月左右之後，氣氛就變了。大家知道他經過公園不是為了巡邏，只是因為通勤。輪日班和夜班經過的時間點不同，但只要清二路過公園，遊民開始會默默致意。

清二也慢慢認得每一個遊民的長相，知道公園這些人各自住在哪裡，誰屬於哪個團體，是熟面孔或生面孔。甚至幾個比較常見的、較有特色的，他也都知道名字。

遊民在公園裡有固定的住處，在各自的住處組成大團體過活。有些遊民全家都住在公園，然後去打零工領日薪。警察和報紙叫他們遊民，清二也跟著叫，但老實說，這些仍每天上工的人對清二來說就是無家可歸的勤勞百姓。

另一方面，確實也有不守法的遊民團體。這些人成群結隊去恐嚇、扒竊，是公園裡的老鼠屎。警察最關注的是這類人，而這類人看到警察也是快快開溜，或者中止犯案。

有些從戰場上回來的粗人，根本不把警察和法律放在眼裡，其中有些彷彿連內心都在戰場上玉碎了，犯案連連，他們幹下不少大規模的竊盜與強盜。但這些人終究是少數，隨著警方強力取締，也就慢慢從公園中消失了。

女妓和男妓也會組成幾個小團體，平常很安分，一旦受外人攻擊，就會狠狠反擊。他們應該是公園裡面最團結的一群。

還有孤兒組成的團體，這些孩子可能多次逃出孤兒院，或是從鄉下流浪過來，少數會在上野商店街，還有鶯谷、根岸等地的攤販街幹扒手。

清二這天早上要上班，從博物館前走向上野站公園口的時候，發現右手邊的樹叢裡有個他常關心的青年。

大家叫他阿綠，但應該不是本名。阿綠在下町大空襲時流離失所，後來一直住在上野公園。年紀約十八或十九歲，皮膚偏白，用絲巾包住長髮，早上經常打掃自己的男妓團體活動區。

清二算認識阿綠，彼此看到時會默默致意。但是今天阿綠沒有看他，是沒有發現他經過嗎？

清二往阿綠的方向走去，阿綠微微回頭，臉頰發腫，看起來像瘀青。

清二停下腳步向他搭話。

「阿綠，你怎麼了？」

阿綠站在樹叢對面，低著頭往清二看來。

沒錯，阿綠的臉腫起來，可能挨打了。他一向個性溫和，不可能是打架，八成是挨打。

走近一看，阿綠的表情變得有點惶恐，好像猜到清二會質問他為何臉腫起來。

「這個傷是怎麼回事？」

阿綠有氣無力笑了笑。

「沒什麼，跌倒而已。」

「跌倒不會傷成這樣。怎麼了？誰打的？」

「真的沒事，請不要擔心了。」

「擦藥了嗎？還有其他地方受傷嗎？」

「就說沒事了。」

「就算是同伴打的，暴力一樣是犯罪。是誰打你？」

阿綠不肯多說什麼，逕自走向樹叢那頭，同伴聚集的外帳底下。

清二打算追上去。

此時背後有人喊他：

「警察先生，安城兄。」

清二停下腳步回頭看，是公園裡算年長組的一名中年男子，住在靠近美術學校的樹林裡，名叫原田圭介。這個人應該有讀過書，會幫人寫寫信、看看文章，是這群人裡面的和事佬，大家都叫他老師。原田戴著帽子，時值六月卻披著薄料長大衣。

「老師。」清二應聲。「能不能等等我？」

「你先聽我說，這事情滿急的。」

「很急嗎？」

「對，我有事要找你談。」

清二朝阿綠離去的方向看去，已經不見人影，應該回到樹叢後方的男妓區了。看來他並不想談自己的傷勢。

清二只好回頭看原田，原田說：

「我聽說警察又要來趕人，而且這次規模很大，你聽到消息了嗎？」

原來是這件事。警視廳確實說過，上野公園的遊民與戰爭孤兒會危害治安，要再次進行大規模驅離，並收容孤兒。其實之前一直有在實施，只是這次宣布澈底執行。甚至傳言要完全驅離上野公園的遊民，並封鎖公園出入口。

清二回答：

「警視廳確實這麼宣布，所以肯定會執行。」

原田問：

「還會封鎖出入口？」

「這部分是不是真的我就不清楚了。要包圍公園可不簡單，或許只是在出入口安排警官，限制可疑人物進出。」

「有聽說何時執行嗎？」

「沒有，巡查不會收到通知，但是就快了。」

「公園裡很多人都有認真工作，只有少部分幹壞事啊。」

「這我很清楚。」

「但是警察不分青紅皂白，全都要趕出去嗎？」

「警察很難區分老師這樣的善良百姓和犯法惡徒，只好粗魯一點，照規矩走了。」

清二發現這對話其實並不緊急，原田應該是來幫阿綠擺脫自己的追問。

「老師。」清二板起臉質問原田。「你知道阿綠怎麼會受傷的嗎？」

原田點頭。

「知道，不過那是他們同伴之間的事，你出馬就不方便了。」

「為什麼？」

「如果警察站在阿綠那邊，就算當下過得去，阿綠以後也沒辦法和同伴一起混了。」

「沒那麼嚴重吧？阿綠都受傷了，我可以把打人的傢伙抓去關啊。」

「關了之後又能怎樣？」原田問了。「沒錯，他們幹的事算不上光彩，但是他們有他們的規矩，如果阿綠要和他們一起過活，就得守規矩。不過挨兩三個拳頭，沒有嚴重到需要警察出馬啦。」

「我看不過去啊。」

「那你要負責照料阿綠往後的生活嗎？你有辦法照顧他，讓他就算脫離同伴也活得下去？」

清二沉默不語，原田又說：

「公園裡不是你的管區吧？今天你就別管了，往後別說是阿綠，如果他們真的對誰幹下不妙的事，我再找你報告。」

清二猶豫片刻後說：

「那今天先這樣。」

當天，清二上完日班回到上野警察署，大辦公室後貼出了臨時分配的勤務。從下星期一晚上到星期四早上的四天之間，外勤巡查的勤務要大幅調整。任職派出所的清二原本星期一沒班，現在排了日班。

清二確認了自己分到的勤務，正準備回去，發現另一班的巡查學長站在他旁邊。

清二問學長：

「星期一有什麼狀況？」

巡查學長告訴他：

「就是上野公園大取締啊。我們得到其他警署支援，要派三百人驅逐遊民和孤兒。」

「星期一晚上就開始嗎？」

「不是，應該是星期二早上，天一亮就開始了。」

這個時期接近夏至，代表清晨四點左右就會執行。

這天清二回家路上經過上野公園，決定去找原田。原田發現清二來到，應該是從清二臉上看出了端倪，主動走向清二。

「能不能陪我走一段？」清二對原田說：「請別多問什麼。」

原田默默走在一旁。

「下星期二早上，天一亮，會有大批巡查進公園。接下來三天，巡查會嚴密取締公園遊民，希望你能保密。」

「我只會轉告自己人。」

四天後的早晨，三百名巡查同時進駐上野公園。包括上野警署在內，還有坂本警署、谷中警署、淺草警署、尾久警署、荒川警署等單位的外勤巡查參加。由警視廳指揮整個取締行動。

警官隊闖進公園裡的遊民區、孤兒窩，還有扒手團、混混團[13]的巢穴。有犯罪嫌疑的人就上手銬，抵抗的就逮捕，好幾百人被趕出公園。「回鄉去！離開東京！」警察嚴厲警告眾多遊民。上野警署還將優先排除目標集團直接送到上野車站，坐上東北本線的火車。

但是，對上野公園瞭若指掌的上野警署認為有人走漏風聲。因為遊民中最安分的集團，當天一個人都沒出現，肯定是前一晚就搬去別的地方了。男妓的其中一個集團也不見蹤影，上野警署眼中最暴力的集團大多也消失無蹤。整體來說，當天早上公園裡的目標人數，只有平時掌握的三分之二。

原田和阿綠的集團，直到星期五才回到公園。

這天傍晚，清二走向博物館準備回家，半路上原田突然靠了過來。

原田走在清二身邊說：

「得救啦。警察要趕我們走，我們也無處可去啊。還是只能在這裡立足，勉強重建人生。」

清二說：

「不要在公園裡做違法行為，也不要縱放犯罪。如果公園裡有人犯案，警察還是會持續來驅趕。」

「我看到的就會去管。」

「要是處理不來就別逞強，找警察幫忙。動物園前和公園前都有派出所。」

「要是出了問題，我會去報警。」

原田翻了大衣的衣襬，離開清二身邊。

清二走著，又看到阿綠。阿綠對清二點頭致意，臉上的瘀青已經退了，又恢復那讓人誤以為是女孩的美貌。先前搞不好是同伴嫉妒阿綠的美貌，才將他打得瘀青。

清二對阿綠致意，快步趕路回家。

大規模驅離後第五天，清二在上野警署看到了仙台當地的報紙，是火車旅客在上野站下車後留下來的。

報紙提到先前上野公園驅離的遊民，部分抵達仙台站，三、四人成群在仙台一帶遊蕩。遊民挨家挨戶找農戶討吃討用，如果農戶不給，就威脅結夥搶劫或縱火。仙台也陸續發生了不少倉庫竊案和糧食竊案，報紙推測應是從上野驅離的遊民所為。

清二心想，如果報導屬實，警視廳只不過是把上野公園的犯罪趕去了鄉下。當天驅離遊民與罪犯檢舉行動雖說大有斬獲，但真的對社會有幫助嗎？總之，只有當日本完全復興，上野公園才會變得安全又乾淨。

七月下旬的星期六，梅雨季已經過了。

清二當完日班，在蟬叫聲中走到京成線的博物館動物園站，這時碰到了難得的熟面孔。是警察練習所同期的早瀨勇三，他穿著白色開襟襯衫，嘴裡叼著菸，站在一棵大櫻花樹下，應該

---

13 愚連隊，舊時代用語，指戰後日本一群無視道德觀、以暴力滿足自身欲求的不良青少年族群。

是在休息躲夕陽。

是清二先發現早瀨。

「早瀨兄。」清二一喊，早瀨看到清二相當訝異。

清二走上前，早瀨說：

「你穿起制服來倒是有模有樣了，看臉都認不出來啦。」

「早瀨兄倒是沒什麼變啊。」

「因為是便衣吧。」

「終於當上刑警啦。」

「哪有。」早瀨苦笑。「我才當了四個月的巡查，現在沒班。」

「今天來買東西？」

「是啊。」早瀨簡短點頭回答，換了話題。「這座公園和四個月前不一樣了？」

「因為上個月強力執法，變得比較安全了吧。」

早瀨的視線從清二身上移開，四下隨意張望。

「天氣這麼熱，有這麼多樹真是太好啦。」

「是啊。」清二表示同意。「那我先回家，改天再找香取兄和窪田聚聚。」

「好，來辦個吐苦水大會。」

「約好了就聯絡我。」

清二揮揮手向早瀨道別。

半途回頭一看，早瀨正慢慢走向廣小路口。

＊

孩子出生了。天快亮的時候，派出所接到了一通電話。房東太太陪產，跑到谷中警察署打電話通知。

「是男孩，母子均安，恭喜啊。」

電話很簡短，清二掛斷之後，橫山說：

「第一胎？」

「對。」清二感覺不太真實。「聽說是男的。」

「你不回家看看？」

「沒關係，家裡有產婆，還有房東太太。這時候父親跑回家只會礙事。」

「幸好你在附近租房子，下班後馬上就能趕回家。」

「咬牙繳那麼貴的房租，就是為了這個啊。」

「名字想好沒？」

「還沒。」

「署長不太管這個，但是副座很喜歡當媒人，幫人家小孩取名什麼的。如果你想給他好印象，請他幫小孩取名很有用。」

清二問：「他取得好嗎？」

「不好。」橫山笑笑。「我可不希望你真的找他。」

「我還是自己想吧。」

這天早上，清二走回初音町住家的路上，想著孩子的名字。他試著拼湊各種漢字與發音，又將父親和親戚的名字想過一輪，試著找出能夠代表家族羈絆的字。可惜一直想不到夠好的名字。

走到博物館前，他看到原田，原田邊走邊東張西望，應該是在找香菸。

如果問老師呢？

清二停下腳步喊住原田，告訴他自己小孩出世了，想幫小孩取名，卻想不到好名字。

原田先道了聲恭喜，然後說替小孩取名，是為人父最大的權利。

清二說：

「我不過高等小學[14]畢業，認不得幾個大字，也不知道字裡有什麼涵義。要是老師能給我一點想名字的方向就太好了。」

原田沉思片刻後說：

「你姓安城對吧？如果是男孩，名字就三個音節好了。」

「三個音節？」

「對，像是ノボル（noboru）或カズオ（kazuo）。四個音節的像是ノブカツ（nobukatsu）或テルアキ（teruaki），搭著你的姓念就不順口了。」

「所以是三個字？」

「三個音，所以應該是兩個字。最好是看了就會念的字，小孩的名字不能太刁鑽，不然小孩會過得很辛苦。」

「三個音，兩個字，看了就會念，是吧。」

「你根據自己最在乎的理念去選字吧。前陣子社會上到處都是忠啊孝啊、勝利成功什麼的，但是現在社會變了，順著你的心意命名就好。」

「確實如此。」

清二道謝之後要離開，原田向他伸出手來。

「能不能分我一根菸？」

清二從口袋裡掏出菸盒，裡面還有三支，他整盒給了原田。

走進自家門前那條巷子，清二想好名字了。

民雄（tamio）。掛在安城這個姓底下，念起來也很順口吧。多津會怎麼說呢？搞不好她也有想法。

走進家門，多津就從棉被裡坐起身，神情相當憔悴，感覺身上的脂肪水分在一夜之間都洩光了。先前電話上雖說母子均安，想必消耗了不少體力。

多津對清二露出笑容。

「是男孩，長得很大，可能超過一貫[15]呢。」

產婆抱起嬰兒交給清二，說嬰兒才喝過奶，正在睡覺。嬰兒一臉皺巴巴，正如大家說的像隻小猴子，看不出到底是像他還是像多津。

產婆說：

14 日本戰前舊制，相當於國中。

15 約三．七五公斤。

「孩子的臉像媽媽，身材像爸爸，肯定會長得很壯。」

多津問：

「你想好名字了嗎？」

「對。」清二看著嬰兒的臉蛋回答：「叫民雄，民主主義的民，英雄的雄。」

「很好啊。」多津也贊成。

隔天早上要出勤，清二在動物園入口前碰到阿綠，正在打掃路面。阿綠穿著亮色的女用上衣，看到清二靠近就笑了。

「恭喜警察先生。」

應該是指生小孩的事，或許是聽原田說的。

「謝謝。」清二也直接道謝。「你在開心什麼呢？」

「我也不太清楚，只覺得原來警察先生也是有血有肉的。」

「我當然有血有肉，又不是妖魔鬼怪。」

「我一直以為警察都是妖魔鬼怪啊。」

「這話真過分啊。」

「開玩笑的。」

清二會心一笑。他想自己應該是一臉幸福洋溢，整個人散發歡迎大家來祝福的喜氣，阿綠才會上前搭話。或許之後巡邏時得嚴肅一點，要用眼神嚇唬罪犯的話，一臉幸福模樣可不恰當。

清二對阿綠揮揮手，加快腳步。

3

到了十一月，派出所也擺起了達摩爐[16]，而且值勤時要穿外套。

上野公園的遊民早晚燒起找來的廢木材，聚在一起取暖。經過六月的大取締之後，遊民人數在八月又恢復以往水準，到了這個季節則少了些，主要是孩子不見了。

早上六點多，清二正在派出所值夜班，突然一名中年遊民走進派出所，清二並不認識他。男遊民說：

「警察先生，有人死了，叫做阿綠的。」

清二想問清楚。

「阿綠？」

遊民暴斃在上野公園裡並不罕見，光是去年冬天，一個月就死了快二十人，死因大多是營養不良，衰弱致死。但是前些天看到阿綠，他還健康得很，難道不是暴斃？

「在哪？他的帳篷裡嗎？」

「不是，在不忍池畔。」

不忍池一帶正是這間派出所的管區。

16 取暖用的鐵製圓型火爐。

「是你發現的？」

「對啊，死法有點怪。」

在待命室休息的橫山，拎了外套走出來。

「安城，我們走吧。」

清二對那遊民說：

「帶路吧。」

遊民說自己姓瀧田，住在不忍池東邊，弁財天的旁邊。他也是在上野公園生活的一分子，和阿綠早就認識。

橫山與清二留下兩名同事，一起趕往阿綠陳屍處。

不忍池南邊有個地方樹叢茂密，大概十個遊民圍在那裡。

上前一看，阿綠就仰躺在樹叢間，嘴巴像尖叫到一半僵住，雙眼圓瞪。這完全不像自然死亡，頸部還有瘀痕，看來是勒斃。

阿綠穿著女用上衣，但是沒穿鞋。

橫山問瀧田：

「你發現阿綠的時候，他就沒穿鞋了？」

「不對，原本不是光腳，應該有穿鞋。」

橫山怒氣沖沖說：

「有人脫了他的鞋，混帳。」

橫山說要回派出所聯絡上野警署，清二把阿綠屍體旁的圍觀群眾趕開，然後詢問瀧田：

「有想到什麼嗎？」

瀧田搖頭。

「怎麼可能，我只是發現屍體，可不想有牽扯啊。」

「阿綠常來這裡嗎？」

「嗯，經常從池之端去數寄屋町。」

「你大概多久前發現他的？」

瀧田說一發現就去報警了。太陽已經升起，或許有人比他更早發現，但公園裡的遊民可不想因為一具屍體，就牽扯上警察。

清二四下觀察，不忍池岸邊一帶大致住有二、三十人。離阿綠屍體最近的帳篷約三十公尺遠，夜裡要是出事應該聽得到動靜。相信刑警很快能找到充分的線索。

清二望向水池對岸，上野山的方向。

這件事還是要告訴阿綠的同伴吧。

十分鐘後，上野警署的刑警趕到，清二把現場移交給他們。

值完夜班之後，清二從派出所回到警署，碰巧遇到一群剛準備下班的刑警。

清二問其中一人：

「有凶手的線索嗎？」

「還沒。」刑警回答，這位刑警年資三年，四十來歲，姓吉野。「但應該是客人幹的。我們盤問好幾人，都在大半夜聽到爭執聲，搞不好是他的熟客。」

「看來很快能逮捕凶手。」

「如果能順利找到目擊者的話。」

清二走回家的路上，發現博物館前的樹林裡，原田正在燒火取暖。原田一看清二的表情就知道有事，拉緊了大衣衣領，立刻走向清二。他身上還是夏天那件薄料長大衣，總算發揮禦寒作用了。

原田說：

「我聽說阿綠的事了，刑警也來打探消息。」

清二進一步確認。

「阿綠和那夥人發生爭執嗎？」

「不曉得，刑警說應該是阿綠的客人。」

「有可能，我最近看到阿綠的臉腫起來。」

「你問他有沒有被修理，這倒沒聽說，反而那夥人……」

原田往公園南邊瞥了一眼，又說：

「我覺得可能是公園裡那群粗暴的人幹的。」

「有什麼證據嗎？」

「他們老是捉弄、又惡劣地欺負人，阿綠弱不禁風的，根本是頭號目標。」

「你是說他們做得太過火，不小心殺了阿綠？」

「那夥人似乎是這麼想，讓阿綠成為第一個犧牲者，接下來一個一個逼走。」

「真的嗎？」

「夏天那段時間，那夥人又跑回來。阿綠的同伴現在緊張兮兮的，你最好也別隨便靠近。」

「這我明白。」

原田換了話題。

「有香菸嗎？」

清二掏出口袋裡的菸盒，沒看裡面剩多少就交給原田。

過了三天，偵辦沒有任何進展。

上野警署的刑警四下詢問公園遊民、男妓和流鶯，依然找不出特定的嫖客。也沒聽說阿綠和公園裡哪個居民有過糾紛。

大批刑警在公園內外打探消息，公園裡那夥人對男妓的敵意更為升高，指責男妓害公園變得不自由。

第四天早上，原田告訴清二：

「占據五條天神一帶的那夥人，說要趕走人妖[17]。說現在到處是警察，害他們生意做不下去。人妖們也準備迎戰，還開始張羅棍棒呢。」

清二驚訝反問：

「兩個集團要開打？」

「人妖們不會乖乖挨打，但也不會主動鬧事才對。」

清二當天就把這消息轉達巡邏第三班的巡查部長，表示公園裡可能發生集團鬥毆。

---

17 オカマ（okama），指穿女裝的男妓，帶有歧視意味的用語。大正、昭和年間主要穿和服，二戰後美軍和新政府開始取締，大多改成自營業或在街邊攬客，也換成了西式連身裙。

巡查部長拿起留言條，走出外勤股的辦公室。

隔天，清二和同事上夜班之前，副座下了指令。

第三班半數共十八人在警署待命，等待後續指示。

清二也沒有前往派出所，而是留在警署待命。可能有特別取締行動，或是需要舉發犯罪。

到了傍晚六點半，總算知道發生了什麼事，原來警視總監田中榮一帶人來上野警署，看來是要視查轄區。

警視總監帶了約十名部屬前來，都直接隸屬警視總監，也就是警視廳的主管們，有刑事部長、保安少年部長，還有再下面的課長們。總務部的祕書股長好像也來了，還看到五名穿西裝的男子，其中一人拿著大型相機，應該是報社記者和攝影師。

警視總監一行人似乎是來警署與上野署長談事情，談了十分鐘左右走出大門，由上野警署署長打頭陣。

副座交代外勤股的警部補：

「總監即將前往上野公園緊急視察，先前發生凶殺案，又即將碰到年底犯罪高峰期。總監要確認我們上野警署的警戒巡邏體制，巡邏班務必提高警覺保護總監，不可發生任何意外。出發！」

已經將近晚上七點鐘，天色完全暗了下來，公園裡沒幾盞路燈，一片昏暗。

清二想不透，特地在夜裡視察有什麼意義嗎？難道趁晚上視察，對維護治安比較有幫助？還是觀察入夜後的公園，才能證實取締成果？

上野警署位於北稻荷町，一行人徒步從警署出發，繞過上野車站，從西鄉隆盛的銅像底下進入上野恩賜公園。報社記者要求眾人在銅像底下拍照，警視總監按記者們的要求擺姿勢，拍下畫面。明天報紙上應該會看到「警視總監年底出馬，夜間視察上野公園」之類的標題。

拍完照片之後，巡邏的巡查排成左右兩路，走上平緩的櫻花樹坡道。後面是上野署長與警視總監並行，更後頭則跟著警視廳的主管們。

排成兩路的巡查隊，由第三班主任巡查部長帶隊，隊伍拿著手電筒替大家開路。

警視總監邊走邊聽上野署長說明，不時拿手上的手電筒照照左右樹叢。遊民們從帳篷裡探出頭來，在燈光下一臉錯愕。

走完坡道，就是動物園前的廣場。繼續往前走是帝室博物館，已經改名為國立博物館。眾人從上野警署出發到這裡，大概花了四十五分鐘。

眾人在此停下，上野署長指著左右兩邊對警視總監說明。

接著主任說：

「往博物館方向，前進。」

前方左手邊的樹林裡，就是阿綠待過的男妓團帳篷村，還有原田那些老實遊民的住處。

清二由衷希望警視總監不要太好奇，畢竟男妓集團正提心吊膽，就怕被暴力遊民攻擊。

往博物館方向走了五十公尺後，上野署長在後面大喊：

「停，檢查左手邊的火堆！」

清二望向左手邊，樹林裡確實有人升起火堆，火堆旁圍繞著幾名男子。那裡就是男妓生活的地盤。

警視總監帶幾名手下，就要走進樹林裡。總監手上的手電筒，直直照向樹林裡那些男人。

第三班主任連忙下令。

「跟在總監身邊！」

清二等人連忙跑到總監左右兩邊，外套底下的警棍晃呀晃的。

樹林裡有人大喊：

「來啦！」

「小心！」

「是他們！」

突然刺眼光芒閃動，應該是相機的閃光燈，照出了樹叢裡人們的長相。只見他們高舉棍棒，往總監一行人衝來。

下一秒，總監的手電筒光線甩向空中，接著是一陣敲打悶響。

「唔哇！」有人慘叫。「幹什麼！」

敲打聲不斷，慘叫此起彼落。清二在昏暗的樹林裡，看到男妓們揮舞棍棒，警視總監和警視廳主管們紛紛抱頭跪趴在地。

主任下令：

「巡邏第三班，抽警棍，衝鋒！」

清二衝進揮舞棍棒的男妓之間。

手電筒的燈光就像螢火蟲般四處晃動，清二在黑暗中看清了衝突現場。只見三名男妓正團團圍住一人毆打，八成是總監。清二用警棍擋在面前往前衝，突然頭上被敲了一記，清二揮出警棍，把對方打倒在地。

腳邊有人。

「救命，是我啊！」腳邊的男人說。

聽這口氣應該是警視總監，清二繞到前面，把總監扶起來，但棍棒繼續追打，腦袋又被敲中。清二護著頭，轉身朝打他的男子揮落警棍。

清二上前一步，扯開嗓門大吼：

「別誤會，我們是警察，警察！」

男妓們都停下手來。

好幾支手電筒的光線總算停止揮舞，慢慢照出樹林裡的景象。約二十名男妓正愣愣往前看。巡查們面朝男妓一字排開，作勢保護警視總監一行人。

一名看起來最年長的男妓，瞇著眼朝強光說：

「真的是警察？」

主任舉起手電筒照向巡查們，光線照出了警視廳的警察制服。

這下換男妓們慘叫了：

「對不起啦！我們沒想到警察會來，都是因為其他人說要來打我們啦！」

上野署長大吼：

「逮捕，全部逮捕！」

副座岩淵也扯嗓怒吼：

「把這批人全抓起來！抓起來！」

男妓們聽罷一哄而散。

副座吼得更凶了：

「逮捕！逮捕！逮捕！」

清二等人再次衝進樹林中。

三天後，上野警察署就和六月一樣，獲得鄰近各警署支援，大力驅離上野公園內的遊民，並取締不法行為。後來有一陣子，上野公園裡的遊民少了很多。

這年年底，清二難得又在博物館前碰到原田。

原田還是戴著帽子，身穿薄料長大衣。

「你都去哪了？」清二給原田一支菸問：「那天掃蕩之後，好像很多人都沒回來了。」

原田不客氣收下香菸後說：

「我去淺草，大家都各奔東西了。如果沒必要回來，各奔前程也沒啥不好。」

原田向清二借火柴點菸，吐了一口白煙。

「聽說還沒抓到殺阿綠的凶手？」

清二回答：

「是啊。警署的刑警一直都在偵辦，總算查到阿綠的本名了。好像叫做高野文夫。」

「這我倒沒聽說。但我回公園後，又聽到了阿綠的事。」

「什麼？」

「據說阿綠是警察的線民。」

清二不懂。

「線民？他在監視什麼嗎？」

「不清楚，只是聽說阿綠和警察有點關係。不知道是不是因為這樣，阿綠才會被殺。」

「如果阿綠和警察很熟，刑警應該會知道是誰下的手吧？」

「要是這樣就好了。他糊里糊塗被殺，想必不會瞑目。請務必抓到凶手啊。」

「刑警都很執著的。」

「那，」原田把火柴還給清二。「Merry Christmas。」

「什麼？」

「占領軍打的招呼，意思好像是新年好。」

「老師新年也好。」

這年年底，復興仍遙遙無期。當天是昭和二十三年十二月二十三日，東條英機與七名戰犯，在巢鴨拘留所執行絞刑。

清二直到四年後，才又想起阿綠，也就是高野文夫遇害的案子。

4

清二剛寫完報案單。

大約三十分鐘前，一名中年女子怯生生走進上野公園前派出所，表明自己從郡山來，接著說：

「警察先生，我好像被詐騙了。」

中年女子臉色紅潤，完全沒上妝，看起來像是農村來的村婦。她娓娓道來。

在阿美橫丁時，發現路邊有個年輕男子蹲著哭，一旁還有老先生也蹲著安慰，不時搭著年輕男子的肩膀聽他說話。幾個行人停下腳步，聽年輕男子說些什麼，郡山來的中年女子也停步察看狀況。

老先生看到女子，問女子有沒有聽見，女子說沒有，老先生就解釋。

年輕男子是岐阜來的鄉下人，錢包被扒走，不知所措只好蹲著哭。年輕人的錢包裡，放著故鄉親戚和鄰居交給他的錢，將近一萬圓。大家籌錢給年輕人，要他買些藥品和日用品回岐阜。

老先生說，幸好年輕人帶著做衣服的布料，說就便宜賣，才打算買一些幫他一把。

老先生打開年輕人身邊的包袱巾，拿起布料說，這可是頂高級的羊毛啊，你打算賣多少？

年輕人說出的價錢，以羊毛來說實在非常便宜，老先生付錢買了一反[18]，年輕人不斷向老先生磕頭，說碰上了活佛，多少能彌補些損失。

郡山來的女子拿起布料看看，挺像真羊毛，而且才有人買下，不至於是人造纖維的劣質品吧。

女子手邊有點閒錢，掏了錢出來說剩下五反都買了。年輕人收下五千圓，將整包布料交給女子，道謝後離去。女子幫了人，又買了划算的布料，心情相當好。

就在女子要走出阿美橫丁時，兩名男子突然上前攔住她，說是刑警。兩人指稱附近可能有人買賣贓物，要搜她的行李。

女子給警察看了行李，心想這樣就能洗刷嫌疑，結果自稱刑警的男子一看，稱布料是贓物，要沒收當證物，拿了那包布料轉身離開阿美橫丁。

女子愣了一陣子，才發現被騙了，兩個刑警是假貨。

於是前來公園前派出所報案。

前輩巡查橫山幸吉在旁聽完，說了：

「假哭窮[19]啦。常見的手法。」

清二看著橫山。

「這是詐騙手法嗎？」

「對，但倒是第一次聽說假刑警。通常是騙人買完便宜貨就開溜，冒出假刑警可是新手法，多半是一夥的。」

中年女子突然聲淚俱下。

「人家說是刑警，怎麼有辦法懷疑呢？太過分了。」

18　布疋單位，寬約三十四公分，長約十公尺。

19　通常是多人集團，在路邊哭訴自身窮苦身世以遂行詐騙。

橫山對清二說：

「我大概知道是哪批金光黨在搞假哭窮，這種人不多。但你要去查出是哪些人自稱刑警，有人冒充刑警可不能縱放啊。」

「是。」

清二向郡山來的女子仔細打聽假哭窮黨一夥人的長相。這案子應該要回上野警署，向搜查股的承辦人報告。

就在清二送女子離開派出所的同時，他在派出所前注意到一名年輕男子。

男子正從湯島走向上野廣小路，經過派出所前面，看來打算過馬路去阿美橫丁。

男子年紀二十上下，頭髮稍長，掛著劉海，身穿外套，肩背帆布包，打扮算不錯。這人走過派出所前，卻不看派出所一眼，感覺是刻意移開視線。

清二回頭朝派出所裡看，橫山一見清二的表情就明白了，隨即來到清二旁邊。

派出所裡還有兩個外勤巡查，由他們駐守派出所。

橫山問：

「哪個？」

清二邁開腳步隨即回答：

「側背包的男人。」

年輕男子已經走過派出所前面，混在人群中，走到廣小路的車道旁。

橫山又問：

「長頭髮的男人？」

「對。」

「原來如此。」

早上點名的時候，警署宣布了緊急通緝犯的姓名和服裝等資訊。通緝犯名叫山際啟之，十九歲，原本是日本大學的司機，前天九月二十二日職員從銀行提領日本大學教職員的薪水，他搶奪後逃逸。他的司機同事還被他用小刀砍傷，損失金額高達一百九十萬圓。山際的外型是頭髮長，臉小，皮膚白，五官斯文。

距離二十步左右，清二加快腳步。

清二不自覺將右手按住腰間配槍，警視廳今年一月起分發手槍給所有警察，巡查清二腰間的配槍是史密斯威森（S&W）的點四五口徑左輪手槍，光是槍身就重達一千兩百公克，大家都說這麼大的槍遲早會害警視廳所有巡查都腰痛。

橫山也手按著槍，還微微將槍套往上提，因為快走或跑步時，可不能讓這麼重的東西在腰上亂晃。

追趕途中，橫山誇獎清二：

「好眼力。」

清二沒有回話，繼續追趕目標。

其實清二已經當了兩年半的巡查，卻從來沒有透過職務盤查逮住罪犯，獲得表揚。對於在派出所輪班的外勤巡查來說，職務盤查幾乎是建功唯一的機會，可惜清二不擅長盤查。清二曾經接受署長表揚四次，全都是因為現行犯逮捕扒手和竊賊，這也算功勞，但在這個犯罪率高的派出所當巡查，卻沒有在職務盤查中逮過罪犯，不免被懷疑執勤不夠認真。

說實話，清二並不喜歡職務盤查。他剛開始到派出所服勤，也是聽橫山學長吩咐，每天盤查不少人，但沒有遇過罪犯。畢竟派出所後面是上野公園，前面是阿美橫丁，如果要盤查所謂和普通老百姓感覺不一樣的人，可得攔下七成的行人。就算真的攔了這麼多人，裡面剛好有逃犯或剛犯案的歹徒，機率也趨近於零。幾乎每次盤查都徒勞無功，只能期待有些許恫嚇與牽制的效果。

自從清二體認到這個事實，除非碰到極為可疑的人，否則他不會進行職務盤查。他藉口自己還沒有巡查的直覺，所以避免頻繁的職務盤查。

因此剛才清二看到可疑人物並通知橫山，可說是特例。

清二與橫山追趕年輕男子，男子已經走到廣小路的車道上，橫山悄悄來到男子左手邊，清二站到右手邊。

橫山與男子並排後，把人攔下。

「喂，等等。」

橫山巡查已經五十多歲，職務盤查還是用「喂，媽的」來攔人。清二在警察練習所受訓時，被要求不能用「喂，媽的」攔人，攔人時要說「不好意思」。

年輕男子看到橫山，臉色一變，停下腳步。

清二轉身擋住男子的去路。

橫山詢問男子：

「你要去哪裡？旅行？」

男子看了清二一眼。

橫山又追問：

「能不能到那邊的派出所，讓我問個話？」
男子皺起眉頭，嘴角微微上揚，給人的感覺是腦袋機靈，而且冷漠無情。
男子說：
「我要去搭火車。」
「幾點的？」
「四點，不對，三點半。」
「去哪？車票呢？」
「仙台，車票還沒買。」
「去工作？背包裡是什麼？」
「沒什麼可疑的。」
「可以讓我瞧瞧吧。」
男子又看了清二一眼，似乎想問有沒有別的選擇。
清二點頭說：
「這裡會擋到路人，到派出所說吧。」
男子問：
「我有什麼嫌疑嗎？」
「沒有，問個話而已。」
「我不是可疑人物。」
清二的口氣比剛才更重：

「你來，還是不來？」

橫山靜靜地說：

「不會耽擱你太久，馬上就好，隨我們來一趟吧。」

男子輕嘆一口氣，轉了個方向。清二與橫山夾在男子兩邊，一同前往派出所。

兩人讓男子坐在辦公桌邊的椅子上，男子將背包放在腳邊。

清二站在男子身後。

橫山把日報攤在辦公桌上問：

「姓名和年齡？」

男子答：

「加藤保，二十一歲。」

「哪個保？」

「保護的保。」

「幾年生的？」

「昭和四（一九二九）年。」

「屬什麼？」

問完年齡問生肖，是職務盤查的基礎。如果對方謊報年齡，通常都說不出生肖。一旦答不出生肖，或答錯生肖，代表可疑人物有原因要隱瞞身分。

但是男子回答了：

「屬蛇。」

生肖和年齡符合。

「住哪？」

「豐島區椎名町。」

「職業？」

「學生。」

「哦，學生啊？」

「對。」

「有身分證或配給手冊嗎？」

「放在我租的房子裡。」

「能不能把口袋裡的東西拿出來看看？」

「全部嗎？」

「如果沒什麼糟糕的東西，就讓我們看看嘛。」

男子不甘願掏出口袋裡的東西，有條擦手巾、零錢包、金蝙蝠香菸，還有黑色的布料錢包。

男子拿起錢包，試圖解釋些什麼。

「家裡剛送錢給我，我得繳清剩下的學費。」

橫山看了看錢包裡面，清二站在一旁看。

錢包裡約莫有三萬圓。

「可真有錢啊。」橫山說。

「就說要繳學費的，還有住宿費呢。」

「背包裡還有什麼？」

「換洗衣服之類的。」

「是什麼？」

「還有盥洗用具。我有事要回故鄉，都是些旅行用品。」

「可以讓我看看嗎？」

「一定要給你看嗎？」

橫山對清二使眼色，要他稍微硬起來。

他當外勤巡查，已經很熟悉這手法了。

清二狠狠一掌拍在辦公桌上。

「你可以不給看，我們也會想辦法喔。」

自稱加藤的男子顯得有些退縮，但還是緊閉著嘴，一雙眼睛驚慌地來回盯著清二與橫山。看來男子相當掙扎，不知道要堅持到底，還是認命打開背包。

清二又拍了一次桌子。

「拿出來！」

男子閉起眼，縮著身子，以為要挨揍了。

橫山說：

「哎，加藤兄，趁這小伙子還沒氣炸，把背包裡的東西拿出來看看如何？我們也沒對你做什麼壞事吧？」

男子睜開眼，再次交叉雙臂，別過頭去。

「沒辦法。」

橫山起身走向牆上的電話，拿起話筒撥給轄區警署。

「我是公園前外勤第三班的橫山，幫我接班長。」

橫山邊講電話，邊回頭瞪著加藤。

「我是橫山，目前請了一名男子回派出所，可能是通緝中的山際。穿類似西裝的外套，長頭髮，有側背包。只有一個人，對，就是前天日大薪資強盜。」

自稱加藤的男子聽了，目瞪口呆。

「嗄？」橫山口氣突然變了。「不是，他自稱加藤保。」

清二仔細一看，橫山顯得很沮喪。

「這樣啊，唉。」

橫山掛斷電話，對著清二搖搖頭。

「聽說山際啟之已經被逮捕，大井警署趁他和女人一起時給他上銬了。」

清二看了看自稱加藤的男子，和通緝犯的肖像畫明明就很像啊。

自稱加藤的男子鬆開雙手，表情也舒緩下來，應該知道自己的嫌疑已經洗清了。

橫山放回話筒，抓著頭說：

「山際被抓時一直喊『噢，米斯特克』，說自己是日裔美國人第二代。『噢，米斯特克』是什麼意思？」

清二回答：

「Mistake，可能在說自己搞砸了。」

橫山又坐回自稱加藤的男子面前，口氣平靜地說：

「老實說，我以為你就是通緝犯，現在發現不是啦。好了，沒啥要擔心的，背包裡的東西讓我看看吧。」

自稱加藤的男子嗤笑一聲。

「警察也真是夠了。」

「快讓我看啊。」

自稱加藤的男子從腳邊拿起帆布包，放在辦公桌上。

男子打開布包，逐一取出裡面的物品放在桌上，有髒衣服、用毛巾包住的盥洗用具，還有幾本書。一本是石川啄木歌集，另一本是橫版書[20]，應該是詩集。

橫山拿起橫版書問：

「這什麼書？」

「不是思想書。」

「所以是什麼書？」

「海涅的詩集。」

「哪一國的？」

「德國。」

「你學德語？」

「不只德語。」

男子又拿出一副黑膠框眼鏡，從鏡片來看，幾乎沒有度數。

背包的內袋放著立教大學的學生手冊，手冊裡夾著學生證，學生證上沒有照片，證件上的名字寫著加藤保。

橫山說：

「你不是說沒有身分證？」

加藤保說：

「我會怕啊，我知道警察討厭學生。」

「沒有討厭啦，討厭警察的學生倒是有。」

「我剛想很久該怎麼回答。」

「既然你沒做什麼，只要乖乖回答問題就好。」

「我可以走了嗎？」

「可以。」

男子把東西收回背包裡，從椅子上起身。

清二仍然覺得不對勁。

這人並不是被通緝的山際啟之，這點已經很清楚了，但是他渾身上下透著一股詭異的氛圍。確實有些學生的氣質比較溫和軟弱，但眼前這男子卻給人更邊緣的感覺。就像會對女人使詐哭窮的那種人，聞得到他們靈魂的腐臭味。只是清二無法證明。

清二攔下男子，要他再次坐回椅子上。

20 指外文書。

「你再說一次出生年月日。」

「昭和四年五月二十日。」

「名叫加藤保對吧？」

「不是看到學生證了嗎？」

「你在大學修什麼？」

「就文學啊。」

「向哪個老師學的？」

「咦？」自稱加藤的男子突然一臉驚慌，看來沒想到會被這麼問。

「能不能跟我說老師或教授的名字？」

「我不是可以走了嗎？」

「回答一下又沒關係，老師叫什麼名字？應該有很多位吧。」

「有啊，佐藤教授、小林教授，好多呢。」

「說到立教，岩淵忠孝教授可出名了，聽說是刑法專家，你認識嗎？」

「岩淵教授啊，有，我認識。」

「他很有名吧，寫過很多書呢。比方說民主主義與警察這類的書。」

「對啊，他寫過。」

「你能不能借我學生證？」

「要做什麼？」

「我想找大學查查你的事。」

清二不等對方回答，就拿了學生證起身。自稱加藤的男子正想起身，卻被橫山攔住。

「好啦，你慢慢來。」

清二拿起話筒，撥電話給上野警署。

「我是上野公園前派出所的安城，要比對身分。立教大學文學院，加藤保。加藤清正的加藤，保險的保。對，打給學生課應該比較快，我等著。」

清二掛上話筒走回來，加藤眼神游移，表情緊張。

清二已經確定，這個人肯定和犯罪有關，但是犯了什麼罪呢？和金光黨搞假哭窮？看起來不像傷害或強盜犯，難道是竊盜？搞不好就是詐欺犯。

加藤開始抽起菸，看來比剛才更緊張，但是他逃不掉了。如果真的要逃，也並非完全不可能，可惜現在警視廳的巡查都有配槍，只要巡查槍法夠準，一槍就會斃命。自稱加藤的男子無從得知清二與橫山的槍法，當然不知道兩人在月島訓練所的射擊成績都敬陪末座。

三分鐘後，派出所的電話響起，清二立刻接聽，電話那頭說：

「有個叫加藤保的學生，向池袋警署報案說書包被偷，裡面還有學生證。立教大學的學生課表示，最近山形縣和福島縣都有民眾向學校通報，有人拿加藤保的學生證搞結婚詐欺。福島縣警已經通緝了這個自稱加藤保的人。」

清二說：

「請派搜查股的人過來，我們應該逮到人了。」

男子聽到這話，倏地起身要衝出派出所，橫山立刻擋在男子面前。男子用肩膀衝撞橫山，橫山使出掃腿，將男子掃倒在地。清二衝上前騎跨在男子身上，橫山對男子上銬。

清二問橫山：

「這個，要用什麼罪名逮捕？」

橫山說：

「先用妨礙公務好了，他可是撞了我就想逃啊。」

「媽的！」男子說。「我做了什麼？」

清二說：

「這就要問你啦。你謊稱立教大學學生，幹了什麼好事？」

「我是立教的學生沒錯。」

「但是立教沒有岩淵忠孝教授喔，他是我們警署的副座。」

自稱加藤男子乾笑兩聲，垂頭喪氣。

回到上野警署之後，橫山寫好了逮捕手續書。

橫山還是第一次逮捕詐欺犯。

「老實說。」橫山說：「我這把年紀還沒逮捕過強盜，挺想抓個大案子的歹徒呢。」

清二微笑。

「如果他是山際啟之，我們應該會拿總監獎吧。」

兩人將逮捕手續書交給偵訊股的巡查部長，巡查部長走出辦公室，隨即和警署副座岩淵警部一起回來。

岩淵看來心情很好，輪流看了看清二與橫山說：

「看來他幹了不少案子，你們直覺夠準。」

清二與橫山一同鞠躬。

岩淵對清二說：

「今天確實是件功勞，但是你完全沒有舉發過經濟犯罪，是有什麼理由故意不抓嗎？」

清二謹慎評估措辭。

「是，我希望盡量以防堵比較惡劣的犯罪為優先。」

「哪有什麼比較惡劣，所有犯罪都一樣惡劣。」

「是。」

「你要像今天這樣，經濟罪犯也多抓點。」

「是。」

清二走進外勤股的大辦公室，一名總務員工拿了留言條過來，說清二的警察練習所同期香取打電話來。留言條寫著下星期老同學要在湯島的居酒屋聚會，如果有人輪班，就通知香取改時間。

戰爭結束後，日本一時禁止飲食店營業，直到去年五月才重新開放，目前東京都內，應該有超過二十家啤酒館，再也不用站在酒鋪將就著喝酒了。清二不算愛喝的人，但是和同期同學一起喝，肯定很開心。上次見面是去年十二月，都快間隔九個月了。

清二將留言條夾在警察手冊裡，橫山看了對他說：

「一群警察要聚會啊？」

「是啊。」清二點頭。「練習所的同期，很久沒見面了。」

「你們小心點，現在上面正要大動作抓左派巡查喔。」

這件事情清二也有耳聞。前陣子日本共產黨才宣布，要派黨員混進警察預備隊，這麼說來，肯定也會混進警視廳，搞不好已經有人混進來，培養新黨員了。要說什麼時候開始混進來的，應該就是二十三年的大批錄用。當時錄用的警察裡面，似乎不少是共產黨員巡查。

清二在二十三年當上巡查，日本國內也在這一年動盪起來。勞工勢力壯大搞起社會運動，比戰前激烈許多，共產黨勢力也增加，有些人更以暴力革命為職志，已經發生多起勞工或左派學生攻擊派出所、駐在所，搶奪警官手槍的案子。

三個月前，北韓軍隊闖過三十八度線引發韓戰。約莫一個月後，韓國政府遷都釜山，日本政府與美軍的危機感達到巔峰。後來麥克阿瑟率領盟軍登陸仁川，將北韓軍隊推回三十八度線以北，日本的局勢總算安定下來。

可是往後朝鮮半島的局勢，肯定會影響日本國內的激進左派採取激烈行動，日本政府高層對左派運動也愈發提高警覺。日本警察雖一時成為民主警察，卻又逐漸走回過去反共、反團體的體制。主管階級尤其明顯，對勞工運動與學生運動特別敏感。

橫山說：

「你要是被懷疑，可會丟掉工作喔。找朋友見面得小心，千萬別被當成共產黨的密會了。」

「我知道。」清二再次點頭。「只是同學會而已。」

又有幾個外勤巡查走進辦公室。

橫山立刻換話題。

「要是不用帶手槍回家，不知道有多好睡喔。像今天這種好日子，忍不住想喝兩杯，但想到要保管手槍，都不敢多喝了。」

這也是清二的煩惱。他錄取巡查的那年有了兒子，現在兒子滿兩歲，會走路，也更調皮了，要是不小心接觸手槍可會出大事。雖然扣下扳機要很大的力氣，但還是希望由警署保管手槍。清二與大部分警視廳巡查都由衷這麼希望。

到了約定的日子，清二下了日班換上便服，前往湯島的居酒屋。

香取茂一和窪田勝利已經到了，在小和室裡對坐，當然也是穿便服。

窪田看來和警察練習所那時沒兩樣，還是很爽朗，任何人看到他想必都會放下戒心，輕鬆以對。

香取變得稍微福泰了些，臉上多了幾兩肉，這副德性對職務盤查應該大有幫助。但此時他的神情有些憂慮。

三人喝起合成酒的時候，早瀨勇三也來了。早瀨穿著西裝，看來他現在還是不太適合穿制服。大家閒聊了一陣。

有人問起上野公園的災民，清二回答。目前地下道的災民已被驅離，後來卻跑到公園的瞭望臺、寬永寺境內（俗稱葵町）等地搭起棚屋住下，人數超過千人。警察可以驅離公園裡的災民，但效果不彰，居民們馬上又會回來。所以警視廳和東京都改變方法，由都政府提供土地給這些人。都政府在其他地區選好土地借給災民，每個集合棚架屋社區的面積為兩百至三百坪。就這麼在去年勉強完成了災民的遷移。

警視廳與都政府開始同時驅離公園裡連棚屋都沒有的遊民。政府在足立區堀之內蓋了收容所，把災民送進去。剛開始災民反對強制遷移，後來堀之內一帶居民反對災民遷入，公園災民聽到居民這麼討厭自己，反而主動說要遷移。既然如此，最好在表定遷移日前進行，免得堀之內一帶居民發起抗爭。

就在去年十一月，公園災民在大家口中的老師指揮之下，井然有序地遷進堀之內收容所。

清二又補充：

「這麼一來，公園裡的帳篷村幾乎全消失了。偶爾還看到有人露宿，但沒有人久住了。」

香取問：

「那些拿棍子招呼總監的人，都不在啦？」

清二想起那晚的光景，會心一笑。

「嗯，應該三三兩兩分道揚鑣了。」

「但還在公園附近討生活吧？」

「畢竟湯島和鶯谷有很多旅館啊。」

「說到這個，好像有人妖被殺了。不忍池畔那個，那案子破了嗎？」

窪田和早瀨看著清二。

「還沒。」清二回答：「但搜查股已經結案了，變冷案了吧。」

「老百姓被殺了，案子總要繼續辦下去吧。」

清二同意。被殺的阿綠若非住在上野公園的男妓，警方會更澈底偵辦。

窪田說：

「我聽說啊，那案子是警方幹來殺雞儆猴的喔。因為總監要去視察，所以先嚇嚇遊民。」

清二瞪大眼睛。

「你是說凶手是上野警署的警官？我可完全沒聽說。」

「或許是總廳的。」

「總廳不會幹到這個地步吧？」

香取說：

「就此打住吧。我們今天碰面其實是為了窪田，大家幫幫他吧。」

清二看向窪田，窪田慚愧鞠躬。

早瀨開門見山問：

「你幹了什麼好事？」

香取代為回答：

「窪田他想結婚，找到好對象了啦。」

清二說：

「這是好消息啊，窪田怎麼還一臉鬱悶？」

香取作勢看了看窪田說：

「他看上一個女侍，對方在酒館上班，長官不准他娶進門。」

清二脫口而出：

「娶妻申請制已經廢除了啊。」

警視廳原本規定，警察要結婚之前必須向所屬長官提交娶妻申請，獲得批准才能結婚。警官申請後，負責部門會調查女方身家，如果女方職業卑賤，或有家人從事左派活動，就不准結婚。如果警察堅持要結婚，就只能辭掉警視廳的工作。但是娶妻申請制度已經在今年廢除，警察檯面上已經能自由結婚。

香取說：

「就算制度廢了，也沒有鼓勵自由結婚啊。上野警署最近有人結婚嗎？不用告知長官嗎？」

這麼說來，前些天有同事結婚，還是要提出結婚申請，獲得副座口頭批准才行。制度實際上仍在，如果不顧制度結婚，早晚會被勸導離職。

清二看著窪田。

「你說女侍，應該不是酒家女吧？」

「當然不是。」窪田口氣堅定。「不是酒家女，只是在賣酒的地方工作。」

「是不正經的酒館？」

「怎麼可能。」

香取說：

「我也去過，不是特飲店[21]，是六區一家普通酒館，也賣咖啡。這小子看上的只是普通姑娘，對方還紅著臉說想跟窪田在一起呢。但我能理解安城一聽到女侍，就容易想到其他地方去啦。」

清二知道自己的疑慮是偏見，但當下日本社會對女侍的評價並不好，也有不少男人直接用女侍指稱酒家女，更別說警察了。

清二說：

「既然如此，你就先登記再報告，說自己要和這樣的女人家結婚。」

早瀨諷刺地笑了。

「這麼理直氣壯可不好，時局動盪，可能會被當成左派喔。」

「可是娶妻申請制已經廢除啦。」

「你光是說這種話，就算危險思想了。」

香取說：

「看來還是要照過去的流程啊。」

「要是報告女方在六區當女侍，上面不會准吧。連調查女方身家都免了就打回票。」

清二問窪田：

「要是長官不准你結婚，你打算怎麼做？」

窪田的答案也很堅定。

「我會辭掉警察工作。」

香取搖搖頭。

「應該還有辦法，不要太衝動啊。」

早瀨問窪田：

「你突破三十八度線了嗎？」

窪田先愣了一下才想通。

「對方可是正經的女孩子。」

「父母做什麼的？」

「務農，在市川。」

「她自己住六區？」

21 指特種行業，日本政府於昭和二十一（一九四六）年廢除公娼制度至昭和三十二（一九五七）年實施賣春防制法，賣身婦女以員工（女侍）身分待的特殊餐飲店。

「她寄住在阿姨家，阿姨嫁的是家具師傅，在市川和淺草一帶幹活。」

香取又補充：

「對方的阿姨和姨父都是善良百姓，家裡也沒有警方的頭痛人物，是正派人家啦。」

窪田訝異地看向香取。

香取對窪田點點頭。

「抱歉，你一找我商量，我就去查了。別誤會，我是想幫你結成婚啊。」

早瀨的嘴角稍微放鬆下來，接著說：

「來想點實際的辦法吧。大家都不希望窪田辭職，但就算娶妻申請制廢除了，也不代表道理上就站得住腳。光明正大向上面申請要和那姑娘結婚，又不確定會不會准。而且萬一工作的酒館傳出負面的消息，那肯定是不准的。」

香取問：

「能不能隱瞞女方的出身？」

「不可能。」早瀨說：「警務查起這種事特別能幹，別以為能瞞得過去。」

「是喔？」

「就是。」早瀨相當肯定。「窪田，那姑娘在六區工作的日子長嗎？」

「不長。」窪田說：「才三個月。」

「你只認識她不到三個月？」

「她剛去上班就認識了。」

「簡直和侵略馬來半島一樣快啊。」

「抱歉。」

「這不必道歉吧。」

早瀨上身靠向桌面，示意大家靠過來。三人也前傾靠向早瀨。

早瀨小聲說道：

「先讓那姑娘回一趟老家，等她回去你再申請娶妻，這麼一來警視廳會透過當地警察調查姑娘的出身、家庭和學校背景。但肯定查不到什麼壞事，你說對吧？」

窪田擔心說：「或許故鄉有人知道她在六區工作。」

「你就先到處招呼放消息，說姑娘只是趁夏天去阿姨家幫忙。那個阿姨在故鄉的風評也不差吧。」

「應該是。」

「與其據實報告姑娘在六區當女侍，不如這麼幹。只要姑娘回老家，街坊間又沒壞名聲，上面就會准你結婚。」

「我想不通據實報告她的身分哪裡不好。」

「我也不覺得哪裡不好，但是如果你想結婚又想當警察，就先把你的大道理收起來。這個辦法怎麼樣？」

窪田咬著嘴唇，似乎無法接受。

香取說：「這好點子啊，等上面准你們結婚，再把她叫回淺草。」

早瀨說：「只有一件事要考慮清楚。」

窪田歪頭，想問是哪件事。

早瀨說：「她老家那邊可能會有你沒聽過的風評，你有心理準備嗎？」

窪田說：

「我相信她。如果她的人品和我認識的一樣，就算辭掉警察工作我也要和她結婚。」

早瀨重重點頭兩下。

「那姑娘找到好男人了，叫什麼名字？」

「絹子，吉川絹子。」

「舉杯啦。」早瀨坐直身子，其他人也恢復坐姿。

早瀨叫來老闆娘，點了一瓶啤酒。「酒就讓我請吧。」

最後大家喝了兩瓶啤酒。大家喝酒興起，問窪田怎麼認識絹子，絹子人品如何，還有兩人交往過程等等。

窪田說：

「她特別擅長料理，聽說酒館開門前還會幫忙處理餐點呢。酒館也很器重她的烹飪工夫，我之前去酒館，她會特地用地瓜做菜給我吃。」

香取別過頭說：

「聽到都飽啦，真是。」

窪田似乎聽不懂香取的風涼話，接著說：

「我們結婚之後，歡迎大家來玩啊。我會準備好飯菜招待大家。」

早瀨去上個小號，很快又回來了。

早瀨好像有話想說，清二看著早瀨，早瀨小聲說道：

「總廳的警務在店裡，應該是來監視我們。」

清二脫口而出：「警務？為什麼？」

「因為不同警署的巡查在聚會啊。看到香取兄聯絡我們，警務才想調查吧。」

「我們做了什麼嗎？」

「只想確定是不是左派的密會，千萬別談政府的事啊。」

窪田問：

「你看得出誰是總廳警務嗎？」

「一眼就看出來啦。」

香取開心說：「誰要聊政府的事，別管他們了。」

早瀨點頭，坐回和室裡。

過了四天，警視廳宣布逐出三十一名屬於民主警察團體的巡查。這是警視廳首次鎖定混進警視廳活動的日本共產黨員，並進行驅逐。

又過了一個月，窪田勝利與千葉縣市川市的吉川絹子結婚。

在朝鮮半島，中國共產黨軍隊兩星期前跨過鴨綠江參戰，盟軍節節敗退。多虧韓戰，日本國內的軍需產業欣欣向榮。韓戰帶來的景氣復甦，連一般民眾也感受到了。

也在這個時候，首度解除了舊軍人的驅逐令。

同月，多津生下第二個男孩，清二將男孩取名為正紀。

5

孩子小的即將滿兩歲。

大的四歲了，特別調皮搗蛋。

清二在今年四月從公園前派出所轉調上野公園裡的動物園前派出所，這間派出所管理上野恩賜公園。昭和二十七（一九五二）年，清二就任警視廳巡查邁入第五年。

九月，清二選了個沒班的白天，帶家人去逛上野動物園。多津抱著次男正紀，長男民雄牽著清二的手。這是清二第一次帶孩子去動物園，其實民雄一直吵著要去動物園，清二打算等正紀也對動物有興趣再說。差不多是時候了。

清二原本夏天就想帶孩子去逛，但在四個月前的五月一日，和平條約剛生效，皇居前就爆發嚴重的抗爭。那天清二也前去支援警備，經歷了動亂現場。田中警視總監宣布要澈底舉發關係人，警方因而大力搜查相關團體。光是上野警署支援的大規模搜查，就包括深川枝川町兩次、荒川區三河島一次。在這種時局下，可沒有心情陪孩子逛動物園。

直到五一事件[22]結束四個月後，清二才想起這件事。

多津早起做了四人份的便當，她昨天說要來點豐盛的，弄來了四顆雞蛋。平時沒什麼機會吃雞蛋，這種好日子就沒關係。戰爭結束已經七年了，和平條約生效，社會安定下來。巡查的薪水也追上通貨膨脹，津貼愈來愈充足。一家人第一次去逛動物園這天，總算買得起雞蛋了。

民雄這幾天抱著動物圖鑑看個沒完，原來街坊住了一位美術學校的教授，把自己的圖鑑借給民雄看。這是戰前發行的兒童版圖鑑，民雄還不識字，卻幾乎認得圖鑑裡的所有動物。原來民雄以前只要一逮到機會就問父母，這是什麼？這是哪種動物？

吃完早餐要出門的時候，房東中山老伯突然跑到玄關前。

「安城先生，能不能趕緊來一趟？」

中山老伯臉色鐵青，特地跑來找他，難道有犯罪事件？

「我去一趟。」清二對多津這麼說，穿著便服就跑出長屋。

中山小跑步，邊跑邊說：

「我一個房客，赤柴家啊，那個老爸，又鬧事啦。」

赤柴，這戶人家住在清二長屋的背後棟，女人叫赤柴春江，是戰爭寡婦。春江有個兒子，十二歲，叫孝志。去年有個男的搬進了赤柴家，是個姓安達的木工，整天好吃懶做。

兩人拐過小巷，來到長屋前的巷子，看到七、八個居民又是尖叫又是怒吼，圍著一個鬧事的人。

清二推開這些居民走上前。

一名四十來歲的男子正揮舞著菜刀，是木工安達。看起來像喝醉酒，站都站不穩，一雙眼睛混濁恍惚。

清二心想，難道是嗑了費洛彭[23]？

22 メーデー事件，一九五二年五月一日，日本皇居前爆發的大規模暴力示威。

23 Philopon，日本藥品名稱，含有甲基安非他命。

日本從去年起，將興奮劑費洛彭當成毒品處理。戰爭中軍隊經常使用這種藥品，又稱吶喊錠、突擊錠、貓眼錠等等。戰後有了安瓿[24]包裝，藥效更強，導致多人藥物成癮，問題頻傳。日本政府終於在去年禁止市面販售費洛彭，卻也使費洛彭成了混混團的一大資金來源。

若是這傢伙嗑了費洛彭，可就不好勸服了，壓制才是第一優先。

清二穿著便服，沒有帶警棍或手槍，該回去拿嗎？

他馬上放棄這個念頭，不行，現在不能離開，否則會有人受傷。

清二四下張望，有棍棒嗎？

中山察覺，立刻從清二背後遞出棒子，那是擋門用的頂門棍。清二接過頂門棍就藏在背後，避免安達發現。

「安達。」清二開口：「放下菜刀。」

安達聽到清二的聲音，搖搖晃晃轉向清二，雙眼圓瞪。

安達拉高嗓門：

「你是誰？」

「我是警察，交出菜刀。」

「警察？」安達嗤笑一聲。「警察怎麼穿成占領軍的樣子？」

清二聽不懂，幻覺嗎？清二在他眼中看起來像是占領軍的士兵嗎？

清二又上前一步，伸出左手。

「來，菜刀給我。」

「囉嗦！」

安達跨出大步揮舞菜刀。

清二往旁邊一跳，揮舞手上的頂門棍打掉菜刀，安達按住手臂，腳步踉蹌。清二再舉起頂門棍往安達的心窩戳下去，安達悶哼一聲，隨即跪倒在地。

清二一腳踢開菜刀，繞到安達背後扣住他的右手，安達反抗的力道比想像中更強。清二在安達背上使出一記膝撞，再將他上半身撞倒在地。

「繩子！」清二大喊。

鄰居間立刻有人拋出一捆繩子，看來大家早就準備好了。

清二將安達的雙手反綁在背後。

安達掙扎著怒吼：

「殺我啊！殺我啊！用機關槍打死我啊！」

清二又在安達背後狠狠給了一記，安達的腦袋敲在地上，再也不抵抗了。

清二對中山說：

「去他家裡看看，可能有人受傷。」

中山看著玄關門口說：

「不會，沒事。」

清二望向房屋門口，只見半開的拉門裡站著赤柴春江和兒子孝志。兩人惶恐看著清二，好像清二對赤柴母子來說才是大災難。

---

24 裝一針份注射藥劑的小容器。

中山轉頭對圍在巷子裡的街坊說：
「沒事了，別擔心，大家快進屋裡去吧。」
於是街坊們三三兩兩離開了。
清二問赤柴春江：
「發生什麼事了？他今天早上突然鬧事嗎？」
春江沒有回話，只是默默看著清二。
清二說：
「他看起來像是費洛彭上癮，妳有發現嗎？」
春江眨了眨眼說：
「果然。」
「怎麼了？」
「昨天他突然心情很差，到處發火。」
「大吵大鬧嗎？」
「對，我給他喝了酒，讓他早點睡。結果到了今天早上，看到什麼就砸什麼，最後還拿菜刀出來。」
「你們真的沒受傷？」
「被打了，但是沒有大礙。」
「令郎也沒事？」
春江看了孩子一眼。
「沒事，他還擋在我面前保護我呢。」

「好危險啊。」

「警察先生會把安達抓走嗎？」

一旁的中山說。

「這人費洛彭上癮，鬧得鄰居不安寧。看來只能請警察抓走了。」

春江搖搖頭。

「那我們怎麼辦？我們就沒飯吃了。」

「最好別再仰賴這人吃飯啦。」

「我還懷了小孩啊。」

清二看看春江的肚皮，和服底下的肚子微微隆起，四到五個月了吧。

外面路上傳來腳步聲，幾個人趕了過來。

中山說：

「有房客跑去谷中警察署報警，警察總算來啦。」

清江看向安達，眼神帶著同情。不對，春江或許不是可憐自己的丈夫安達，而是可憐嫁給安達的自己。春江的神情憔悴又黯淡，不忍卒睹。

清二和男孩孝志對上眼，聽說男孩挺身擋在鬧事的安達面前保護母親。清二一時以為男孩在看著自己，但仔細一瞧，瘦削男孩的雙眼並沒有對焦，男孩什麼都沒看，男孩的眼裡什麼也沒有。

中山對春江與男孩說：

「好，可以放心啦，我們會教訓安達，你們快進屋去。」

春江催促兒子走進屋裡。

安達還在大吼大叫：

「殺了我！殺了我！」

剛好兩名巡查跑進巷子，看到被壓制在地的安達，停下腳步。

清二轉向兩位巡查。

「我是上野警署的安城清二巡查，這人到處揮舞菜刀，我先壓制他了。」

年邁的巡查問：

「有人受傷嗎？」

「沒有。」

「是刑案？」

「不是，我看只是小小鬧事，不過這男的不太對勁。」

「什麼意思？」

「可能是費洛彭上癮，家裡也許找得到針筒和安瓿。」

安達繼續大吼大叫：

「殺我啊！隨便機關槍還是啥，拿來殺啊！」

口齒不清，聲音聽起來已經失去理智。

年邁巡查看著倒在地上胡言亂語的安達說：

「我帶他走，不過你怎麼會在這裡？」

「我就住在後面那條巷子。」

「難道是每天經過我們警署前面的巡查？」

「對，我會經過谷中警署，到上野警署當班。」

「乾脆分發到我們警署就輕鬆啦。」

「我也這麼想。」

「你能不能到我們警署一趟？」

清二有些猶豫。

「我現在沒當班，等等還有重要的事。」

「是巡查就來幫忙吧，不會花你多少時間。」

清二猶豫不決，一旁的中山說：

「我比較清楚事情的經過，不如我去吧。」

巡查看了看中山與清二，又說：

「之後可能還要請你配合。」

「好，我很樂意。」

清二將頂門棍還給中山，離開巷弄。他感覺到沿路的門窗，都有街坊在盯著他。

兩天後，清二被叫去谷中警署，說是要請他補充報告。清二下班回家路上，走進谷中警署拜訪搜查股。

搜查股的便衣刑警姓丹野，是名年輕男性。

丹野把自己的茶遞給清二喝。

「那個叫安達的確實是費洛彭上癮，最近幻覺更強烈了，不管他的話，肯定會精神錯亂，在街坊裡鑄下大錯。」

清二說：

「幸好當時有逮住他。」

「他家裡也搜出了針筒和空的安瓿，問題是一個沒有固定收入的木工，哪有錢買毒，又是向誰買的？運氣好的話，也許可以挖出販毒集團喔。」

丹野問清二對安達熟不熟，與哪些人來往，怎麼賺錢，有沒有人上門找他，在長屋裡和哪些人比較熟。

可惜安達家位在清二家背面，清二並不清楚這些事，甚至也是最近才知道街坊有安達這個人。

「這樣啊。」丹野有點沮喪。「還以為你們都住長屋，會聽說一點消息。」

「我回家幾乎都在睡覺。」說來真是慚愧。「還真不知道街坊住了哪些人。」

「好吧。」丹野起身。「對了，我們署長說要把當天的事報告給安城兄的署長，這個算準公務，應該會受署長表揚。」

那就太好了。

月底，香取茂一打電話來警署。

清二下班回到警署，看到留言條，直接打電話到坂本警署的三輪派出所，香取正在上夜班。

香取說：

「早瀨十月一日要調職，聽說是內定，這次要調去荒川警署，而且不是外勤，而是搜查股的刑警。」

清二訝異地說：

「我想過早瀨遲早會當刑警，看來沒多久就能升上總廳了吧。」

「大家來聚一聚慶祝他升官。」

「當然。」

清二掛斷電話後想，早瀨勇三可是讀過大學的人，在軍隊裡又是候補軍官，警察練習所的成績也出類拔萃。二十三年組錄取了近七千人，清二早就看出早瀨在當中是鶴立雞群。周遭所有人都覺得早瀨肯定會當上刑警，早瀨自己應該也有意願。如今總算當上了刑警，不知道他接下來有何目標。

清二突然想起自己。

當個融入在地的外勤巡查比較好，能去駐在所當班更好。但駐在所幾乎都設在郡部[25]，而且數量不多。通常有小孩的年邁巡查才會被派去駐在所，清二今年三十歲，對於駐在所勤務來說還太年輕了。駐在所勤務必須和當地仕紳平起平坐，等於是沒有下屬的小小署長。對三十歲的警察來說可能有點吃力。

清二又想到多津。他下定決心，四十歲時一定要轉調去駐在所。所以他要多爭取功勞，才能申請想要的職位。他只要有巡查的階級就好，不需要花太多心力去考試升官。

隔天，香取又打電話來。

「早瀨說不要聚會慶功了，就像之前一樣，尾牙春酒時大家道賀幾句就好。」

「他應該很忙。」清二表示同意。「不像外勤巡查，時間到就下班了。」

「就是啊。」

---

25 郡為日本的地方單位之一，相當於臺灣鄉鎮等級區域，郡部指的是屬於郡管轄的地區。

十月五日上午。

清二總算睡醒，只聽到有人猛敲家中大門。

「安城先生！快起來，出事啦！」又是房東中山先生的聲音。

清二看看多津和兩個小孩，走到玄關。

清二拿開頂門棍開門，只見門前的中山穿著睡衣，臉色鐵青。難得看房東這副驚慌的神色。

中山看了看屋內，小聲說道：「是上吊，春江她在後面的井邊上吊啦。」

清二趕緊換下睡衣，套上長褲出門。

這裡是兩棟長屋共用一座打水幫浦，幫浦就在巷子底，上面搭了小屋頂。長屋裡的街坊無論煮飯洗衣，幾乎都在這裡。

清二趕到一看，井邊有棵大櫻樹，樹枝上吊著一個人，是女人。女人腳邊倒著一只醃菜桶，腳尖和地面若即若離。看來是先在樹枝上綁繩圈，套上脖子，再踢掉木桶吧。

清二走近前，看見了女人的臉，是赤柴春江，她雙眼翻白，張嘴吐舌，看來斷氣多時。

清二第一次見到上吊的屍體，他別過頭，將酸苦的胃液吐在地上，才走上前摸摸屍體的手腕。屍體很冰涼，好像也開始僵硬了，當然沒有脈搏。

清二施力握緊屍體手腕，還是沒有任何生命反應。

清二回頭對中山說：

「能聯絡谷中警署嗎？然後借我一把刀子，暫時不要讓人靠近這裡。」

「好。」中山回頭正要離開，卻看到眼前有個身影，是男孩，春江的兒子孝志。

孝志愣愣地盯著春江的屍體。清二走到孝志面前，擋住他的視線。

「你快離開，別靠近。」

孝志似乎沒聽見清二的話，雙眼圓瞪，就想拔腿衝向屍體。清二上前攔住孝志，將他推到看不見屍體的位置，孝志想反抗，但當然敵不過清二的力氣。

清二對孝志說：「冷靜，回家去。聽著，你最好別看。」

孝志一臉難以置信問清二：「我媽，死了嗎？」

「不知道，醫生就要來了。」

「死了吧？」

「不知道，你回家等。」

「不要！」

孝志開始掙扎，甩開清二的手，企圖衝向屍體。清二賞了孝志一巴掌，孝志一臉錯愕愣在原地。

中山的妻子來了。

清二對中山的妻子說：「孝志就麻煩妳了，他最好別看。」

「知道了。」

中山太太蹲下來搭著孝志的肩膀，孝志失魂落魄，就這麼被拉走了。

中山拿了剖魚刀回來，清二也回到屍體身邊，拿刀切斷樹枝上的繩索。中山在下面撐住屍體，屍體雙腳落地，清二與中山扛著屍體，慢慢放躺在地。

清二伸手闔上了春江的雙眼。

中山東張西望，嘆了口氣。

「要是尋死前能找我商量就好了。」

清二說：

「可見她被逼上絕路了吧。」

「也不必還在這上吊吧？谷中墓地那裡的大樹長得茂盛多了。」

清二看向中山，中山哭喪著一張臉。

「以後大家可能不敢用這口井了，說不定會傳出奇怪的謠言呢。」

「沒什麼好擔心的。」清二說：「那邊的三崎坂還不是有牡丹燈籠的怪談，大家一樣在那裡走夜路啊。」

清二更擔心的是孝志，母親死了，他要何去何從？有親戚收留他嗎？就算有，那戶人家有餘力撫養還在發育期的孩子嗎？

五天後。

上野警署的外勤巡查又收到非例行的勤務命令。

上野公園早就沒剩下多少遊民了吧？

清二怎麼也想不透，但是當天早上，一切都明白了。原來警視廳的興奮劑取締總部，聯合國稅廳、專賣公社監視課等單位，在上野警署與周邊警署的協助下，以違反興奮劑取締法、專賣法、外國貨幣兌換管理法等嫌疑，搜索上野御徒町三丁目國際友愛大樓內十幾家店面與民宅。

這個地區一直在販賣費洛彭、私酒、私菸等取締物品，上野警署已經小規模抄了很多次。這次由警視廳主導，動員制服與便衣警察共一百二十人，是少見大規模的執法。

清二與第三班同事一起支援刑警搜索房舍。

這天早上，受命動員的巡查先在上野警署的後操場集合，然後按照警視廳興奮劑取締總部長指揮，前往阿美橫丁。

路人與購物民眾看到警察大陣仗出動都嚇得停下腳步，警察團團包圍阿美橫丁的國際友愛大樓，大樓裡的店員和居民立刻圍成人牆保護大樓。一群婦女接連大喊，回去！滾開！

取締總部的便衣刑警拿出搜索票，準備進入大樓。雙方在大樓入口爆發爭執，只見刑警們暫時後退，改由上野警署的巡警抽出警棍，走向入口。糾紛立時升為衝突。

上野警察署的外勤股長，下令驅逐抵抗的民眾。這下連店員和居民都拿出棍棒，雙方在入口處打成一團。

清二在友愛大樓的中通側，和其他巡查一起忍受居民們的抗爭。居民逼向警察面前，對警察吐口水，更有人以肩膀推擠，想讓警察往後撤退。但這時沒有接獲掏警棍的指令，下來的命令是避免衝突擴大，直到刑警結束搜索為止。

搜索開始約莫五分鐘後，大樓入口的抵抗更趨激烈，居民從內側推擠。是誰想從裡面出來？看來有人想逃走。清二等人穩住警戒線，奮力維持局勢。

但警戒線還是被突破了。其中一個點被衝破，大批大樓居民往外逃。

清二被撞開時，發現一名中年男子以手臂遮臉，死命往外奔逃。

清二在混亂中勉強站穩，雙眼直盯著那中年男子。不少民眾出拳擠壓清二的臉，似乎有人想阻止他跟蹤男子。混亂之中，清二感覺有人把手放在他腰間的手槍上，每次發生混亂就有人想搶警槍。清二甩開那隻手，抽出警棍使勁揮下。他感覺到一股衝擊，對方的手放開了手槍。

其他巡查也趕緊重建警戒線，沒有人發現那中年男子逃跑，不對，還有他的巡查前輩橫山。橫山也擠進了這場混亂。

清二的手腳總算能活動了，他還是盯著那個逃跑男子的背影，眼看那人就要逃進其他巷弄裡。此時另一名男子上前擋住清二，清二賞了他一記警棍，上前追趕逃跑的男子。

清二衝進巷弄裡，只見男子正要打開巷弄裡的一扇門，但是門似乎上了鎖打不開。男子轉身看見清二，從衣服裡掏出刀子。清二蹲穩馬步，男子拿刀刺來，清二擋開刀子，趁對方心生畏懼時擊出警棍快速捅向對方胸口。男子悶哼一聲彎下腰來，清二乘機以警棍的柄錘敲了男子的脖子，男子應聲倒地。

此時橫山趕來，撿起刀子，清二則跨在男子身上，將男子右手拉至背後上銬，接著銬住左手。又有兩名巡查趕來巷弄裡。

橫山小聲對清二說：

「我們離開崗位了，有點過火啦。」

清二覺得人中溫溫熱熱的，抬起左手背一擦，發現有血。原來剛才挨拳頭的時候，打中了鼻子，但應該不至於打斷鼻梁。

橫山看著倒在地上的男子說：

「希望這傢伙是尾大魚啊。」

兩名巡查後面又跟上兩名便衣刑警，是總廳的刑警。

其中年長的刑警抓住男子頭髮，拉起腦袋確認長相。

「是張。」這刑警說：「張敬和，他是我們今天其中一個目標。」

年輕的刑警轉頭問清二：

「是你上手銬的嗎？」
「對。」清二拿起腰間的擦手巾，擦著鼻血回話：「我是上野警署的安城。」
「你知道他是誰嗎？」
「不知道，只覺得他逃跑時很可疑。他幹了什麼事？」
「他是費洛彭賣家，通緝令已經下來，你這下有功了。」
「那麼，」清二指著一旁的橫山。「請把橫山巡查的名字也寫進逮捕手續書，是我們兩個追到的。」
橫山挑了挑眉，似乎想問這樣好嗎？
又有兩個便衣刑警衝進巷弄裡。
年長的刑警瞥見清二腰際後給了提醒：
「你最好去包紮一下。」
清二低頭一看，皮帶下方的制服被劃破了，還滲著血。想必是有人趁著混亂拿刀揮砍，清二完全沒發現，也不會痛，大概只是皮肉小傷。
當天警方共舉發十二人，但扣押的費洛彭與外國菸數量不如取締總部預期。沒找到掌管整座國際友愛大樓的大頭目，也沒抓到人。參與的巡查間議論著這場行動失敗，但可能有人事先走漏風聲。警視廳日後還會再次搜索國際友愛大樓吧。
清二回上野警署之後，讓人包紮腰上與其他部位的傷口，此時副座岩淵警部來了。
「幫你申請總監獎，你就休息到傷好為止。」
清二感激鞠躬。
因公受傷的傷勢並不嚴重，放假就等同嘉獎。清二也不客氣，決定好好陪伴多津和孩子。

6

秋高氣爽，這天氣讓人忍不住想深呼吸。

這是特別休假隔天的中午，清二帶著多津和兩個孩子去附近散步。從初音町的長屋出發，往天王寺町方向走去。他想去天王寺町的芋坂鐵路天橋，讓孩子看看蒸汽火車。孩子們最喜歡會動的東西，尤其是蒸汽火車，如果要找個安全的地方看火車，從天王寺旁邊走過去的鐵路天橋是絕佳位置。一家人已經來過好多次，等孩子看膩了火車，再前往谷中銀座的商店街。多津為了兼差做裁縫，需要買縫線和零布。往東走過鐵路天橋，也可以去根岸的批發街購物。

天王寺與天王寺町一帶未受戰火波及，還能看到很多老舊的長屋和公寓。由於地段之便，住了不少工人與工匠，也常見鐵路員的藍色制服。

這天天氣晴朗，很多人在道路上或樹籬間的民家庭院裡活動，也不時傳來孩子的嬉鬧聲。谷中墓地與天王寺一帶是孩子最棒的遊樂場。立著一株株容易攀爬的櫻花樹，林立的墓碑也適合捉迷藏。

清二一家人走進谷中墓地，來到通往天王寺的櫻花走道。

遠遠就看到天王寺的五重塔，據說此塔建於一百六十年前，歷史悠久。塔旁邊有座平房，那是谷中警察署的天王寺駐在所。山手線沿線的駐在所愈來愈少，這裡就是僅剩的一間。老鎮的狀況不同於鬧區或新興住宅區，與其派外勤巡查輪班，不如派一位熟悉當地民情的駐在警察，更能防堵犯罪。所以警視廳與谷中警察署仍把天王寺派出所設定為駐在所。目前的駐在警官，是個姓佐久間的老巡查。

清二走到天王寺駐在所前停下，往玻璃門裡瞧，辦公室空無一人。佐久間要不是在裡面，就是出門巡邏去了。看這個天氣，應該是去巡邏了。

多津盯著駐在所說：

「聽說佐久間先生從戰爭期間就待在這裡，已經十年了呢。」

清二說：

「駐在警察和派出所值勤不一樣，一旦分發下去就會待很久。」

「他應該快五十了吧。」

「好像是。」

多津看著清二，天真地說：

「哎，如果清二要當駐在警官，這個天王寺駐在所不錯呢。」

清二看著天真的多津，露出微笑。

「為什麼？」

「我本來就是下町長大的，和這個地方比較合得來。如果是西邊的駐在所應該過不習慣。」

「警視廳可不會替我們想那麼多喔。」

「清二也很熟悉這個町吧？我們已經在初音町住了四年，你又在上野警署服勤。如果把你派到人生地不熟的地方，是警視廳的損失啊。」

天王寺駐在所直接連通駐在警官的住宅，不對，應該說民宅的一部分就是駐在所。屋裡有個小小的後院，院子裡架著曬衣竿，竿上晾著衣服。

多津盯著民房說：

「裡頭一定有兩個三坪大的房間吧？」

說得像已經分發來駐在所似的，清二苦笑。

此時一名身穿工作服的工人，以及一名看似學生的年輕男子，與清二一家擦肩而過。短暫交會時，清二聽到簡短的對話。

「開會？」

「對，反黨活動。」

「要查問了。」

清二心想，是左派分子？距離血腥的五一事件不過半年，警方對左派動向依舊非常敏感。尤其是在派出所值勤的巡查，警槍被搶可是非常實際的問題，也是須隨時提防的危險。清二聽到的那段話，不禁讓他聯想左派或勞工運動。看來這天王寺町的長屋和公寓裡，住了不少勞工運動人士。

清二頭也不回繼續沿著路走，走到轉角又看見兩名男子。

清二吃了一驚，因為他認識其中一人，正是著便服的早瀨勇三。

早瀨也發現了清二，瞪大眼睛。早瀨默默以手指抵住嘴唇，意思是什麼都別說。清二一看明白點頭。

和早瀨一起的男子也發現清二的神情，訝異地看向早瀨。

兩組人馬擦身而過時，早瀨盯著清二微微點頭。

多津問：

「怎麼了？認識的人嗎？」

「對。」清二邊走邊回答：「警察練習所的同期同學，聽說他調去荒川警署的搜查股。」
「左邊那個？」
「對，年輕的那個。」
「怎麼不打招呼呢？」
「他在辦公，可能在跟蹤誰吧。」
「小偷嗎？剛剛有疑似小偷的人嗎？」
「應該是和公安[26]有關的任務，可能在追捕社運人士。」
清二當然沒有證據，但是警察跟蹤卻不抓人，可想見是要放長線釣大魚。要不是想找到大尾通緝犯的住處，就是想探查危險團體的陰謀全貌。
多津正打算回頭看，清二連忙說：
「別回頭，當作沒看到就好。」
多津說：
「原來有不穿制服的警察，看起來還挺可疑的。如果我不知道那兩人是警察，看了一定會以為是犯罪分子。」
「刑警會變得像自己抓的人。應付暴力犯罪的刑警，會變得像暴徒。應付詐騙集團的刑警，會變得像騙徒。」
「那麼應付當地的老百姓，就可以繼續當個老百姓囉。哎，你去當駐在警察啦，不用升官也沒關係。」

26日本專抓政治犯的祕密警察。

清二老實點頭。多津並不是不希望清二出人頭地，而是擔心官階高了，會變得愈來愈像警察。清二能體會多津的擔憂，就別想著升官，改以駐在警察為目標吧。多津說得沒錯，這間天王寺駐在所相當迷人，清二也很熟悉東京這一帶，還有當地的民風與居民的氣質。如果能在這町裡當駐在警察就太好了。

但是清二轉念一想，問題在他的年紀啊。

清二說：

「如果能拿很多署長獎或總監獎，上面就會讓我申請了。我會當個好巡查，設法分發到駐在所。」

「不要逞強喔。」多津說：「我可不希望你因此受傷。」

「我們還有孩子。」清二看看民雄，以及多津抱著的正紀，接著說：「妳和孩子是第一優先。」

清二一家來到芋坂鐵路天橋，蒸汽火車噴出的白煙緩緩籠罩眼前。清二攔住多津和孩子們，白煙在兩三秒後散去，留下淡淡的氣味。

國際友愛大樓執法後剛好一個月。

上野警署突然頻繁進出不少警視廳公安部的便衣刑警，署裡並沒有成立與警備案件有關的搜查總部，署內的人私下議論紛紛。

橫山聽來的消息是這樣的：

「據說上次國際友愛大樓執法，找到了共產黨的『食譜』，上頭擔心外國人可能建立了龐大的組織，企圖引發動亂。」

所謂食譜，就是共產黨中主張武裝革命的派系，擬定的武裝起義手續文件。這些文件記載著危險的技術，例如製造定時炸彈的「球根栽培法」。既然找到「食譜」，就證明武裝革命團體正在進行集團活動，要是勾搭上在日韓國人的激進團體，警視廳自然不能坐視不管。

血腥五一事件的動亂發起人，包括部分共產黨員、土木粗工組成的土建自由勞工聯會、東京都學生自治會聯會（簡稱都學聯），以及在日韓國人的祖國防衛隊。警視廳上層當然想再次逮捕五一事件關係人，並消滅這些團體。這陣子轄區裡遲早會發動大規模的執法和搜索。

清二才聽說消息沒多久，某天在動物園前派出所值夜班的時候，又看到早瀨了。下午六點多，早瀨單獨出現，在這個時節，天色已經完全暗了。

早瀨從上野車站公園口走向博物館方向，也是穿便衣，套著薄料長大衣。

清二先發現早瀨，原本想打招呼，但又作罷。或許早瀨是單獨行動，也可能在跟蹤。前些天聽了橫山那番話，要是現在向早瀨搭話，可能妨礙他進行任務，甚至害他身陷險境。

早瀨似乎也發現站在派出所前的清二，步調保持不變，只是微微點頭致意。那表情就是在執行任務，不好說話。清二也點頭回禮。

過年了，來到昭和二十八（一九五三）年。

一月二十日，警視廳動員上野警署等多個警署的警察，再次大規模搜索御徒町的費洛彭黑市。這次搜索的對象，是御徒町中所謂國際親善市場的一部分。動員警力是前一次三倍以上，多達四百人，搜索後舉發的罪犯多達四十人。號稱上野費洛彭大盤姓金本的傢伙，也在這天遭警視廳逮捕。扣押的費洛彭、私菸與私酒裝滿了十三輛卡車。

可惜清二這天沒機會立功，畢竟派出來的巡查人數，以及搜索的店家與居民太多了。

搜索結束，清二回上野警署和晚班人員交完班，走路回家。

經過谷中警察署時，清二看到一名年輕男子銬著手銬，由一群巡查和便衣刑警包圍帶進警署。

警署外面站的外勤巡查，清二認識，年紀快四十，姓酒井。清二問：

「附近有人闖空門？」

「不是。」酒井巡查說：「那是愛知大學的學生，是全國通緝犯，在這一帶被捕。」

說到愛知大學的通緝犯，應該是去年五一事件之後，愛知大學學生綁架巡邏中的巡查搶奪警槍的案子。法院對這案子發出十三張逮捕令，其中七名學生被捕，其餘仍逃亡中。

原來其中一名通緝犯就躲在這附近。

清二心想，搞不好早瀨先前跟蹤的人也是這案子的嫌犯。

隔天早上，清二剛換好制服準備吃早餐，房東中山又在門口喊了。

難道長屋又有人吵架？還是自殺了？

清二拉開玄關拉門，中山說：

「後面的墓地好像有人死啦。谷中警察署的巡查正趕過來，我也過來通知你一聲。」

長屋後面就是谷中墓地，是谷中警察署的轄區，和清二並無直接關聯。但是住在初音町的警官，最好還是要了解當地發生的案件，清二看了看時鐘，離上班時間還早。

清二放著早餐沒動，對多津說：

「我去看看，不必吃了。」

清二跟著中山走進谷中墓地，在功德林寺旁邊看到一群警察聚集。在一塊顯眼的大谷石墓碑附近，十幾名巡查正在檢查屍體。清二報上單位，從警官們身後觀察屍體。

男人身穿藍制服，仰躺在地，不對，應該是男孩，看起來是個只有十五、六歲的鐵路員。

谷中警署的酒井告訴清二：

「被勒死的，時間應該是大半夜，剛才來餵流浪貓的婆婆發現了屍體。」

「大半夜？」清二脫口而出，現在又不是夏天，很少人會大半夜還闖進墓地。

「這裡是命案現場？」

「我看不像從別處搬來的。」

「怎麼會選那種時間殺人？」

「鐵路員半夜出門不稀奇啊，他很可能住附近。」

「身分還沒查清楚嗎？」

「正在詢問國鐵。」

清二上前一步，想就近看看屍體。被害人仰躺在地，不只年輕，還相當俊美。

酒井說：

「他帶著很多工會的傳單，可能是工會運動糾紛。但左派內部的情勢我就不清楚了。」

清二看了這屍體，不禁聯想到另一具屍體，就是上野公園的年輕男妓，綽號阿綠，本名高野文夫。兩具屍體的感覺很相似，而且五年前那件案子也還沒破。

清二移開視線，看看天空，是個乾冷的冬天早晨。

當天傍晚，清二回上野警署交接勤務，別班的巡查來訪，這人是比他早三年進來的前輩。

「聽說你家附近有人被殺？」

看來消息已經從谷中警署傳到上野警署了。兩個警察署相鄰，總是有什麼需要聯繫的。

清二回答：

「一名年輕人死在谷中墓地，我去現場看了，肯定是凶殺吧。」

「聽說是國鐵的員工？」

「喔，原來真的是啊。」

同事告訴我，被害人是在國鐵機廠工作的孩子，十六歲，名叫田川克三。他和其他機廠同事，一起住在天王寺町的公寓裡。

這位巡查說：

「應該是左派內部起了爭執。」

「是這樣嗎？」

「谷中警署和總廳都這麼看，畢竟左派最擅長的就是分裂和鬥爭啊。」

巡查說完掏出一包菸，抽出一根來，他那包菸是美國菸，菸盒上有駱駝圖案，抽那麼好的菸啊。

對方發現清二盯著菸看，心情大好說了：

「你去總務一趟，每個人都有一包呢。」

巡查才說完，總務股一名年邁的巡查現身，手裡抱著紙箱。

年邁的巡查說：

「第三班每人領一包。」

剛下班的第三班巡查立刻上前圍攏。紙箱裡放的是美國菸，每個巡查都拿了一包。

所有巡查拿了香菸之後，清二和總務股的巡查對上眼，這巡查一臉正經八百，感覺就像在總務股幹差的。巡查走近清二，拿了一包菸就塞給清二。

清二嚇了一跳，連忙回絕。

總務股巡查環顧著其他巡查的動靜。

「這不在舉發範圍內，只是包裝撞壞，廠商不要的瑕疵品。」

清二猶豫。

「可是……」

「副座也默許了。」

清二又看了看辦公室裡的同事，大家也回看清二，還有人微微挑眉，想知道清二會怎麼做。

清二從資深巡查身旁走開，只說：

「我不太敢抽洋菸啦。」

辦公室裡一陣沉默，資深巡查把要塞給清二的菸盒又收回紙箱，巡查們也都別過頭。

清二咀嚼著同事們的眼神，走到辦公室角落，拿起水壺倒了一杯茶。

難道他做錯了？這是否就像把同事當小偷看待？

清二離開警署時，巡查橫山幸吉向他搭話：

「剛才為什麼不收？」

看來橫山和其他人一樣，都拿了一包美國菸。

清二說：

「拿扣押的東西分贓，和那些搞假哭窮的假刑警有什麼不同？」

橫山邊走邊說：

「說分贓太難聽了，撞爛的香菸就算找廠商來標也不值錢。所以上面說與其銷毀，不如收下來打賞巡查。」

但那些美國菸是前一天警視廳舉發的管制品和黑市物資。刑警隊稱民眾違法買賣，強硬扣押下來，清二不確定自己能否接受橫山的說法。

清二問：

「我應該收下嗎？」

「這不是叫你收賄，反而像是一種印第安人的傳統儀式吧。」

「什麼印第安人的傳統儀式？」

「聽說印第安人會拿菸給客人抽，確定對方不是敵人。」

最近美國的西部片在日本相當受歡迎，橫山賣弄起西部片裡的劇情。

橫山接著說：

「我不是要你一起揩油，只是巡查之間互相幫忙。」

「但是我真的不喜歡洋菸。」

「沒有人相信這種話，你已經黑掉了。」

「橫山兄收了駱駝菸嗎？」

「對啊，我不會覺得只有自己清廉，都收了一包菸，代表我和大家是一樣髒的巡查。」

「能不能給我一根？」

橫山停下來，從褲袋裡掏出駱駝菸，已經開封了。

橫山把菸盒遞給清二，苦笑說：

「明明敢伸手討菸不是嗎。」

清二從菸盒裡抽出一根菸。

「謝謝，我會愛惜著抽。」

「一支和一包，在你心裡有什麼不同？」

「我覺得向橫山兄討一支，和在警署裡分一包，就是不太一樣，卻也說不上為什麼。」

「我的菸也很髒喔。」

「不是說橫山兄不好啦。」

橫山也叼起一支駱駝菸點火，緩緩吐出一口菸。

「到了這年紀啊，對有些事的看法太死板也不是辦法。話說回來，如果只是一包菸，你要硬撐也是可以，就這樣撐下去吧。」

清二向橫山借火，點起自己的駱駝菸。

「黑了也沒關係嗎？」

「或許哪天人家會說你夠正派，反而成了好名聲。」

「我倒沒有這打算啦。」

清二深吸一口菸，吐在寒冬的夜空裡，他不覺得這款菸有多棒。或許駱駝菸和國產的便宜菸不同，菸槍會願意多花點錢買來抽，但清二只抽了第二口，就覺得一根很夠了。前些天有人請他抽過一根叫和平（Peace）的國產菸，他比較喜歡那味道。

男孩田川克三的屍體被發現後的第三天傍晚，清二遇見了谷中警察署的丹野。

清二下班正要走回初音町的家，路上在三崎坂的另一頭看見丹野。

清二停下腳步，問丹野偵辦的進度。

丹野似乎認為警察之間沒什麼好顧忌，也沒壓低嗓門就說：

「正在死者的職場和公寓附近打聽消息。這案子應該不難破，上面認為和工會運動有關。」

清二問：

「工會裡的衝突會激烈到殺人嗎？」

「這就不清楚了，但戰前就聽過吧？紅派很激進啊。」

「但是被害人……」

「田川克三。」

「田川才十六歲吧？在工會裡應該只是小角色。」

「聽說他在國鐵也剛結束實習而已。」

「這麼年輕的人會因工會內部衝突被殺嗎？」

「你想想看吧。人死在谷中墓地角落，沒有棄屍的跡象。那可不是大半夜在墓地裡碰到強盜，肯定是他認識的人，不然就是他去找朋友。田川可是工會運動人士啊。」

「他住在天王寺町？」

「對，鐵路天橋前左手邊住宅區裡的兩層樓公寓。好像和三個也在國鐵上班的男人同住。」

「全都是工會運動人士？」

「現在說到國鐵員就等於工會運動人士啦。」丹野有點困惑，抓了抓頭。「想不到你這麼在意。」

清二苦笑點頭。

「畢竟命案現場就在我家長屋後面，當然在意。」

「安城兄住家附近之前還有人上吊呢。」

「最近很常見到屍體啊。」

「我想墳場就是有某種吸引力吧，往後說不定還會再出人命喔。」

「那種地方是要死了再去，而不是去那裡找死。」

丹野笑笑，從清二面前離去。

這個月底，清二奉命前往警視廳的月島射擊場，接受手槍射擊訓練。

歹徒攻擊派出所搶奪手槍的案子，依然層出不窮，前年共有八十支手槍被搶，四名巡查殉職。去年的五一事件，也逼得警官隊開槍；後來那個月，板橋區岩之坂上派出所被三百名暴徒攻擊，十二名巡查以手槍迎戰，所有巡查都掛了彩，三名暴徒身亡，相當慘烈。

對於在派出所值勤的外勤警官來說，遭暴徒攻擊並搶奪手槍，已是燒到眼前的巨大危機。警視廳多次宣布，一旦滿足開槍條件就毫不猶豫開槍，但是任何人要發射點四五口徑的子彈之前，肯定會猶豫的。畢竟這麼大口徑，中彈者無疑會受重傷，射擊失準又可能傷害到無辜民眾。因此上面雖指示開槍別猶豫，卻也不是說開就能開。

清二每次配槍，都會想像動物園前派出所遭攻擊的景象，也做好了心理準備，一發生狀況就掏槍。但萬一有狀況，真的能毫不猶豫掏槍射擊嗎？他沒有自信。

所有警視廳的警官都有這煩惱吧。警視廳也提高了手槍射擊訓練的次數，幫助警官克服心理障礙，習慣用槍。

月島的警視廳訓練場有個角落，是用土牆圍起來的戶外射擊訓練場。

清二奉命前往訓練場，當天上百名外勤巡查集合，也看見了香取茂一和窪田勝利。看來這批人都是二十三年組，也剛好和重新訓練的日期重疊了。

訓練場裡槍聲此起彼落，清二等人坐在長凳上。

香取看著巡查們射擊的背影說：

「我曾想手槍能不能再小一點。點四五口徑適合大塊頭的美國條子，但對我們來說太過頭啦。」

清二表示同意。

「至少換成和便衣刑警一樣的點三八口徑，會更好用。現在這把史密斯威森，一個不小心就可能打爛民眾的臉，用起來真教人擔心。」

窪田說：

「年輕時就在腰上掛這麼重的槍，年紀大了肯定腰痛。」

清二想起橫山的話。

「還別說把大炮保管在家裡也是個苦差事。」

香取茂一換了話題：

「安城兄，你家附近是不是又有人過世啦？」

清二回答：

「在谷中墓地，確實是我家附近沒錯。」

「偵辦到什麼地步了？」

「不曉得，聽說是工會衝突引發的凶殺案。」

香取說：

「我們這種外勤警察，沒什麼機會去抓凶殺或強盜殺人的歹徒。頂多是職務盤查，逮些黑市生意人罷了。有時也想和早瀨一樣，站上偵辦的第一線。」

想不到香取會羨慕早瀨當上便衣刑警。清二以為他的人生目標就是盡快走上制服警官的升官路。

清二說了他的感想，香取說：

「總是要有功勞才能當署長啊。像我這種警察沒辦法靠腦袋出頭，只好靠立功了。我看抓個強盜殺人犯，拿警視總監獎，才可能踏出升官的第一步。」

「或許多抓點小罪犯也能升官。」

「是嗎？抓十個經濟犯可以抵一個強盜犯，還是三支署長甲獎能換總監獎？如果有明確的標準，我應該會更拚吧。」

窪田說：「標準不是很明確了嗎？抓個通緝中的大尾左派政治犯，功勞最大。再來是殺警歹徒，其次才是連續殺人犯。」

香取說：「沒錯，公安罪犯的分數很高，可惜和現場警察無緣就是了。」

窪田對清二說：

「如果是你家附近的凶殺案，就算你只是外勤警察，搞不好也能逮到機會。假如我家附近出人命，我就會叫我家那口子到處打探消息。」

清二說：「消息還沒被你太太打聽到，就先傳到刑警耳裡啦。」

窪田又說：「是這樣嗎？我從結婚之後，才發現不能小看三姑六婆的八卦。」

香取問：「出什麼事了？」

「沒什麼，只是開始覺得女人的直覺很準啦。」

此時訓練場的教官喊了。

「下一個，安城清二。」

清二從長凳上起身。

窪田說的話還迴盪在耳邊。外勤警察搞不好也能逮到機會，不能小看三姑六婆的八卦。

或許喔。

當天晚上清二回到家，吃飽飯，就問了多津：

「之前國鐵男孩死掉的案子，附近有人來打探消息嗎？」

多津一邊哄著兩歲的次男正紀，一邊回答：

「沒有啊，我想應該沒人來打探。怎麼了？」

「畢竟屍體就在我們家後面發現的啊。」多津說起了警方的行話，不曉得何時學會的。

「那案子應該不是陌生人隨機幹的吧？不是會調查男孩的交友關係嗎？」

「聽說是工會衝突，但來我們這裡問問目擊情報，也是有可能的。」

「這麼說來，」多津突然想起什麼，停下哄孩子的手。「這陣子天王寺町有人請我改衣服，那個人就認識死掉的鐵路員。」

「畢竟也是住天王町的啊。」

「那人說了一句，說被殺的男孩看來就像個稚兒[27]，當鐵路員真是太可惜了。」

「稚兒？」

「就像是會隨時手舞足蹈的小男孩吧？」

清二憶起那天看到的屍體，雙眼圓瞪，表情因痛苦變得扭曲，但看得出來是個白嫩俊美的男孩。

清二突然想起之前住在上野公園的年輕男妓，阿綠。

但是清二打斷了自己的聯想。

「才十六歲，長得稚嫩點也不奇怪啊。」

隔天早上，清二還是很在意「就像個稚兒」這句話。

這天清二沒當班，帶民雄、抱著正紀出門散步。三人從初音町出發，穿過谷中墓地，往天王寺町走去。途中經過田川克三屍體被發現的現場，穿過墓碑走到命案現場，發現田川的陳屍地多了兩束花供奉著。

走過天王寺駐在所旁，到了通往鐵路天橋的坡道。這裡左手邊的住宅區裡，就有田川克三和同事居住的公寓。

三人慢慢走下坡道，民雄好奇問：

「爸爸，我們要去哪？」

民雄是個好奇的孩子，最近這個性更是明顯。

清二回答：

「我們去看蒸汽火車，可以貼在旁邊看喔。」

民雄似乎很滿意這個答案。

27 本意為幼兒，也用來稱呼平安時代帶髮修行的少年修行僧，後隱喻為幼年男色。

一月的路上僅僅三兩路人。清二走著，不經意注意到一個角落。角落有座顯眼的公寓，兩層樓，應該是昭和初年建造的。在這一帶算是較大型的建築，二樓等距開了六扇玻璃窗，一樓的窗戶間隔則不等距。

田川克三和同事共住的公寓應該就是這棟。

此時一名年輕男子從一樓大門走出來，看打扮不是勞工，身穿短外套，圍著毛線圍巾，頭戴和圍巾同色的毛球針織帽，帽子尺寸稍大，感覺是長髮女性會戴的帽子。

清二與男子對上眼，發現男子皮膚白、睫毛長。男子也看到清二的兩個孩子，對清二微笑點頭。

清二問男子：

「請問，田川克三之前住在這裡嗎？」

男子親切回答：

「是啊，可是被人殺害了。你是他的親戚？」

男子的措辭和語氣都有點中性，清二又想起了阿綠。

清二回答：

「不是，因為在我家附近發現了屍體，才有點在意。」

民雄與正紀都張著骨溜溜的小眼睛看向清二。

清二沒有表明自己的身分，繼續問：「你也住這棟公寓？」

「住他隔壁，挺熟的。」

「附近有很多像田川那樣的鐵路員嗎？」

男子回答時莫名微笑。

「這一帶勞工很多，這裡辦個學習會，那裡辦個社運，真是吵死人了。還來找我參加呢。」
「你做哪一行的？」
男子突然板起臉，或許發現自己太多嘴了。
「不是什麼大不了的工作，到處幫幫人罷了。您哪位啊？」
清二顧慮兩個孩子。「巡查，就住這附近，只是有點在意這案子。」
「是警察先生啊。」
「警察也和一般老百姓一樣會關心啊。」
「這我清楚啦。」
清二對親切的男子微微躬身。
男子離開之後，一名老太太來到公寓前，約六十多歲，手裡提著購物籃。
清二向老太太致意，老太太看了民雄與正紀後露出微笑。
清二對老太太說：
「我是住這附近的巡查，請問田川克三之前是不是住在這棟公寓？」
老太太點點頭，問了：「巡查？帶孩子來辦公啊？」
「不是，今天沒班，單純好奇問問。」
「我也是住一樓，和他見過幾次面。」
「田川的朋友常到這裡來嗎？」
「朋友？沒有啦，他們住的那一間，沒什麼朋友上門。」
「我以為有工會聚會呢。」

「那種聚會都辦在二號房啦，吵死人了。你能不能去念念他們？」

「啊，那等我當班了再來一趟。」

「那孩子沒有特別投入工會運動。年紀還小，國鐵的工作又不合他的個性。他和工會沒什麼往來，還聽說想辭職呢。」

「這樣啊。」這種消息或許真的只有女人家才知道。「他想做哪一行呢？」

「理髮師啦、裁縫師啦，他好像很喜歡這些細活，還自己做裁縫。買布料縫衣服之類的。」

「這樣啊。」看那具藍制服的屍體，很難想像私底下這樣生活。

老太太說：「刑警先生常問他和工會的關係，真是那樣嗎？他可和二號房的小伙子都不一樣，不對，反而是二號房的小伙子會主動躲那孩子，看起來根本不想打照面。」

「不想打照面？這是為什麼？」

「不曉得，或許覺得是不熱中工會運動的人而信不過吧。」

「信不過？」

「我不曉得，只是這樣覺得。」

「有什麼原因讓大家信不過他？」

「也，沒有啦。」老太太突然支吾其詞。「那孩子和公寓的人不太熟，和外面的朋友比較熟。」

搜查總部曾掌握到這件事嗎？

「您知道是哪些朋友嗎？」

「沒有，不知道。」

老太太又對民雄與正紀親切笑了笑，就走進公寓大門。

民雄拉拉清二的手臂。

「哎，我們去看火車啦。」

清二回過神，離開坡道，前往芋坂鐵路天橋。

正好有一列蒸汽火車經過天橋底下。

孩子們把臉貼在天橋欄杆上，看著火車經過。清二則望向火車前去的鐵路南方。

這座鐵路天橋的西北方不遠處是日暮里站，東南方是鶯谷站。戰後，鶯谷站周邊出現流鶯，也有很多做色情生意的茶室。上野警署將阿美橫丁與湯島一帶視為高犯罪率重點區，而鶯谷站附近應該就是坂本警署的最大監控點。更進一步說，在鶯谷做這類生意的人，正是流竄在谷中一帶。尤其天王寺町一帶有天王寺，天王寺在江戶時代即是香火鼎盛的名寺，氣氛較周邊地區來得更閑散。

難怪這一帶有很多鐵路員，可能也有不少工匠，還有哪些人呢……

又有一列蒸汽火車穿過鐵路天橋，大概是從上野車站開出的。白煙籠罩鐵路天橋，一時伸手不見五指。清二感覺到兩個孩子緊抓住他的手，他也握緊了孩子們的手。

田川克三少年凶殺案發生後兩星期，清二又在通勤途中遇見谷中警署的丹野。

清二詢問後來的偵辦進展，丹野搖搖頭。

「谷中警署和警視廳成立了聯合搜查總部，卻毫無進展。我們偵訊了另外兩個和田川同住的國鐵員工，兩人都有完美的不在場證明。被害人所屬的工會分部則是反應過度，直說警方違法迫害、捏造凶殺案。」

清二笑說：

「這反應很合理吧。現在要是抓了社運人士，工會絕對不會忍讓。」

「警署前面還豎了紅旗呢。大概有五十名工會成員來抗議。」

「這我沒聽說，那些想搞總廳的運動人士沒涉入嗎？」

「搜查總部好像沒收到消息。若真是工會內部的虐殺案，長官會高興到跳起來吧。」

「那是隨機強盜殺人？」

「也說不準，田川家裡的大哥是橫濱造船工，也是工會運動人士。另一個兄弟是東京電力的配電工，也是電產28龜戶分會的書記長。你覺得呢？」

清二記得電產爭議連連，龜戶事業所還曾爆發大罷工。難道田川克三受兄長影響成了工運人士？

清二接著說：

「這時代的勞工大多是工運人士。」

「這案子不就很明顯和左派運動有關？」

「帶著先入為主的偏見反而會看不清喔。」

「總之搜查總部是沒招了，目前每戶人家都要盤查上兩三次呢。」

「有什麼進展再告訴我。」

「好，安城兄若聽說什麼也通知我一聲。」

清二點頭，向丹野揮手道別。

7

田川克三凶殺案沒有任何進展，就這麼到了春天。

戰爭結束八年了，來上野公園賞櫻的東京都民也變多了。或許是受到韓戰軍用品需求影響，連民眾都明顯感受到景氣提升。

戰後種植在公園裡的染井吉野櫻，已經拔高到讓人在底下讚賞了。

這星期，清二在動物園前派出所應付賞花客，忙得焦頭爛額。照顧走失孩童、接受民眾諮詢、仲裁糾紛，還有扒竊與假哭窮的報案，巡查個個忙得沒時間吃飯。光是櫻花盛開的週末，上野警察署就逮了八個扒手。

清二連續接獲四件假哭窮報案，大致了解是哪些金光黨在搞鬼。這些惡劣的金光黨以御徒町為老巢，而且最近手法愈來愈惡劣，幾乎要從詐騙轉為恐嚇取財了。

承辦刑警聽了清二的案件報告，對清二說：

「我們曾派了臥底，但是金光黨在去年底銷聲匿跡，現在櫻花盛開，可能是冬眠後冒了出來。」

清二說出自己的想法：

「或許鄉下賺不到錢，才趁櫻花季又跑回上野來了。」

28 電器產業工會。

「也許吧。」刑警表示同意。「既然知道他們回來御徒町，就只有一件事要辦，狠狠修理那些謊稱刑警的傢伙。」

四月一日，清二值完日班回到上野警署，發現外勤巡查正激烈討論著。原來幾天前，京成線江戶川鐵橋底下發現一具塞在行李箱裡的男性屍體，今天總算逮到凶手。這是小岩警署承辦的案子。

警視廳裡所有警官，一聽到河邊出現行李箱屍體，馬上想到去年的荒川分屍案。被害人是警視廳的巡查，凶手是他當教師的妻子。後來發現該巡查人品不佳，負債累累，行為不檢，還不斷對妻子施暴。妻子一說要離婚，就掏槍威脅，最終引來忍無可忍的妻子殺害。

案子還沒一年，又發現了類似狀況的屍體，小岩警署與周邊警署都相當緊張。沒想到凶手很快就逮捕歸案。原來凶手H犯案之後，將衣物拿去當鋪典當。當鋪老闆心生可疑，通報小岩警署，小岩警署的刑警隨即前往搜捕。H承認殺害同居人S，旋即遭逮捕。從口供得知H的交友關係複雜，H和S及K共三名男子一同生活，後來K無法忍受這樣的關係，趁S睡覺時將其謀害，H則和K聯手，兩人將S的屍體裝在行李箱裡扔進江戶川。

有個巡查說了，H是法政大學的學生，二十三歲，高中時代就受年長的S多所疼愛。後來S和妻子離婚，與H同居。但H某次和女人去滑雪，回程在上野公園認識了廚師K。H和K情投意合，決定一起生活，就搬進S在小岩的家裡。

說到一半，清二問這名巡查：

「你說他們在上野公園認識，是哪一區？」

上野公園正是清二管轄的地區，清二想搞清楚，該不會在動物園前派出所附近吧。

巡查知道清二的掛慮，微笑說：

「好像是廣小路口。」

也就是男妓拉客那一帶，看來不只是男妓和嫖客，一般民眾也會在那裡找對象。

另一名巡查開口：

「不就是所有人同意才同居的嗎？」

橫山說：

「三個人肯定吵翻天，不管男女或男男都一樣。」

巡查們都笑了。

過了二十天，清二這天沒當班，穿便服前往秋葉原。這裡有群人以資源回收為生，搭起棚屋度日。部分原本住在上野公園的戰爭災民，就是搬來這裡。

清二喊住一名棚屋居民，報出原田的名字。原田之前住在上野公園，外號老師，和清二相熟。原田本來和其他遊民一起遷移至足立區堀之內的收容所，聽說最近又搬來秋葉原。原田在上野公園算出名，上野警署自然掌握其消息。

只見這居民立刻轉到後面的棚屋找來原田，原田和以前一樣戴著類似登山帽的帽子，身穿薄料長大衣。但臉上的皺紋更深了些，看起來比之前更深沉。若好好打扮一番，要自稱大學的哲學教授也很有說服力。

清二向原田打招呼：

「好久不見，要一起吃頓飯嗎？」

原田搖頭。

「你看起來不像只要吃頓飯。」

「沒錯，老實說，我希望你幫忙回想一些事。」

「我吃過飯了，請我喝杯酒就好。」

「沒問題。」

原田帶清二到酒鋪買了酒，兩人坐在路邊的長凳上，眼前有牛車載滿了破銅爛鐵緩緩走過。

原田喝了一口酒，問清二：「要我想什麼事？」

清二說：「以前有個孩子叫阿綠吧，在不忍池畔被殺的那個。」

「記得，那案子破了嗎？」

「還沒，只是想起老師提過阿綠的事，有點興趣。」

「怎麼現在才問？」

「因為我家附近又有年輕的男孩被殺了。」

「啊，就是國鐵職員的案子？」

「是的。老師曾說，謠傳阿綠可能是警方的線民，這說法有根據嗎？」

原田刻意把眼神投向遠方。

「不是我知道什麼內幕，而是當時在那群人妖之間聊得還挺熱烈的。」

「這是怎麼回事？」

「聽說阿綠和某個警署的刑警走得很近，你不是有次來通報我們警方要大規模執法了？」

清二當時因外勤巡查的勤務變更，才發現警方要大執法，於是去通報原田。

原田接著說：

「當時我把這件事轉達給人妖們，結果他們早就知道了，是阿綠說的。」

原田說，阿綠死後，他的同伴想起阿綠生前有些詭異的舉止。其中一個就是執法行動的消息，認為阿綠可能有警察恩客。另一個說法是阿綠可能是警方的線民，要來掌握上野公園內遊民的動向。如果有通緝犯混進上野公園，阿綠就會回報。

所以男妓們認為阿綠的死，是上野公園裡其他集團來尋仇。阿綠由於身分曝光，才會被殺。

聽到這裡，清二向原田確認：

「假設阿綠是線民，他和警察碰面的頻率有多高？」

原田輕聲笑了笑。

「我不清楚這麼多，但總不至於每天碰面吧。至少他還不敢明目張膽和警察見面。」

「是在上野公園某處密會嗎？」

「應該是不引人注意的地方。」原田靈機一動。「如果他真是線民，也沒必要密會太久。只要在上野公園角落短暫碰頭，看起來像在閒聊就好。也可能他和人閒聊被發現，才被說成了線民。」

清二試著整理原田的說法。若阿綠是警方的線民，警方應該會更投入辦案。但上野警署與警視廳的聯合搜查總部不到三個月就解散了，偵辦過程也稀鬆平常，實在不像在辦警方線民遇害的案子。還是說，警方不想讓男妓們知道有密告者，搜查總部因此故意放水？一旦抓到凶手，阿綠與警方的關係就會在法庭上曝光，所以才要避嫌？

不對。清二推翻自己的想法，如果是公安的案子還有可能，但是男妓被殺，警視廳實在沒必要這樣保密到家。就算阿綠的間諜身分曝光，警視廳也沒有損失。至少他想不到警方會有任何損失。

清二突然發現原田正盯著他。

清二連忙喝了一口酒，然後問原田：

「老師認為那案子的真相是什麼？是和客人起了爭執嗎？」

原田說：

「阿綠並不是扮女裝的人妖，會有爭執嗎？」

「例如金額談不攏？拉到了沒錢的客人？」

「不曉得，但是阿綠很年輕，在那群人妖裡算涉世未深的。」

「是指他太單純，才會發生這種事？」

「或許是不懂得怎麼應付爛客人。」

原田杯裡的酒已經喝完，清二又點了一杯給原田，然後向他道別。

清二接下來值夜班，下班後又去了天王寺町一趟，這次沒牽小孩，並且換上了便服。

他走在公寓與長屋密集的地段，遇到上次見過的老太太，對方也記得清二，主動打招呼。

清二停下腳步，對老太太報上名號，說是上野警署的外勤巡查，住在初音町。

老太太也報上名號，叫岩根君，與管墓地的兒子及媳婦同住。

清二說：

「可以請教您一件事嗎？」

「又是克三的事啊？」

「算是，那棟公寓的二號房常有年輕人聚會吧？」

「對呀，裡面住著像是哪個工會的委員，常聚集一群人討論到半夜呢。」

「沒有警察上門嗎？」

「不曉得警察有沒有來過，但去年五一事件後，附近就常有人徘徊，看起來很像刑警先生。」

「妳認得出刑警？」

「因為那些男人很可疑，還來找我搭話，以為是誰要闖空門呢，結果是刑警先生。他們拿出警察手冊，好像在附近辦案，要我別洩漏警察在這一帶活動。」

「之後來過嗎？」

「好幾次看到同一位刑警先生出現，只要知道刑警先生是那種感覺，一看就認得出來啦。」

「刑警關注的是群聚二號房的人囉。」

「不只喔。」

「二號房之外還有刑警關注的人嗎？」

「也不是這麼說，附近有很多勞動者和工匠，不少年輕人熱中工會啊。」

「那棟公寓之外，還有刑警關注的地方嗎？」

「不曉得，我沒有主動過問啦。可是喔……」

阿君說到一半突然頓住，表情不太自然，清二盯著阿君。

阿君又看了看巷子兩側，似乎想確認四下沒有別人。

清二默默等待後續，阿君接著說：

「我想克三也被刑警先生問過很多問題。」

清二確認：

「妳看過克三和刑警碰面？什麼時候的事？」

「克三是哪一天被殺的？」

「一月，二十日的晚上或隔天凌晨。」

一月二十日上午，警視廳與上野警署向附近警署要求支援，動員四百名警力前往御徒町的國際親善市場執法。當天晚上各警署警力薄弱，巡邏也較鬆散，田川克三就是在那時被殺害。

「對啦。」阿君說：「我就是在那前不久看到的。」

「地點在哪？」

「寬永寺坂那邊，我是遠遠看到，不曉得對方是不是刑警先生，只是覺得有可能啦。」

「不是谷中墓地吧？」

「是出了墓地的那一頭。」

也就是在鶯谷站和色情茶室那一區。

田川克三也是警方的線民？難道他把工會的內情，以及同棟公寓的左派人士動向都通報給刑警了？一名十六歲的國鐵員工成為熱中工會的社運人士並不稀奇，但據稱田川克三後悔做鐵路員，或許天生就是討厭團體行動的男孩。這麼看來，可能真有什麼契機讓他成了線民。

阿君沒繼續說下去，或許也不想多說了。清二沒有當班，要問街坊間的八卦頂多就這樣了。

清二向阿君道謝後離開。

清二走到天王寺駐在所前，慢慢咀嚼原田和方才阿君的話。

聽說阿綠是警方的線民，叫田川克三的男孩似乎也和刑警接觸過。兩個案件中，一個被害人是男妓，另一個是鐵路工會成員，乍看之下沒什麼共通點，卻有個令人在意的關聯。

清二想起阿綠的長相，以及男孩田川克三的屍體面容。
除了和警察往來之外，兩人另一個共通點就是俊美，都是能當花旦的男孩。

這年夏天，韓戰簽下停戰協議。所有參戰國都認知到戰況陷入膠著。韓戰停火，日本國內期待社會主義革命的勢力相當失望，而擔心日本爆發革命的人們則鬆了口氣。清二也聽說，日本社會主義勢力中，愈來愈多人懷疑武力革命路線。這麼看來，激進左派攻擊派出所的風險或許暫時下降了。
田川克三男孩的命案，後來依舊沒有進展。
梅雨季結束，清二又遇見谷中警署的丹野，丹野說道：
「我的專任搜查職位被拔掉了，搜查總部縮減規模，案子應該會被打入冷宮。」
清二追問：
「才不過半年吧？國營企業的工會成員被殺，就這麼乾脆停止偵辦嗎？」
「好像公安那邊有什麼打算，決定不深究。」
這說得過去嗎？清二實在無法接受丹野的說法。

昭和二十八年即將結束，上野警署的年底警戒也來到高峰。
一組七人金光黨常在阿美橫丁搞假哭窮詐欺和恐嚇取財，被上野警署逮捕了。
這天，上野警署為了逮捕假哭窮的現行犯，向鄰近警署要求支援，派出二十名警官等待金光黨動手。金光黨有段時間不動聲色，但警方年底警戒期一啟動，就收到民眾報案。可見金光黨認為時機成熟，在阿美橫丁做起了生意。

這次行動不能派出對方認識的刑警，所以由其他警署的便衣刑警露臉，當中也包括荒川警署的早瀨勇三。

假哭窮集團有著明確的分工，首先是一個哭角，配上兩個同情哭角的騙角，還有兩個負責把風的哨角，觀察四周是否有警察靠近。最後搭上兩名假刑警，騙走被害人的財物。

上野警署靠臥底掌握了金光黨的身分。這天趁年底熱鬧，金光黨準備做生意，上野警署派出二十名便衣刑警悄悄包圍假刑警之外的所有金光黨。兩名假刑警發現不對勁，在警方舉發前就逃離阿美橫丁。

這天，清二沒有執行平時的動物園前派出所勤務，而是被派去御徒町一帶巡邏，搭檔一樣是橫山幸吉。

兩人在監視廣小路人行道的時候，聽到附近響起哨子聲。

清二與橫山互使眼色，吹起警哨就衝向商店街中央通道。前方傳來慘叫，原來有兩名男子不斷推擠阿美橫丁裡的購物人潮，往這裡衝過來。兩人都是四、五十歲上下，清二立時察覺，兩人就是這段時間上野警署要舉發的目標，假哭窮集團成員。如果今天要抓大尾的，假哭窮集團肯定是頭號目標。

橫山在清二左邊，掏出警棍叉腰站定。

清二也掏出警棍，張開雙手擋住中央通道。

路人見兩名巡查擋路，顯得驚慌，連忙往左右退開。清二與橫山面前出現一道空蕩蕩的人溝。

兩名男子停下腳步，距離清二與橫山約十步遠。看那面相與氣勢，要自稱專辦黑道的刑警確實說得過去。不過手上看來沒有武器，至少沒拿刀。後方又有一群人追來，應該是便衣刑警。

橫山上前一步，對兩名男子喝斥：

「趴地上，雙手抱頭！」

較年輕的男子似乎是認命了，乖乖把手盤在頭上。

但年長的往後瞥了一眼，似乎在盤算能否衝過兩名制服警察，再擺脫其他刑警。清二右手持警棍往前走近一步。年長男子又看了清二一眼，顯得猶疑，似乎在想清二的警棍何時會打來，接下來是否就掏槍了？自己躲得過子彈嗎？

清二直直盯著男子閃爍的眼神，又上前一步。

此時刑警陸續趕到，而且幾乎同時將兩名假刑警壓倒在地，兩人束手就擒，意外地乾脆。把年長金光黨壓倒在地的正是早瀨勇三。早瀨迅速掏出手銬，看到清二就停下手。

清二拿著警棍走向早瀨。

早瀨仍壓制在金光黨身上。

「讓我來逮捕，行嗎？」

清二點頭。

「是你的功勞。」

「抱歉啦。」早瀨將男子的雙手銬在背後，其他刑警也追了上來，包圍兩名趴在地上的金光黨。兩名金光黨在便衣刑警包圍下離開廣小路。一行人經過清二面前，清二讀到了早瀨的嘴型。

「謝啦。」

清二點頭行禮，目送早瀨等人離去。

看來早瀨正朝警視廳刑警的目標邁進，那我呢？要獲得理想的駐在所職缺，就必須建功，才能指定轉調的職缺。例如逮捕殺人犯、強盜或通緝中的政治犯。我真的有機會立下這樣的功勞嗎？

8

淺草警署的窪田勝利巡查遭人槍擊。

一個炎炎夏日、烈陽灼人的午後，清二聽到了消息。

前些天經濟企畫廳才發表經濟白皮書，大肆宣稱「目前已非戰後」。這是昭和三十一（一九五六）年的夏天。

還不等政府發表，民眾已經感受到生活明顯好轉。消費上的確比戰爭剛結束時活躍許多，鬧區也林立起酒家、咖啡廳、餐館、小鋼珠店和麻將館，還出現了深夜咖啡館、浪漫茶館等特種行業。就在去年，日本共產黨終於放棄了武力革命路線。

民眾消費增加，混混團賺錢的方法也隨之改變，變得更惡劣、也更巧妙，而且單一受害金額更大。混混團之間因分贓不均而內鬥，規模與水準也與戰後時期不同。

窪田就是在這樣的局勢之下遭到了槍擊。

聽說窪田很快就送往飯田橋的警察醫院，但身上有兩顆子彈，醫師也難以保證手術會成功。

警方已經鎖定開槍的歹徒，是以淺草為地盤的混混團幹部，五十嵐德一。

東京都內的混混團與黑道明顯殘暴許多。城北地區才剛發生混混團之間的槍戰，淺草舉行賭徒老大葬禮的時候，盤踞杉並的混混團也混了進去，槍殺三人。

風化區的暴力咖啡廳則明目張膽幹起非法勾當，不斷發生強暴婦女、販賣人口等案件。主要的資金來源是費洛彭買賣，上癮的毒蟲不是犯罪就是家破人亡，成為無法忽視的社會問題。警方在三月大規模取締槍炮刀械，光是槍械就扣押超過一萬四千枝。以致警視廳不得不投入警備用的警視廳預備隊大力取締。

淺草警署這陣子大規模搜索轄區內主要的黑幫據點，扣押大批手槍、炸藥等凶器、費洛彭，以及洋酒等管制品。取締過程中，以傷害與恐嚇罪名遭通緝的五十嵐德一，朝著闖進據點的淺草警署巡查開槍，隨即逃逸。

五十嵐德一再次遭到警視廳轄區通緝，多加了一條殺人未遂的罪嫌。

清二看到這份通緝令時，臉色頓時鐵青。

同樣在動物園前派出所服勤的橫山問：

「怎麼了？你認識這個巡查？」

清二轉頭看橫山，努力保持冷靜回答：

「是我警察練習所的同期，還是同一班。」

「你這什麼表情？又沒說他死了。」

「但他被打中了兩槍，他還有妻子和孩子呢。」

「別擔心，上面也知道宣布警察重傷或殉職，巡查們會更有鬥志啦。」

確實如此。若說有什麼案子會激起警察眾怒，全力緝捕凶嫌，非殺警案莫屬了。只要有警察被殺，整個組織的怒氣是壓不住的。戰後，左派不斷攻擊派出所，殺害多名警察，正是讓下級巡查痛恨左派的關鍵。自此警察士氣高昂，誓死逮捕凶惡的左派嫌犯。即便是荒川分屍案，大眾認為被殺死的巡查是違法的壞警察；但巡查中可沒人會同情殺死受巡查丈夫家暴的女教師。

清二心想，這次肯定已經燃起了所有淺草警署巡查的怒火。為了這案子，巡查們會毫不遲疑掏出腰間的史密斯威森手槍。

不只是淺草警署，想必其他警署不認識窪田的巡查也會暗自立誓，絕對要逮到五十嵐德一，或在移送檢察前先送他下地獄。要是窪田死了，更無妥協的餘地。

清二再次謹記通緝令上的文字。

> 五十嵐德一，三十五歲，體格中等。左臉有四公分左右的直刀疤，左眉正中央有疤，背後有毘沙門天刺青。
>
> 直接嫌疑有傷害、恐嚇、殺人未遂。持有點三八口徑半自動手槍。
>
> 昨天於淺草六區自宅射傷巡查後逃逸，其情婦菅野美咲也下落不明。

清二之前就聽過五十嵐德一這名字。淺草公園裡曾經有所謂的巴士長屋[29]，東京都與淺草警署強制驅離其中居民時，就聽說五十嵐和他的小弟協助淺草商人騷擾、毆打巴士長屋居民。

巴士長屋的居民可說是受不了五十嵐等人騷擾，才接受了驅離。清二認為巴士長屋裡應該也有像原田那般精明的人，與其和混混團起糾紛而造成傷亡，不如乖乖配合。或許淺草商人因此將五十嵐當成英雄，他能在淺草幹這麼久地下生意，也是有當地商人的支持。

但是他終於越界了。當暴力咖啡廳和敲詐酒吧的名聲愈來愈臭，淺草也會對其敬而遠之。淺草商人接受警方加強取締混混團的政策，決定背棄五十嵐。就清二看來，淺草警署之所以能闖進五十嵐的祕密基地，無疑是附近住戶告密。

清二直直盯著通緝令，心想：

五十嵐，你也是個可憐人，但對巡查開槍就是無法挽回的罪過。假如窪田喪命，你連上法院受審的機會都沒有。

當天傍晚，原是該換班的時候，清二這些值日班的巡查卻收到命令要繼續執勤。五十嵐德一可能的躲藏地點幾乎在台東區內，所以需要更多外勤巡查重點監視巡邏，並進行職務盤查。警視廳預備隊的二中隊也派駐台東區。清二先回上野警署點名，再前往動物園前派出所待命。

晚間七點多，派出所裡來了稀客。

是住在秋葉原的原田，這次總算穿了符合時令的夏季短袖白襯衫。

原田走到清二面前，低聲說：

「聽說警察在追一個叫五十嵐德一的混混？」

清二問：

「你知道？」

「我認得他，同伴們被趕出上野公園搬去淺草時，他老來欺壓我們。那人很殘暴，無視別人的痛苦。」

「他槍擊我們的巡查後逃走，你聽說了嗎？」

「有。我們拉著拖車到處走，什麼都會聽說。」

清二看著原田，原田看來頗開心。

29 以廢棄巴士改裝而成的住處。

「你知道他的下落？」

「是個左臉有傷的男人，不確定是不是五十嵐。」

「我想八九不離十了。」

原田回過頭，望向廣場南邊一個棚屋聚落，那裡俗稱南葵聚落，住著約莫兩百戶人家，以收破銅爛鐵為生。棚屋之間有簡易旅館，前不久其中一間簡易旅館才有個冒充女性的男妓被客人殺死。

動物園前派出所後面，原本也有個棚屋聚落。昭和二十（一九四五）年下町大空襲之後，許多災民在這裡搭建棚屋住下，並由寬永寺和德川家的歷史聯想，稱此為葵聚落[30]。去年春天，政府決定在這裡興建西洋美術館，棚屋也遭拆除，兩百戶人家只好搬遷至公園的泳池舊址。

目前政府還未驅離南葵聚落居民，棚屋則逐步改建成正規的民房。

清二跟著原田看過去，問道：

「人在南葵某處，對吧？」

原田點頭。

「有家簡易旅館叫桐屋，你知道吧？」

「當然。」

那是聚落中少見的兩層樓棚屋，房客的生活水準都不高。男妓和女妓常在那裡做生意。淺草和鶯谷一帶的旅館茶室，照理說刑警早已搜過一輪，沒想到上野公園裡的簡易旅館倒成了盲點。

原田說：

「好像和女人一起，聽說他有槍？」

「他可是開槍打了巡查，槍應該還在身上。」

「小心啊，別逞英雄，好好利用這條消息。」
原田轉身，走上動物園前廣場，前往廣小路口。
清二走向一旁的橫山，說出剛才的情報。
橫山眼裡的光芒剎時炙熱起來。
全部聽完之後，橫山往派出所裡看，裡面還有兩個值班巡查。
「要聯絡警署等候指示嗎？」橫山自言自語，但連忙搖頭。「等上面慢吞吞下令，煮熟的鴨子就飛了。」
「怎麼辦？」
橫山作勢望向派出所裡的兩個巡查。
「讓他們往署裡報告重點，我們不等命令，先去桐屋。」
橫山走進派出所裡，對年長的巡查說：
「有情報指出五十嵐德一躲在上野公園南葵聚落的桐屋旅館，我們立刻前往桐屋，你去聯絡警署。」
巡查聽了大吃一驚。
橫山還不等回話就衝出派出所，右手按著腰間的槍套。清二也跟在橫山身後奔跑，距離桐屋旅館只有短短兩百公尺。
到了桐屋之後該採取什麼行動？
清二開始猶豫。

30 寬永寺為德川家的菩提寺之一，江戶時代十五位大將軍中有六位埋葬於此，寺域內四處可見德川家的三葉葵家紋。

對方是槍擊要犯，胡亂闖入一定會吃子彈，搞不好和窪田一樣中槍。但若等到警署前來支援，就沒有逮捕槍擊巡查要犯的功勞。頂多嘉許自己獲得有效情報罷了。

清二下定決心，非幹不可。他，不對，他和橫山必須逮捕五十嵐德一。

幸好警視總監指示開槍不必猶豫，這依然有效。這下子開槍就沒有執法過當的問題，只要把對方打成重傷，無法反抗，上銬逮捕就好。

太陽已經下山，這個棚屋密集區自然沒有路燈，幾乎伸手不見五指。還好幾間簡易旅館的大門亮著燈，一看就認得出來。簡易旅館裡大概有五、六個一坪半的小房間。

兩人靜悄悄靠近桐屋，確認入口。二樓的房間亮著幾盞燈，還有房間開著窗。

清二稍微離開旅館，小聲對橫山說：

「怎麼辦？突然闖進去好嗎？」

橫山說：

「你顧後門，我先去前門調查老闆和房客。五十嵐聽到我的聲音，一定會從後門逃走，你要頂住啊。」

「他或許會從前門硬闖，或等橫山兄走到房門口就開槍。」

「不可能。他知道外面的警官有配槍，不會從正門出來。他很清楚自己一露面，警察就會開槍。」

「那就這麼辦。」

清二繞到旅館後面，這座棚屋竟然還有後門。但二樓的住客，也可能從窗戶跳到隔壁棚屋的屋頂。問題是五十嵐人在旅館的哪一邊，只能站好位置，同時看住前後門，不管五十嵐往哪逃都能應付。

橫山對清二點點頭，清二也點頭回應，從腰間槍套掏出手槍，拉下擊錘。

橫山打開旅館前門，大聲喊道：

「晚上好，我從上野警察署來的，老闆在嗎？」

旅館後面的窗邊有人影閃過，看來房間裡有人起身，就是那裡。

橫山走進大門，他的聲音消失了，應該正在向老闆打聽房客的身分。

二樓窗戶倏地被打開，一名男子探出頭。清二躲在黑暗中，對方沒看見他。只見男子朝路面東張西望，隨即跳向前方的棚屋屋頂。男子穿短袖襯衫配長褲，沒穿鞋。這一跳，發出了木板破裂的巨大聲響。

那人在屋頂上站穩身子，又跳到路面上。似乎扭到了腳，跌倒在地。

清二乘機衝出去，男子發現清二，連滾帶爬想逃。男子手上好像有東西，發出一聲炸響，清二一時眼花。

清二衝向彎腰跪地的男子，往他肚子上就是一腳，再往臉上招呼一腳。男子悶哼一聲，蜷縮在地。清二迅速把手槍擊錘歸位，用槍把狠敲男子後腦杓。男子無力趴倒在地，清二摸索著對方的手槍，然後一把搶走，往後扔開。

接著清二騎壓在男子身上，男子反抗，清二又用槍把敲了男子臉頰一記，帶著打碎顴骨的手感。

有人衝了過來，清二拿好手槍回頭一看，是手持警棍的橫山。

兩人聯手壓制男子，將他的手銬在背後。

橫山對男子說：

「現在以妨礙公務現行犯、違反槍砲刀械取締令的罪名逮捕你，聽到沒？」

男子不發一語，清二拿出手電筒確認長相，只見男子因憤怒而面目扭曲，左臉有刀疤，左眉從中間斷開。肯定沒錯，就是五十嵐德一。

清二保險起見還是問：

「是五十嵐德一吧？」

男子還是不作聲。

橫山扯破男子的襯衫，露出後背，清二用手電筒一照，正是毘沙門天的刺青。

附近傳來幾道腳步聲，看來有人在公園裡奔跑，可能是第一批支援警力到了。

清二對橫山使個眼色，站起身吹哨子。

一陣刺耳高昂的哨音，在夏日夜空迴盪繚繞。清二又吹了一聲，這次聽起來像是宣告勝利的號角。支援的巡查們想必聽見了哨音，腳步聲的速度與方向都變了。

清二抬頭看著夜空，深深吸了一口氣，又吹了一聲哨。

這第三道哨音，或許有人聽得見其中的歡喜與期待。對清二來說，這聲哨音十足暢快，是他巡查生涯最棒的哨響。

清二回上野警署報告的時候，副座告訴他窪田手術成功，保住一命，而且重返巡查崗位的日子應該不遠了。

上野警署的副座已經換成相馬滿壽夫警部補，和前任副座岩淵忠孝一樣，是個老派的警察主管。

清二一聽相馬這麼說，頓時鬆了口氣，幾乎要跌坐在旁邊的椅子上。

他還勉力站著，是因為副座像有話要說，而且對清二來說是好消息。

相馬一臉潮紅冒著汗，心情大好說道：

「這肯定是警視總監獎，署長也會發獎金給你們。」

「謝謝副座。」清二說：「同仁被開槍打傷，我和橫山巡查都鐵了心，賭命也要抓到歹徒。」

「橫山年紀一大把還挺行的，可以放心領終身俸養老啦。話說回來……」

「什麼？」

「你當警察幾年啦？」

「二十三年錄用巡查，八年了。」

「一直在上野警署？」

「是。」

「差不多可以調單位了。領過總監獎的巡查，自然有資格申請想調派的單位，上面准不准又是另當別論。有想請調的單位嗎？」

「有。」清二注視著相馬。「我希望調去谷中警察署，並分發天王寺駐在所。」

「你要去駐在所？」

「是。」

看相馬的神色，肯定會把清二的期望轉達給警視廳的人事課。可能是今年十月調動，或視谷中警察署情況明年四月調動。

隔年，昭和三十二年四月一日，安城清二巡查從上野警署轉調谷中警署，同日奉命於天王寺駐在所服勤。

安城清二這年三十五歲，帶著妻子和兩個孩子成了警視廳駐在警官。

9

清二在駐在所辦公室，四下看著已經收拾乾淨的房間。

多津正在廚房準備晚餐，廚房接有自來水，擰開水龍頭就有水可用，再也不必像住長屋那樣，得去公共的幫浦打水來用。昨天剛遷入，多津最開心的就是這件事。

駐在所有兩個房間，與長屋生活大不相同。民雄與正紀都在發育期，一家人擠在長屋的小空間實在困窘。東京都的住宅供應還是相當吃緊，上野公園的南葵聚落也還在，一個低階公務員能住到有兩個三坪房間的房子，這際遇讓人看了都要眼紅。

兩個孩子在多津身後玩鬧，長男民雄正讀著兒童版的福爾摩斯探案，次男正紀在一旁專心玩積木。多津的背影微微搖晃，像在哼歌。

清二微笑，往駐在所外看去。

天王寺駐在所位於谷中警察署轄區內，原本由老巡查佐久間在此服勤。佐久間於今年三月底從警視廳退休，上野警署的清二就轉調來接任。

前一任的佐久間巡查，在大戰中的昭和十七（一九四二）年就已經分發到天王寺駐在所，戰後警察機構進行改革，駐在所依然保留，所以佐久間在天王寺駐在所總共服勤了十五年。他退休的時候五十五歲，有三個兒子，都是在駐在所裡長大成人。

清二昨天和前任巡查佐久間交接之後，就跟著谷中警察署的直屬長官，巡查部長神岡，在轄區裡逛了一圈。

這一趟，是為了讓新巡查和當地仕紳打個照面。從駐在所旁天王寺住持到天王寺町內會會長，還有天王寺町防犯協會會長、御殿坂振興會會長等人。

町內會長說近期會舉辦新巡查的歡迎會。清二不知道怎麼回應，看向神岡巡查部長，神岡點頭，意思是不必客氣，答應就好。駐在警官與外勤巡查的差別，在於駐在警官要設法被當地民眾接納。看來連當地小學的開學和畢業典禮，清二也都要出席了。

路上，神岡脫口提及前任的佐久間：

「他有三個兒子，三個都成年了，卻沒有一個當警察呢。」

口氣聽來略顯忿忿不平。

巡查部長接著說：

「三個兒子有個當駐在警官的父親，最後卻沒一個是警察，聽來真淒涼。」

清二能理解這樣的感嘆。便衣刑警與警署的外勤巡查，就算生了兒子，兒子也不一定能仰望父親執勤的背影長大。孩子無法傳承父親的職業與人生，就和其他公務員的孩子無異。駐在警官卻另當別論，孩子會看著父親的一舉一動長大，父親在家中的生活、職場上的生活、公務員的身分、父親的身分，孩子全都看在眼裡。孩子成長的過程中，二十四小時受到父親的深切影響。

如果駐在警官的兒子沒有選擇和父親一樣的職業，代表警察父親並非兒子眼中的榜樣，或說沒有好好展現那榜樣。身為一名警察，卻沒能成為兒子的人生羅盤或理想。

神岡說：

「記好，駐在警官和普通的外勤巡查不同。說得極端點，外勤巡查只要執勤時認真就好，但是駐在警官要二十四小時都是好警察。你準備好了吧？」

「是。」清二回答。

神岡口氣一轉：

「說到這個，佐久間報告過你曾在天王寺町打探消息，是查什麼案子？」

打探消息？國鐵男孩遇害時，他確實來這裡蒐集情報。原來駐在警官佐久間掌握到這件事，並向谷中警署報告了嗎？

清二說：

「當時我家後面發現年輕鐵路員的屍體，由於在家附近，有點好奇。但並非打探消息，只是沒當班時隨便問問而已。」

「就算當上了這裡的駐在警官，也別學人家辦案啊。辦案不是你的職責，守本分就好。」

神岡是在叮囑駐在警官的職責，清二回答：

「是。」

這就是昨天，清二第一天上任的經過。

駐在所的玻璃拉門外，路過幾個男男女女，應該是當地居民。有人對著玻璃拉門內點頭致意，清二也點頭回禮。

清二又環視一次駐在所辦公室，心想竟然真的當上了駐在警官。外勤巡查總戲稱派出所內服勤巡查的負責人為「箱長」，現在他成了「一人箱長」。他的階級只是個小巡查，沒有人在他底下工作，但也沒有人在他頭上管事。說得直白一點，這個駐在所就是他要獨自守住的城池，天王寺町則是他要負起責任的轄區。

桌上有一具黑色電話機，後面的牆上掛著當地町內會送的時鐘，右手邊牆上貼著駐在所轄區的大比例地圖。地圖很詳細，甚至標記了房屋號碼和住戶姓名。大地圖旁貼著谷中警察署的全轄區地圖，以及相關聯絡人的電話表。再旁邊有份日曆，應該是當地商店街印製的。

清二再次告訴自己，自己是個箱長，又緊緊抿住不小心揚起的嘴角。

辦公桌前方的拉門沒關，有人出現在門口，是個五十來歲的婦人，身上穿著長圍裙。清二認識婦人，似乎姓市橋，是附近店家的老闆娘。

老闆娘看到清二，一臉訝異。

「安城先生就是新的駐在先生啊？」

清二在這裡住了九年，老闆娘記得他的名字，但是他還不太清楚所有居民的姓名。

清二說：

「我是昨天分發來的。」

「這麼年輕就當了駐在先生啊。」

清二起身又問：

「發生什麼事了嗎？」

難道是他在這駐在所迎來值得紀念的第一件任務？

「有人順手牽羊啦，被我抓到了，我老公正在訓話呢。」

「妳的鋪子在觀音寺對面吧？」

「對，叫做市橋屋的鞋店。」

「是誰順手牽羊？」

「一個孩子。」

「幾歲？」

「十二、三歲吧，真不曉得該怎麼辦。」

「總之我去看看。」清二回頭對多津說一聲。「我去觀音寺前的市橋家一趟。」

多津轉身對市橋屋老闆娘致意。

兩人穿過谷中墓地前往店鋪途中，老闆娘說：

「那個孩子啊，想從我家門前擺的鞋裡偷一雙布鞋，我老公發現了，就抓著他的手不放。」

順手牽羊是無罪的。戰爭剛結束時，民眾因生活困苦而偷糧食可說司空見慣，連平凡安分的老百姓也不時在店裡順手牽羊，更別說身無分文的無業遊民，要阻止他們偷食物果腹簡直難如登天。正因為順手牽羊有其社會因素，案件又太多，警方與司法當局才決定不以竊盜罪來辦理。警方會接受民眾報案，犯人也會留下紀錄，僅此而已。就算抓到順手牽羊的人，檢察官也不予起訴，關進拘留室根本白費功夫，更別提是孩子了。

因而最近那些容易被順手牽羊的店家，要是當場逮到扒竊者也不會報警，頂多在不致構成傷害罪的範圍內教訓一番，便把人放走。上野警署轄區裡的商店街，甚至請來混混團對付這些人。

老闆娘特地來駐在所找警察，可能她的店裡不常遭扒竊。

走出谷中墓地，來到連結御殿坂和三崎坂的初音通。這條路是分隔天王寺町與初音町的交界，左轉就是清二一家人前天還住的長屋，右轉則是御殿坂。靠御殿坂的馬路這頭，林立著幾家小商店。其中一家鋪子掛著鞋店的招牌，店門口擺著布鞋和短筒膠鞋，店內架上擺的是草鞋和雪鞋。

老闆娘帶清二走進店裡，一個男孩正坐在櫃檯旁的木箱上。年紀約十二、三歲，穿著厚上衣，頭戴破了洞的學生帽。

清二往前走，看著男孩的腳。如果男孩打赤腳，就能理解他為何想偷鞋，但是男孩穿著一雙短筒膠鞋。

老闆站在男孩旁邊。清二也認識老闆，五十來歲，一臉怒容。

清二來到男孩面前，老闆說：

「你就是新來的駐在先生？」

「沒錯，請多指教。店裡損失什麼？」

「東西拿回來了，但是不知道怎麼處理這孩子。」

清二想搞清楚。

「沒有實際損失？」

「對，但今天是第二次了。之前偷過一次，被他給溜了。」

「之前也有？」

「對，都第二次了，才找來駐在先生。」

第一次偷東西約莫發生在十天前，也是被偷了一雙男用布鞋。

清二又看了看男孩，男孩噘起嘴避開清二的眼神。男孩看來不學好，巡查都來到面前，卻不見畏縮，也絲毫未反省自己的行為。他有可能加入不良集團，至少不像是會衝動扒竊的窮孩子。

「叫什麼名字？」清二問男孩。男孩瞥了清二一眼，又別過頭去。

店老闆說：

「他不肯說，但衣服裡寫著工藤行夫。谷中小學六年級。」

看來清二抵達之前，老闆已經確認過男孩的名字。

清二問男孩：

「你叫工藤行夫？」

男孩微微點頭。

「你打算在這裡偷東西？」

又微微點頭。

「幾歲？」

「十二。」

「小學生？」

「今年升中學。」

「好，來駐在所吧。」

男孩這才正眼瞧著清二，問道：

「要幹嘛？」

「問清楚，然後請你的父親過來。」

「找我爸？」

「當然，你家住哪，父親在家嗎？」叫行夫的男孩沒回答。

清二說：

「那要直接去警察署嗎？可以請警察狠狠偵訊你喔。」

只好嚇唬了。

男孩應聲：

「我家在駒込坂下，我爸在瑞輪寺前面的石鋪做工。」

瑞輪寺前，是谷中警察署的管區。

「跟我來。」清二對男孩行夫說。

男孩左右張望，似乎在確認有誰能幫他說句話，又或是在找機會開溜。

最後男孩放棄，頹然起身，似乎還微微地嘆了一聲氣。

回到駐在所之後，清二打電話給谷中警署，直屬長官神岡巡查部長立刻接起。清二如實報告神岡，希望派人到瑞輪寺前的石鋪，找一個姓工藤的石匠，請他到天王寺駐在所一趟。

神岡說，馬上會有人處理。

掛斷電話，清二坐在椅子上問男孩：

「你需要一雙鞋？家裡不買給你？」

男孩非常簡短回答，對。

「之前也偷過鞋吧？你需要幾雙？」

「不需要。」

「不是你要穿的？」

「是我要用的。」

「你不是穿了短筒膠鞋？」

「對。」

男孩刻意保持冷淡的口氣，透著叛逆感。清二在上野警署的派出所時，應付過很多以公園為據點的不良少年，大多十五、六歲，這個叫行夫的男孩就和他們差不多。既不聽話，又瞧不起巡查的權威。

約十五分鐘後，一名矮小的中年男子怯生生走進駐在所，是工藤行夫的父親。應該比清二年長約五、六歲，留著工匠常見的平頭、塌鼻，鼻梁上的眼鏡都快滑下來了。

清二還沒解釋狀況，工藤就趕忙道歉，看來他已經很習慣這種事了。

清二說：

「他是第二次當扒手了，工藤先生如果願意賠償店家先前的損失，就可以把孩子帶回去，也不必寫報案單了。您看如何？」

「真的很抱歉啦。」工藤低頭瞥著清二，說得急切：「好好好，我是父親，孩子幹的好事當然我來賠。實在對不住，去店裡付錢就好了嗎？」看起來他急著想離開駐在所。

清二說：

「請好好教訓令郎，要他別再犯了。當扒手可是犯竊盜罪，這罪可不輕啊。看在他才念中學的份上，這次只要工藤先生願意好好管教，受害的店家也會接受。可以嗎？」

「好的，實在很抱歉，我不會讓他再犯，對不起啦。」

「請您現在就要令郎答應。」

工藤又連道歉三次，然後轉向行夫。

「你不會再犯了吧？不會了吧？」

清二看著男孩行夫。男孩的眼神明顯充滿輕蔑，冷眼看著父親對駐在警官卑躬屈膝，還露出冷笑。

工藤回頭對清二說：

「我教訓過他了，他答應了。」

清二說：

「他什麼都沒答應啊。請您要他親口說自己會反省，而且不會再犯。」

工藤又對行夫說：

「你反省了吧？不會再犯了吧？」

男孩噘著嘴，不服氣地說：

「喔。」

工藤又轉向清二，深深一鞠躬。「我這就去店裡付錢，可以帶我兒子走了嗎？」

清二不太滿意，因為男孩絲毫不見反省的態度。男孩只不過嘀咕一聲「喔」，要怎麼解釋都行。

清二忍下了一聲長嘆，對工藤說：

「這次就不立案了，但是要記下你的姓名和地址。」

工藤又報上了姓名，還有地址，清二還沒寫完，工藤就催著兒子離開。男孩迅速起身。

清二目送兩人離開駐在所，他無法說服自己，剛才處理上並沒有問題。但這件扒竊案真的這樣處理就好了嗎？

回頭一看，區分辦公室與住家的紙門打開了一道縫，門縫裡露出兩個兒子的小臉。次男正紀一臉不懂方才駐在所辦公室裡發生了什麼事，直盯著爸爸瞧；長男民雄的眼神看來不只很清楚事件的前因後果，還顯得很感興趣。

清二對兩個兒子說：

「差不多該吃晚飯了，去把房間收拾乾淨。」

兩個孩子又從門縫縮了回去。

天王寺駐在所的勤務並不繁重，清二可以理解警視廳為什麼不在這裡設派出所，而是駐在所。這一帶面積小，沒有大商圈，還有大半是墓地，轄區內也沒有火車站。最近的火車站，是坂本警察署管轄的日暮里站，確實有部分乘客會經過天王寺町內，但是往來人數沒有多到要特地關切。這裡只需經常巡視提防，就足以遏止犯罪。

又因駐在所的地緣關係，不少民眾會來詢問誰人家的墓地在哪。幸好前任的佐久間做了一份墓地標記明顯的地圖。清二上任才兩星期，便大致記下了三分之一的墓地位置。

只是谷中墓地一旦疏於管理，就容易有不良少年遊蕩。而且每到夜裡，墓地就沒有人煙，可能再次淪為凶惡犯罪的現場，就像國鐵男孩命案一樣。清二經常穿著制服在轄區內加深民眾印象，藉此嚇阻潛在的罪犯。

上面指示清二每天須在轄區巡視三次，中午一次、傍晚一次、夜間一次，每次巡視約花上四十五分鐘。每星期有一天，谷中警署的外勤巡查會來駐在所代班，這天就是清二的假日。

靠近五月的一天，清二巡視回來，看到民雄和附近孩子在駐在所旁的廣場上玩。

民雄喊著：

「是，了解，安城巡查立刻趕往現場。」

看來是在玩駐在警官遊戲。民雄一回頭發現清二，隨即靦腆低下頭。

清二對民雄敬禮。

「安城巡查，有勞你了。」

兩個一起玩的小男孩，一臉羨慕看著民雄。

10

工藤行夫的父親，拿手帕擦著脖子上的汗，趕往駐在所。

安城清二看了牆上的時鐘一眼，下午五點十五分，距離清二聯絡谷中警察署還不到十分鐘。

時值七月，是梅雨季裡的陰天，天氣悶熱，有些人就算安靜做著事也不免感到煩躁。清二發現身上的制服後背早已汗溼透了。

工藤走進駐在所，一看到清二就說：

「抱歉啦，對不起啦，真的不好意思啦。」

工藤和上次一樣隨口道歉，像是靠道歉來規避質問與斥責，說得更明白一點，工藤連聲的道歉一點也不誠懇，顯然只是想蒙混過關。工藤的兒子行夫也在駐在所裡，坐在辦公室角落的椅子上，背靠牆壁。他瞥見父親走來，嗤之以鼻，別過頭去。

行夫又因為扒竊被逮。這次是在櫻花步道東側的一間鋪子裡，偷了店內販售的皮夾，聽說還有兩名同夥。店老闆一把抓起行夫，扭著他的胳膊就帶到駐在所來。

工藤站在辦公桌前，雙手在胸前握住手帕，不斷鞠躬陪罪。

「真的非常抱歉，我會教他不要再犯了。他絕對不會了。他扒走的東西，我付錢。能不能請您放他一馬？」

清二覺得怒火已經到達頂點。

「這是第二次了。」清二說，聲調比自己想像的低沉。「離前一次也才過了三個月。」

「我明白，對不起，您開開恩啊。」工藤幾乎呈九十度鞠躬。「我會叫他不能再犯，他也很清楚，都是壞朋友害的啦。」

「這不是他朋友害的，您真的好好教訓過他嗎？」

「當然有，他上次就答應我了，可是他就有壞朋友啊。請問這次是多少錢呢？」

工藤逕自說著連看都不看行夫一眼，似乎刻意逃避面對行夫。

清二指著行夫。「不如現在罵吧？您是他的父親啊。」

「啊，是。」工藤看向行夫。「要我講幾次你才懂？要警察先生罵幾次你才懂？」

嗓門稍微大了點，聽來依舊不怎麼用心。

清二看看行夫的反應，他只瞥了父親一眼。

工藤說：

「您看，他道歉了。這次能不能放他一馬呢？只要他和壞朋友斷絕往來，我想就不會再犯了。」

清二突然大喊：

「工藤先生！就是這樣，孩子才會得寸進尺！好好罵他啊！務必狠狠地罵他！這孩子根本沒在聽你說話吧？他連吭都不吭一聲啊！」

工藤被罵得嚇一跳，後退半步。

「呃，我罵了啊，他，剛剛也道歉了，真的。」

工藤說完，又微微鞠躬兩三次。

清二起身，看來要演齣戲了。

「工藤先生，這都是你害的，孩子會這麼沒出息都是你害的！你就是這麼散漫，只知道卑躬屈膝，孩子才會變成這樣。知道自己這麼做多沒用嗎？要是再放縱這孩子，我就要給你上手銬！」

清二一邊斜睨行夫，行夫滿臉怒氣，氣沖沖瞪著清二。

有用。

清二不留情了。

「這不是孩子的問題，是工藤先生的問題。正是因為你散漫，孩子才會變成這樣，不覺得丟臉嗎！」

行夫從椅子上站起來。

「不對！這不是我爸的錯！」

行夫喊著就要撲向清二。

「不准這樣講我爸！」

清二閃開行夫的攻擊，使出掃腿把他撂倒在地。

行夫立刻爬起來，愣得直眨眼，似乎沒想到竟然這麼輕易倒地，頓時眼眶紅了。

「過來，讓我狠狠教訓你！」

清二上前一步，工藤突然衝上前。

「等等，行夫沒有錯，您等一下！」

「工藤先生，你讓開，就是有你這種散漫的老爸，孩子才會變這樣！」

「行夫沒有錯，他沒有錯！」

矮小的工藤死命抱住清二，設法把清二從行夫面前推開。清二想不到工藤竟然這麼有力氣。

行夫瞪大了眼睛，父親硬插手進來似乎讓他非常訝異。

清二說：

「工藤先生，你放手，這孩子要給警察好好教訓！」

「您等等，要抓就抓我，別抓孩子，這孩子沒有錯！」

清二放鬆力氣，按著工藤的肩膀，後退一步。

工藤氣喘如牛，清二看著工藤身後的行夫，行夫直盯著父親的背影，顯得有些佩服。

清二說：

「你現在就打你兒子，要用身體去教，教他不可以偷東西，偷東西會變賊！」

「好！」

工藤回頭，輕輕上前兩步，猶豫了一下子，然後賞了兒子一巴掌。行夫像觸了電，挺直站好。

工藤盯著孩子的雙眼。

「不要偷東西！不要當賊！懂嗎？行夫，你懂嗎？」

這段話聽起來已經沒有方才的敷衍與虛偽，真實且誠懇。

行夫紅著眼眶，真心回應父親：

「我知道了，爸爸，對不起。」

工藤回頭對清二說：

「他都這麼說了，這次您能不能放他一馬？如果他再犯，就請您把他抓去關，我也不認他是我兒子了。請您這次開開恩。」

清二看著行夫，行夫也回視清二。行夫臉上糾結的神情已然消失，不再逞強彆扭，彷彿除掉了附身的惡鬼，雙眼泛淚。清二瞧了瞧行夫，又對工藤說：

「好吧，工藤先生，這次破例交給你。既然你說要好好管教，就交給你管教了。」

「對不起。」

工藤對行夫說：

「過來，走了！」

行夫看著清二，有些猶豫，然後小小地鞠了個躬。

工藤拍著行夫的肩膀要他快走，兩人並肩離開駐在所。

這招有效嗎？清二沒什麼信心，就算有效，又能持續多久呢？如果行夫擺脫不了壞朋友，又被逮來駐在所，就真的沒轍了，只能依法辦理，行文兒童相談所[31]當成扒竊慣犯處理。

清二長嘆了一口氣，回頭一看，背後的紙門拉開一道縫，民雄就站在門縫後面。看來他把整個經過都看在眼裡。

這應該讓他看見嗎？用掃腿把行夫撂倒在地的場面，或許根本不該給孩子看見？

尋思之際，民雄已悄悄關上紙門。

當天晚上，清二到了十一點多才就寢。每天最後一次巡邏從晚上九點開始，結束後回駐在所寫日報，換便服。孩子們已經睡了，多津的裁縫工作也要結束。清二穿著木屐，趕往初音通的澡堂，他通常是最後一個客人。清二快快沖掉身上的汗水，回到駐在所已經超過十點半。多津說清二去洗澡時沒發生什麼事，清二便換上浴衣，鑽進被窩。

31 支援地區孩子和父母的兒童福利單位，功能類似地方政府社會局。

半夜裡，清二張開眼睛，好像聽到驚慌的叫喊，還有女人談話的聲音。看看枕邊時鐘，凌晨兩點三十五分。清二豎起耳朵再聽，沒有聲響，他又閉上了眼。

接著又睜開眼時，已是凌晨三點三十分，他看了枕邊的時鐘確認時間。

在棉被裡聆聽了一陣子，似乎傳來劈啪的聲響，而且距離不遠，聲音似乎愈來愈響了。

清二坐起身，再次側耳聆聽。身邊的多津也起身。

清二怕吵到孩子，小聲問多津：

「聽到沒？」

「嗯。」多津細聲回答：「有什麼破掉的聲音？」

「是什麼？」

多津輕輕驚呼一聲。

「怎麼了？」

「有焦味，有東西在燒。」

多津才說完，清二也聞到了，附近似乎有什麼東西燒了起來。

外面清楚傳來有東西倒塌的聲響。

清二起身走近窗邊，拉開窗簾往西邊看，眼前正冒著白煙，那裡是天王寺的五重塔。

「火災。」清二壓低聲音叫喚全家人：「起床。」

「起來。」多津搖搖兩個孩子的肩膀。「快點，失火了。」

孩子們睡眼惺忪坐起身來。

清二穿上了制服與裝備，多津也迅速換好衣服。

清二拿起警帽，走出駐在所辦公室穿好鞋，聲響更大了。他聽到有人大喊失火了。不少民眾也發現火災，上前圍觀。

清二衝出駐在所確認五重塔的狀況，五重塔就在駐在所的旁邊，四周圍著水泥牆，約成年人胸口高。圍牆上有扇門，通常上了鎖，民眾無法進入。應該沒有人在塔裡，前一天下午清二也確認過這件事。可是……

他想起半夜聽到的聲響，難道有人進入五重塔？

塔的第一層外圍有一圈踏腳板，眼前第一層的擋雨板開了一道縫，裡面冒出白煙，白煙後方有火光閃動。圍牆門後應該有滅火器，清二走向水泥牆。說時遲那時快，一片擋雨板倏然往外倒，裡面的烈焰噴了出來。可能是擋雨板倒下，空氣瞬間灌進塔內，火勢竄得更猛烈。

清二迅速返回駐在所，打電話給谷中警署。

「這裡是天王寺駐在所，我是安城，天王寺的五重塔起火了。」

電話那頭的巡查反問：

「五重塔？裡面有住人嗎？」

「沒有，但因為是古蹟，要求支援。」

「失火還是縱火？」

「不知道，還沒有線索。」

「火勢多大？」

「燒得很大，請通知消防隊。」

「了解，找天王寺駐在所就行了吧？」

「對，就在旁邊燒。」

多津帶著兩個孩子來到辦公室。

清二說：

「帶走貴重物品就好，火勢可能會延燒過來。」

「都放進背包了。」

多津體驗過昭和二十年的下町大空襲，早做好逃難的心理準備。清二點點頭。

「妳帶孩子們離開。」

「知道了，還要做什麼？」

「快離開。」

清二打電話到當地消防團長家裡。天王寺町裡有安裝電話的民宅戶數並不多。消防團長是天王寺的檀家[32]代表，家裡經營旅館，櫃檯設有電話。

消防團長接了電話，清二說：

「失火了，在五重塔，請出動消防團。」

「馬上到。」團長應聲。

清二跑出駐在所，發現櫻花步道兩邊，以及鐵路天橋那一側，陸續湧入圍觀民眾。穿著睡衣的住持與小和尚從天王寺本堂那頭跑了過來。

圍觀群眾大喊：

「失火啦！」

「五重塔失火啦！」

民眾的喊聲愈來愈焦急。

火勢愈燒愈旺，衝破了第一層與第二層之間的樓板，燒向第二層。

清二從駐在所拿出繩索，封鎖火災現場周邊。但圍觀群眾愈來愈多，不斷有人想翻過繩索，清二得不斷喝斥民眾後退。

消防車來得比支援警力更早，言問通的谷中消防署派出小貨車改裝的水箱車與幫浦車[33]前來。

消防隊長一到火場，就對清二說：「借用電話。這是第二出動[34]，中高層建築火災。」

清二補充：

「是重要古蹟。」

此時當地消防團也帶著手動幫浦車趕到，有十二、三名壯丁，身穿相同的法披[35]。

消防團長一臉錯愕。「怎麼會是五重塔？」

消防單位才開始灑水，谷中警署派的四名外勤巡查也已抵達。這時火勢延燒到第三層，圍觀民眾人數也達到了五百人左右。看來天王寺町一半的居民都到了。

五分鐘之後，又來了兩輛消防車。火勢從五重塔的第三層燒到第四層，整座塔冒出白煙，白煙一升高就冷卻成黑煙，所幸看來不會延燒到駐在所。

---

32 江戶幕府為了貫徹基督教禁令，賦予佛教寺院管理民間戶籍的權限，以家族為單位，即為「檀家」，規定每個人從出生、搬遷、嫁娶到死亡，都必須向所屬寺院申報登記，而檀家世世代代與寺院的關係，也因婚喪喜慶延續至今。

33 當時水箱車與幫浦車為獨立的兩輛車。

34 表示出動車輛人員規模。

35 日式無袖背心。

這下子圍觀群眾也有上千人了吧。除了天王寺町和初音町的居民之外，櫻木町、三崎町和根岸的居民也聚集而來。御殿坂的照相館老闆手拿小型相機猛拍照，閃光燈閃個不停。

支援的巡查人數超過十人，忙著管制圍觀群眾。清二也拚命驅趕圍觀群眾，聲嘶力竭。

當他吹起警哨努力管制時，有人喊他：「警察先生！警察先生！」

清二往聲音的方向看去，有個老太太在封鎖線外對他招手，是岩根君。之前國鐵男孩凶殺案時，清二向她問過兩次話，清二分發到駐在所之後，兩人每次見面都會打招呼。

清二走上前，岩根君瞪大了眼睛說：「我看到了，那個男的也在喔。」

清二問：「哪個男的？」

「就是和克三講過很多次話的人啊。我說可能是刑警先生的人。」

「在哪裡？」

老太太稍微轉頭，望向她住的公寓。

「在三岔路口過去，墳墓旁邊，好像在對其他人咆哮。」

「咆哮？」

「可能在吵架。我一好奇就盯著看，結果正好有人從暗處走出來，就是那男的。」

清二看了看四周，谷中警署派來的支援警力超過十人，應該還會繼續增援。就算他暫時離開五分鐘，想必不成問題。不對，或許三分鐘就搞定了。

清二喊了右手邊一名管制圍觀群眾的年輕巡查，這個菜鳥巡查姓柳谷。

柳谷回過頭，清二對他說：

「我離開一下，馬上回來。」

柳谷點頭。

他真的有聽到嗎？清二心想沒時間解釋，先鑽到封鎖線外。

岩根君又說：

「這時候竟然還在這裡吵鬧，那人想必不是刑警吧。」

「謝謝通報。」

清二按著腰間的槍套小跑步，前方約五十公尺有個三岔路口，往左走就是芋坂的鐵路天橋。附近只有前方一盞路燈，三岔路口幾乎一片黑暗。馬路前方被火光照亮，清二尋找正打算離開現場的身影，但沒找到，反而有人朝他走來。應該是要去火災現場看熱鬧的民眾。

清二來到墓地邊，拿起手電筒往墓碑中一照，要是有人吵架，又有人單獨離開，那麼其中一人很可能受傷倒地了。手電筒的光線中閃出一道人影，人影在墓碑間穿梭，打算逃跑。

「喂，站住！」

清二想追上去，但是墓地裡不好行動，腳邊盡是障礙物。對方的腳步聲遠去，可能往櫻花步道去了。櫻花步道上站滿圍觀群眾，混進去肯定追不上。

清二只好放棄，離開墓地，準備回去火災現場。此時眼角瞥見移動的人影，有個人和看熱鬧的群眾往相反的方向走。在這種火災現場，企圖迅速離開的反而是可疑人物。

只見可疑人物在三岔路口轉往芋坂方向，那裡有很多公寓和長屋，還有通往國鐵鐵路上方的天橋。

清二與四名年輕男子擦身而過，聽見四人交談。在哪？天王寺那邊嗎？清二回頭，從這裡已經看不見火災，別說火焰，連濃煙都看不到，只看得到火光照亮的夜空。火災現場和這裡已隔了一座小山頭，只聽見現場傳來的人聲。消防車的警笛聲和警消的怒吼聲，隨著夏日的潮溼暖風吹了過來。

清二來到芋坂鐵路天橋，這座天橋位在駐在所的轄區外，坐落國鐵的鐵路用地，屬於坂本警察署的轄區。鐵路天橋眼前那頭有盞路燈，橋中央一片漆黑，無法確認橋上是否有人。

清二站在鐵路天橋前方，豎耳傾聽。他聽到腳步聲正要過橋，愈走愈遠。先不管岩根君提供情報的正確性，至少這人的可疑程度已經符合職務盤查的要件。

清二走上鐵路天橋，此時天還沒亮，橋底下幾十條鐵路上沒有任何火車通過。橋上鴉雀無聲，腳步聲也顯得格外清晰。

清二將手電筒往前照，但是光柱射不到那麼遠。他走到鐵路天橋約三分之一處，見前方路燈下有條人影。那人停下腳步，應該是發現有人跟蹤。也可能聽見了清二的腳步聲。

清二繼續往前走。

他知道前方的人影回頭了。

雖然看不到長相，但年紀應該和自己差不多，穿著白色短袖襯衫。

清二大吼：

「站住！我是警察！」

清二小跑步，舉起手電筒往前照，總算照出了男子的長相。

火災現場傳來一陣巨響，可能是五重塔的一部分崩塌了。

那是昭和三十二（一九五七）年七月六日，凌晨四時許。

第二部　民雄

1

安城民雄和母親一起，送天王寺的住持出門。

清二七週忌的法事順利結束了。今天沒幾個親戚來，鄰居也沒出席，只有一些自己人。倒是父親生前的三位警視廳同事，穿著便服來參加。

這裡是初音町某間兩房公寓，裡面的房間擺著靈堂，父親的警察同事們正跪坐在牌位前面。母親多津從裡面的房間搬出圓桌，擺上備好的飯菜。

母親打開啤酒瓶，對三位警察說：

「各位請用吧。」

三人中最年輕的警察，窪田勝利說：

「不必客氣，今天是要來談點正經事的。」

窪田目前似乎在綾瀨警察署的交通課當差。

多津捧起啤酒瓶。

「至少喝杯啤酒吧。」

香取茂一說：

「那我就不客氣了，天氣這麼熱，有啤酒真好啊。」

父親死後六年的這個忌日，是個梅雨季的大熱天，氣溫應該超過三十度。這和民雄記憶中那天，以及再前一天很相像，那天也是相當悶熱。

三人拿起啤酒杯喝了一口，母親多津喝的是麥茶。

民雄與弟弟正紀在隔壁房間的角落觀察大人們的情況。

兩個小孩與三位警察已經很熟。從父親喪禮那天起，這三位和父親在警察練習所同期的警官，不僅參加父親的每一場法事，還刻意排開勤務，參加民雄與正紀每一場開學和畢業典禮，簡直就像他們的父親。每場重要活動，至少都有其中一人到場。三位警察對孩子說，把自己當成沒有血緣的大伯就好，不要客氣，有困難盡管開口。從父親過世那天起，家裡無論碰到什麼事，三人應該也都對母親說過類似的話。

香取喝光了啤酒，對多津說：

「今天呢，我們打算來和大嫂談談民雄升學的事。」

香取是藏前警察署巡邏課的巡查部長。

民雄從旁盯著香取的臉，這內勤警官長得圓胖，是三人中最親切的一個。

香取又說：

「我知道民雄成績好，肯定會上都立高中吧？請大嫂讓他升學吧。」

多津顯得有些為難。

「是啊，我也覺得考上都立是該升學，但我們家沒能力供他讀私校。」

早瀨勇三說：

「我們三個會盡力幫助民雄，他的註冊費和學費能不能讓我們來負責呢？」

早瀨是在警視廳當差的刑警，只知道單位是刑事課，卻沒聽聞過工作內容。他是三人裡面最適合穿西裝的警察。

一提到錢，多津的表情就更為難了。

「怎麼可以呢。」

窪田說：

「自從上練習所那時起，安城兄就一直很關照我們。他是那麼優秀的警官，兒子卻沒辦法讀高中，這我們不服氣。不管內部的規定如何，我們都是安城兄的同事，都想盡力幫忙。讓我們幫忙吧。」

在天王寺五重塔失火的那晚，父親清二突然離開火災現場，隔天一早在國鐵鐵路上發現他的屍體。警方判斷，他是從鐵路天橋上跌落，遭到火車輾斃。民雄卻認為父親肯定是因為查案才會跌落天橋，「跌落」的前因後果並不單純。

但是民雄一家和父親的友人都沒想到，谷中警察署竟然不認為有犯罪可能，並判定為意外身亡。這代表警方不認為父親是殉職。父親身為駐在警官卻擅離職守，意外身亡，因此不算殉職，甚至可用火災時擅離職守的理由，進行懲處。

既然不是殉職，父親的葬禮就不是警察葬，死後不僅未獲殉職應有的榮譽，也沒有撫恤金。三位警官多次向谷中警署和警視廳的人事單位交涉，堅持這不是意外身亡，而是殉職，可惜無法改變上面的決定。

警方判定清二是自殺。由於駐在所旁的古蹟起火，清二相當自責，才會從鐵路天橋跳下鐵軌。警方沒有正式對民雄一家和其他關係人這麼宣布，卻放出了這樣的說法。在天王寺舉辦清二告別式的時候，谷中警署的警察同事都交頭接耳地傳著。

頭七結束之後，母親、民雄與正紀三人搬出駐在所的附屬住宅，搬進初音通的長屋，也就是清二分發駐在所前住的長屋。過了一段時間，一家人搬到同一個房東的另一棟公寓，直到今天。這段時間，多津在不忍通的裁縫鋪做事，撫養兩個兒子。

多津說：

「各位在這些日子以來真的幫了我們很多，不能連民雄上高中都麻煩你們。我決定就算過得苦，也要親手供他升學。」

香取說：

「到中學之前都算義務教育，大嫂或許還應付得來，升上高中後就另當別論了。讓我們幫忙吧，我們知道大嫂覺得這太沉重，但我當初弄丟第一份薪餉，也是安城兄幫了我一把啊。」

窪田說：

「我們又不是只有其中一人幫忙，是三人一起，負擔沒那麼重啦。」

早瀨也接著說：

「大嫂就當作是我們三人成立的私人獎學金，幫助值得領獎的孩子罷了。」

多津顯得更加為難。

香取的口氣有些哀求的感覺。

「如果大嫂怎麼樣都不肯接受，不如當作是向我們借了這筆錢如何？大嫂先收下來當升學資金，哪天還給我們就好。」

看來香取想盡辦法避免遭到拒絕。

香取又補充：

「等民雄工作之後再還吧。」

多津轉頭看著民雄。

「也不確定這孩子長大了有沒有能力還錢啊。」

民雄沒說話，這個場面應該要交給母親處理，不是小孩能隨便插嘴的時候。

早瀨說：

「這不是法律上的借貸，只是一筆人情債，就算大嫂還不起，我們也不會去提告。這筆錢當作是向我們借的，大嫂也會比較寬心吧。」

多津又看了民雄一眼，以手指擦了擦眼角說：

「真的很感激各位的一番好意，不知道民雄會有多高興。他一直很想念高中，從國中的時候就努力念書，只想著要考進都立高中呢。」

「就這麼說定了。」香取做結論：「請大嫂讓民雄放心升學，別再跟我們推託這事了。」

「謝謝各位。」多津鞠了個躬，然後對民雄說：「你也來向伯伯們道謝。」

民雄聽話地在榻榻米上磕頭道謝。

看來他總算可以升高中，又不會讓母親吃苦了。可是……

民雄想到小自己兩歲的弟弟正紀，這小子該怎麼辦呢？幾位世伯再怎麼客氣，也沒辦法照顧兩個男孩吧。

民雄心想，高中畢業就去工作，努力賺錢讓正紀念完高中。

九個月後，民雄註冊了東京都立上野高級中學，三位「沒有血緣的大伯」也換上便服參加了開學典禮。

就在父親十週忌那天，民雄被高中的生涯規畫老師找去了。教職員辦公室隔壁有間會議室，負責諮詢生涯規畫的數學老師，把文件攤在桌上說：

「你的生涯規畫定好啦？」

數學老師是男的，五十來歲，看起來很務實，不太談理想。學生都認為他很嚴格，但其實他給予學生的都是合理的建議和指導。

民雄回答：

「對，我定好了。」

「打算考哪間？」

「我要就業。」民雄說。

「就業？」老師一臉訝異，又看了一次手邊的文件。「國立二期校保證上喔，如果選對大學，一期校也有希望啊[1]。」

「我要就業，我們家是單親家庭，很窮。」

「住家裡通學就行啦。」

「我已經決定要就業，當公務員。」

「你這種成績竟然不升學，太可惜了。」

「我必須通過公務員考試。」

1 日本舊學制，一期校為明星大學，二期校為次等大學。

「這樣啊。」老師搖搖頭說：「我很少對學生說要有信心，往上爬呢。想不到你要就業。」

「是的。」

「或許該學學硬筆字了。」

「是。」

短短五分鐘，升學輔導就結束了。

這天，民雄就像平常的上學日一樣，在圖書室做功課與預習到下午五點鐘。他大約五點二十幾分回到初音町的公寓，母親還沒從裁縫鋪回來。弟弟就讀藏前工業高中，六點多才會到家。沒多久，就有客人上門，民雄開門，是香取茂一和窪田勝利。

「今天是忌日吧。」香取說：「能不能讓我們上炷香？」

民雄帶兩人進到裡面的房間。三年前辦過七週忌，家裡心想也不會有親友來訪，就沒再安排法事。民雄和兩位恩人一起為牌位上香。民雄合掌拜過，抬頭一看，照片中的父親正盯著自己。遺照裡的父親穿著警視廳警察的甲種制服，頭戴警帽，雙眼直視前方，露出微笑。照片洋溢著身為警察的自豪，以及身為男人的幸福。照片裡的父親看起來剛正不阿，應該是決定分發駐在所之後，在照相館照的照片。很多人說民雄長得愈來愈像父親，那堅毅執著的臉龐想來就是遺傳自父親，雙眼皮則像母親。

「那麼，」祭拜結束之後，香取開口了，像是要說什麼重大的事。

民雄立刻轉身對兩位說：

「香取世伯、窪田世伯，我有話要對兩位說。」

香取和窪田似乎有點驚訝。

民雄交互看了看兩人，又說：

「我打算高中畢業就去讀警察學校，然後進入警視廳工作。」

兩人先眨眨眼，然後互相看著對方，似乎很意外。或許兩人從來沒想過民雄有這想法。

香取說：

「你要當警察？不上大學？你的成績可以上國立大學吧？」

民雄回答：

「是的，但弟弟上了高一，我得像個大哥，從明年起就照顧他才行。」

「決定了？」

「是。」

窪田說：

「其實啊，今天就是來問你想不想上大學。如果民雄有意願，大伯我們也打算更努力點。我們都和早瀨談好啦。」

「各位已經照顧我們這麼久了，我也到了能自立的年紀，不能再麻煩各位世伯了。」

「這哪裡麻煩，你很清楚的吧。」

「哪裡，我真的很感謝世伯們的好意，但是我想盡快當上警察。」

香取看了看清二的遺照，感慨萬千地說：

「這樣啊，你要當警察，繼承你爸的衣缽啊。」

「兩位贊成嗎？只要我畢業當上警察，母親也就輕鬆點了。」

「薪水不高喔。」窪田說：「但是這想法不錯。」

香取又說：

「安城兄真是有個好兒子啊。教得又好，長大了還說想當警察呢。」

民雄聽說香取生了兩個女兒，窪田有兩個兒子，但還在念中學和小學。今天沒到場的早瀨，似乎有一個兒子。

香取哽咽說了：

「你爸一定很開心，他是個好榜樣，是個好老爸啊。」

民雄說：

「父親過世的時候，我才小學三年級，對父親印象不深。還好世伯和母親常常提起父親，這幾乎成了我僅有的記憶。是世伯不斷聊起父親的往事，我才會想效法父親當上警察。」

民雄說著想起往事，是父親分發天王寺駐在所之後的事。那是五重塔失火的前一天，父親對著扒竊慣犯男孩的父親嚴厲斥責的身影。父親破口大罵，修補了一段凋零的父子關係。父親的背影看在民雄眼裡，既巨大得讓他感到渺小，卻也讓他內心備感溫暖。父親以怒火燒去了那對父子間的隔閡，讓他們重拾父子關係。短短幾分鐘，父親讓男孩的卑微爸爸找回威嚴，讓壞孩子改邪歸正。以駐在警官最理想的方法解決了轄區內的小犯罪，實在很厲害。聽說那男孩之後擺脫了壞朋友，改過向善，現在應該也二十多歲了。

民雄當時無法完全理解前因後果，後來不斷回想，終於懂了那天父親如此行動的意義。

香取拿手帕擦了擦眼角說：

「民雄，你媽知道這件事嗎？」

「還不知道，我打算今天告訴她。高中也辦了生涯規畫輔導，老師也同意我的決定。」

「希望你媽也贊成啊。或許她會說，不可以像爸爸一樣從事這麼危險的職業。」

民雄搖搖頭。

「父親過世之後，母親不斷對我說父親的往事，不斷告訴我父親是個多麼優秀的警官。我想她不會現在才改口警察是危險的職業吧。」

香取與窪田點頭微笑。

民雄送走兩人之後，再次看向父親牌位上的遺照。這是他眼中唯一的男性典範。母親和世伯們總說父親是真正的警察，或許過於美化了，但是民雄自認繼承了父親的血脈，默默以此為榮。上了高中之後，這份心意更加堅決。

民雄凝視著遺照，默默在內心做了決定。

我要當上警視廳的警官還有另一個理由。我不打算對任何人說，就算說了也沒人會懂。總之為了這個理由，無論如何都要通過警視廳的錄用考試……

翌年四月，民雄達成目標，成為警視廳警察學校昭和四十二（一九六七）年四月期生，就讀東京中野的警視廳警察學校。

2

民雄敲敲門，開了門看見會議桌另一頭有兩名男子。

一人是警察學校的指導教官，穿著制服。

另一人民雄不認識，年紀約莫四十，穿著西裝。

大學畢業錄用組的畢業典禮，預計在隔天下午舉行，宿舍裡已經有些人相當放鬆。像民雄這種高中畢業錄用組，也多少感染到這股氣氛。

指導教官深堀對民雄說：

「你坐吧。這位是笠井警視，總廳公安部一課課長。」

公安部？民雄沒來由緊張起來，為什麼公安部的人會在這裡？

「我姓笠井。」受介紹的男子說了。才聽他一句話，就知道這人是菁英。「來找你討論畢業分發的事。」

民雄這下更糊塗了。總廳公安部有什麼好跟他談的？再說警察機關裡有訂下制度，需要在畢業前四個月就討論分發嗎？

民雄坐了下來，只坐椅子的前半部分，雙手放在桌上交握。

笠井一課長坐在深堀身旁，拿出一個厚厚的文件夾。

細眉薄唇，眼睛細窄，看起來就很幹練。或許他是從警視廳來的。

笠井打開文件夾裡夾有書籤的一頁，盯著民雄。

「之後也會告訴你，你畢業後會暫時分發到月島警察署地區課。」所有菜鳥警察會先分發到轄區警署的巡邏股，然後去派出所服勤。服勤一年之後，考察當事人的適應性與要求，才決定下一個分發部門。很多人想當重機交警，最近也有不少新人一開始就想去機動隊。民雄的同期同學就有約兩成是想當機動隊才會考警察。

但是，暫時分發到月島警署是什麼意思？

笠井一課長接著說：

「我很想聽聽你個人的要求，你有沒有意願保留警視廳的缺，同時去上大學？」

民雄聽不懂，眨了眨眼。

笠井似乎早猜到了民雄的反應，微微揚起嘴角。

「我看過你在上野高中的調查表，你在警察學校的成績也是名列前茅。你原本可以輕鬆考上國立大學二期校，應該也想上大學吧？」

這是問我問題嗎？民雄看了看深堀，深堀點頭，意思是叫他回答。

民雄對笠井說：

「我們家是單親家庭，沒有餘力讓小孩上大學。」

「那麼如果有餘力，你會想升學？」

沒錯，民雄確實有過這個夢想，但是家裡只靠母親賺錢養家，還有小兩歲的弟弟。不管怎麼想都念不起大學，就算去讀文組科系兼差打工也是杯水車薪。

「我呢。」民雄回答：「一開始就決定要考警察學校。家裡經濟狀況不好，弟弟也得想辦法幫忙顧家計。」

「你不想上大學？如果讓你在警視廳有個缺，有薪水可以領，邊領錢邊上學如何？」

「咦？」

「其實是警視廳想派你上大學。像你這樣優秀的警察，值得接受大學教育。」

「這表示我的工作就是念大學？」

「是命令你升上大學。如果你不願意，我們也不勉強。」

「我要以旁聽身分去念書嗎？」

「不對，你是以正式的學生身分去念書。」

「我在大學要攻讀哪個領域呢？」

「外語。你的英文成績不錯吧？喜歡語文嗎？」

「是，英文是我喜歡的科目。」

「要不要去上間國立大學，學個俄語啊？」

「俄語嗎？」

也就是說，警視廳公安部看上民雄，要他成為蘇聯部門的負責要員。他這下總算懂了。

笠井接著說：

「學費由警視廳全額負擔，而你有警察的薪水，生活上應該過得去。如果節省一點，或許還能幫到家裡。」

一旁的深堀說：

「以你的成績，只要從現在起苦讀五個月，應該就能考上國立大學。我們找外面的專家看過你錄用考試的成績，還有高中的調查表，專家保證你考得上。」

笠井接著說下去：

「我們不會等你畢業，你馬上就去補習班。如果有必要，安排家教也沒問題，一切都由警視廳出錢。」

民雄問：

「如果我不像警視和教官所想的優秀呢？如果我沒考上呢？」

「那也只是當個高中畢業的巡查，慢慢爬警視廳的升官路罷了。但要是考上大學，順利畢業，你就是大學畢業生，可以省掉前半段的路。」

所以要拚了命念書。但是要在國立大學學俄語？

難道笠井已經選好了大學？總不會要民雄去念東大或京大吧？

笠井說：

「如果你拒絕，就老樣子當個新任科班生，接受研習，明年畢業分發到月島警署，不會再有人找你談這件事。而且你要發誓，今天談過的事不能向任何人提起。」

深堀說：

「這提議不差啊。而且對你來說也不難，你考慮看看。」

民雄說：

「我想問一個問題。」

「什麼？」笠井說。

「我為什麼會成為這個計畫的人選呢？」

「你父親當過警視廳的警官。」

「父親十年前就過世了。」

「我知道，我也知道你為什麼會去讀上野高中。」

應該是那三個沒有血緣的大伯，三人當中有人說出了這件事。不管如何，警視廳公安部都已經針對這件事，調查過所有人選的家庭背景與思想了。

笠井接著說：

「或許是血脈相傳吧。而我們認為你是值得警視廳期待的新人。」

這話聽來真有吸引力，民雄繃緊神經，又問：

「請問我要以哪間大學為目標？」

「你要看學校決定，不然就放棄？」

「是的。」

笠井似乎覺得這回答太直白，咧嘴一笑：

「北大，如果你覺得不行就馬上放棄，我不想浪費半年的時間和經費。」

北海道大學，國立大學一期校，門檻相當高。

民雄想像著從未去過的札幌，還有北海道大學的校園景致。聽說北大校地寬廣，草木翠綠，附設農場裡的白楊步道還是札幌的觀光名勝。他好像曾在雜誌上看過克拉克博士[2]的銅像照片。

民雄將在這樣的地方接受四年的大學教育。或許自己從沒想過學俄語，但語言並非他不擅長的學科。如果能當個警視廳的警察，領薪水上大學，這種好事怎麼有辦法拒絕？

民雄回答：

「請讓我試試看。」

笠井點頭，眼睛深處閃過精悍的微光。

「說定了。」深堀說：「你明天就離開宿舍，搬進我們準備的住處。你考上北大之後，就等於從警察學校畢業了。直到指令解除之前，不准參加畢業餐敘，往後也不准接觸任何警察學校同期。」

「不准接觸？」

笠井說：

「我要消除你待過警察學校的事實，還有同期對你的記憶。你的印象要變得淡薄，至少維持到你大學畢業，決定分發單位為止。懂嗎？」

民雄猜想，這件事似乎不只是要他學俄語，並擔任公安部蘇聯部門要員那麼單純。

但民雄還是回答，好。

這是昭和四十二年九月底的事。

2 威廉・史密斯・克拉克（William Smith Clark，一八二六～一八八六），北海道札幌農學校（北海道大學前身）創校者。

3

安城民雄來到被封鎖的大學總部事務大樓前面，停下腳步。

大樓外牆貼著深褐色磁磚，外型古典，卻在今年夏天遭到校內新左派集團封鎖。目前大門內側以辦公桌和置物櫃擋住，一樓的所有窗戶內面都被木板釘死了。新左派集團的學運人士住在大樓裡，設法阻止校方和反封鎖的學生解除封鎖，但聽說常駐在大樓裡的人員頂多三十人而已。民雄並不清楚來龍去脈，因為自從總部大樓封鎖之後，民雄就沒進去過了。

大門旁邊立有一座克拉克博士銅像，博士是札幌農學校創辦時的副校長。銅像背後擺著北大全學共鬥會議的立牌，這立牌有五、六張榻榻米那麼大。立牌上寫著不同時期的標語，用的是類似中文的簡體字。

兩個戴黑頭盔的學生正在總部前發傳單，他們是北大全共鬥的人，看起來才大一或大二吧。

民雄盯著立牌上的字，迅速記在腦海。

強硬阻止佐藤訪美！

聯合越南人民，粉碎美利堅帝國主義與日帝的反人民陰謀集團！

發動鬥爭，強硬阻止佐藤訪美！

北大全共鬥

民雄還沒看完，發傳單的學生就迎面走來。

看兩人的表情，不算提防也沒有敵意。學生遞了一張傳單給民雄，民雄收下後立刻離開。

總部事務大樓旁是圖書館，圖書館也被封鎖了。封鎖圖書館的是新左派勢力之一，主張及方針與全共鬥不同，這裡的立牌內容和昨天一樣，只是沒有人發傳單。

沿著總部事務大樓前面走，有一片寬廣的中央草坪，夏天這裡常是學生和教官們的休憩處，但現在這個季節就沒有人會待在草坪上了。肯塔基藍草翠綠依舊，草皮上掉滿了榆葉。

昭和四十四（一九六九）年的十月三十一日，民雄就讀北海道大學邁入第二年。

民雄走著，將收下的傳單仔細對摺，夾進背包裡的活頁筆記本。

看看手錶，剛好是上午十點鐘。通識學院正在罷課，全共鬥派學生封鎖了校舍。但是部分教官以不給學分為前提，尋找其他學院的空教室繼續上課，可說是游擊課了。就讀大二的民雄，今天上午十點半也要去上非正式的基礎俄語。

民雄走過中央草坪旁邊，前往學生會館。學生會館又名克拉克會館，內有福利社、餐廳和講堂。克拉克會館前面，也是新左派團體競相放立牌的地點。

民雄又站在立牌前逐一記誦內容，確認每塊立牌是由哪個團體擺放。北大學生自治會的主張是反對無限期罷課，更強烈反對學生封鎖建物，因此先是農學院，然後是理學院、醫學院等從今年度起恢復正常上課。反罷課的學生前一天也解除了文學院和法學院的封鎖，目前只剩通識學院還在罷課，而校內遭到封鎖的建物也只剩通識學院、事務大樓和圖書館。

廣島大學和京都大學前不久已由機動隊解除封鎖。大家都說，機動隊進入北大只是遲早的事。傳說新左派集團這陣子看不到搞運動的前途而士氣低落，特別是前些天，學生自治會派的學生靠自己就解除了文學院和法學院的校舍封鎖，新左派更大受打擊。新左派在這座大學裡已失勢，愈發顯得孤立，但也有人擔心，他們會因此展開激進的行動。

民雄盯著立牌，突然察覺有人在看他，轉頭一看，是一名男學生。民雄並不認識這人，男學生留著長髮、穿短外套，揹個大肩包，有點像全共鬥學運人士。

男學生立刻別過頭，但肯定是對民雄感到好奇，而非碰巧對上眼而已。難道這個北大生知道他是警察？曾在東京見過嗎？

此時一名女孩跑到男學生身邊，女孩看來也是學生，短髮，燈芯絨短褲，感覺相當活潑。女孩和盯著民雄的男孩似乎很熟，兩人相視而笑，並肩走向學校正門。

民雄將男學生的長相印在腦海，雖然說不上來原因，但覺得應該要好好記住這個人。

民雄看過克拉克會館前面的所有立牌，走樓梯進入會館，準備坐下來喝咖啡處理一些事。

他進入餐廳購買咖啡餐券，環顧四周，每張餐桌上都擺了好幾種傳單，是各派系運動人士發放的。

民雄選了桌面上最多傳單的空餐桌，坐了下來。

掃視最上方的傳單內容，是全共鬥學生在總部前發的傳單，民雄移開這張，去看其他的。有學生自治會、反史達林主義團體，還有新左派各派的傳單，民雄每種各拿一張，整理好夾入筆記本。

才正要喝咖啡，眼前就有人影出現。

三名學生站在他面前，都是認識的人，是新左派共產主義者同盟的學運人士。共產主義者同盟簡稱共盟，自從這所大學出了個全學聯委員長唐牛健太郎之後，共盟就常常搞活動。正確來說，目前的組織算是第二代共盟。

其中一人拉開餐桌那頭的餐椅，問了民雄：

「安城，這裡能坐嗎？」

民雄點頭，那學生就坐下。他是共盟的領導階級之一，也是經濟學院的學生，好像留級了兩年，現在二十四、五歲吧。他有著一排長劉海，下巴尖削，鼻梁挺直，五官端正，就像個讀書人，名字叫吉本信也。

另外兩名學生坐在隔壁桌，刻意和民雄及吉本拉開距離。

吉本說：

「哎，我常說挪點時間，和我好好談一次如何？不會浪費你太多時間。」

民雄說：

「這我不懂，饒了我吧。我不是那麼有理念的學生啊。」

「我覺得不會。沒有理念，怎麼會常參加示威？我沒看過其他學生像你一樣乖乖參加每場集會。」

「只是盡一些學生的本分。」

「既然你主修俄語，我們的看法應該很接近。」

「我感興趣的是文學，不是實踐社會運動。」

「你討厭社會運動？杜斯妥也夫斯基的書，你讀完就算了？文學的基礎是歷史觀與價值觀吧？能不能好好來聊這個？」

「就說我不懂啦。」

「是嗎。」吉本苦笑。「我實在不希望你就這樣政治冷感下去。」

聽起來是瞧不起不碰政治的人，但這確實是當代日本大學中捲起的一股風潮。才一年前，新宿發生大規模反戰示威，參與示威者被判動亂罪，北大學生從此政治風氣高漲。民雄身邊開始出現許多學生清楚表達對政治上的見解，連平時安分的學生也習慣參與政治聚會與示威。這一年間，學生在沒課時參與政治示威，示威結束後再相偕去吃飯。

但我是……

民雄說：

「我政治冷感啦。」

「你不用隱瞞我，我都知道。」

民雄閃過一絲緊張，他知道什麼？

民雄盯著吉本的雙眼問：

「你知道什麼？」

吉本回答：

「我知道你心裡有個堅持。」

「喔。」

吉本換了話題。

「我借你的書，怎麼樣？好看嗎？」

民雄從背包裡拿出一本思想著作，是一位名古屋大學哲學系教授寫的書，目前在吉本那群人之間大受歡迎。

「我看不懂上面寫什麼，還給你吧。」

「我可以解釋給你聽。」

「不要硬拉我入夥啊。」

「看你明明就很感興趣，渾身義憤填膺的態勢。」

「我沒那打算。」

「先不聊這個，要不要去東京？阻止佐藤訪美。」

下個月中日本首相佐藤榮作預計訪問美國，與總統尼克森會談。會談內容包括延續既定的日美安保條約，日方也將表示支持美國對越南的政策。不只新左派，連社會黨、共產黨、總評[3]等革新勢力一律表達反對首相訪美立場。首相出發當天，這些團體將以東京為主發動抗議活動。每個新左派集團都主打強硬阻止佐藤訪美的方針，似乎會採取相當激烈的行動。

民雄問：

「東京有什麼活動？」

「強硬阻撓啊。我們不會讓佐藤離開羽田，要重現十八運動，規模可能更大。你也贊成吧？」

十八運動發生在兩年前，昭和四十二年十月八日，三個派系的全學聯學生和警視廳機動隊爆發激烈衝突。學生們為了阻止首相佐藤榮作造訪南越，企圖闖進羽田機場，在衝突中，京都大學學生山崎博昭身亡。這場運動稱為第一次羽田鬥爭，相隔一個月又有學生阻止佐藤首相訪美，稱為第二次羽田鬥爭。

「我是不希望你們去啦。」

「宮野也會去喔。」

3 日本勞動工會總評議會，為勞工運動組織。

「宮野，你是說俊樹？」

「對，他會去。」

宮野俊樹是和民雄一起上通識課的大二生，應屆考上北大，比民雄小一歲。宮野是個交遊廣闊的開朗青年，聽說最多同時參加了十幾個社團，會彈吉他，也會打網球，有一級滑雪證照，還會攝影，甚至參加校外的劇團。不過奇怪的是，宮野似乎有點仰慕民雄。

他竟然要去東京阻止佐藤訪美？

民雄確認。

「他什麼時候加入了共盟？」

「他不是共盟的人，只是贊成我們的理念，才一同前往。」

此時餐廳門口有人出聲，有學生喊吉本。

吉本回頭看了看，然後起身。

「我知道你並非政治冷感。」吉本說。

民雄微笑著敷衍回應，不置可否。吉本揮揮手離開，隔壁桌的兩名學生也跟著吉本離開。

又有人走近民雄的座位，是同年級的守谷久美子，他們常常聚餐或登山，算是民雄比較熟的女學生。

「安城，可以坐這裡嗎？」久美子問：「有人坐嗎？」

「沒有。」民雄急忙拿起筆記本和傳單，收進背包裡。「只是我等等就要走了。」

「一下就好。」久美子坐下後說。

久美子穿著牛仔外套配棉褲，她的長相平凡，平常在校內不太起眼，但是每個認識她的人，都說她脾氣很好。

久美子盯著民雄，表情意外嚴肅。

「安城，明天方便撥點時間嗎？」

「什麼事？」民雄看著久美子。

「有事想商量，我覺得安城應該能幫我。」

民雄苦笑。同學們總是把民雄當長輩來看，明明年紀差不多，卻一致認為民雄比較成熟，可能是因為民雄沉默寡言，不太表露情緒的關係。

民雄常想，就某方面來說他已經找到工作，照長官的吩咐才來念書。也就是說他已經是社會人士，生活在實際的社會體制中，就算和同學一起當學生，散發出的氣質確實會比較成熟。當然民雄身邊的學生沒有人知道民雄是社會人士，還是個公務員。

「我可以撥時間。」民雄說，同時心想，她是打算兩人單獨談嗎？是要談什麼呢？

「太好了。」久美子微笑。

那是不帶諂媚的真誠微笑。民雄第一次看到這笑容就很有好感，覺得是聰明與誠懇的表現。

久美子接著說：

「今天傍晚，我們找個地方見面？」

這口氣和剛才的微笑一樣，不帶任何諂媚。

民雄三點半有約，這和他的任務有關，不能取消，所以要之後才能見久美子。

「五點之後可以。」

「啊，好的，那就五點。」久美子說了大學校門旁邊的咖啡廳，叫做海豚。「就約那裡。」

久美子說完準備起身，民雄問：

「我想還是先問，妳要商量什麼？」

久美子突然緊張起來。

「就是，談宮野的事。」

又是宮野俊樹，民雄想起才剛學到的「共時性[4]」一詞。

「宮野怎麼了？」

「其實，我啊，」久美子看來有些害羞。「我和宮野正在交往，搞不好你已經知道了。」

民雄完全不知道。

這年代所謂交往，多半已經發生了性關係，什麼時候開始的呢？同學都知道了嗎？

「是啊。」民雄面無表情，一臉平靜說：「早發現了。」

「到時我再告訴你，宮野也會一起來。」

久美子微微鞠躬，長髮飄逸，然後離開餐廳。

民雄愣在原地好一陣子。

久美子和宮野交往？什麼時候開始的？民雄上大學這段期間，和同學院的同學辦過好多次聚餐，還曾一起外宿，去積丹海岸露營，在空沼岳的大學山莊過夜。但是宮野和久美子在活動上並未顯得特別親密，至少民雄完全沒有察覺，他以為宮野和久美子，各自都沒有特定的異性朋友。

民雄懷疑起自己看人的眼光，這可能是他從事這行的致命缺陷。

民雄一口氣喝完杯中的咖啡，膝蓋卻猛地撞上餐桌桌腳，手一滑，咖啡杯響亮地砸在地板上，餐廳裡所有人都看了過來。

民雄看了一眼手錶，走進西五丁目天橋旁邊的巷子，這裡距離大學正門約七、八分鐘腳程，國鐵函館本線上的鐵路天橋就在旁邊，適合避開往來行人的耳目。

下午三點半，民雄又往後張望，只見三兩路人經過。

民雄走過一輛白色房車，過了五公尺左右再回頭，還是不見可疑的人物。

民雄走回去，打開白色房車副駕駛座的車門。

「辛苦了。」駕駛座上的人說，這人快五十歲，是北海道警察總部的警官，井岡重治警部補。井岡是警備部的人，受警視廳公安部之託，擔任札幌的公安負責人。井岡今年春天接班，和民雄才接觸半年時間。

民雄一坐上副駕駛座，就從前方的置物盒裡拿出墨鏡戴上。

「發生什麼事？」民雄望向井岡問：「為何緊急碰面？」

「警視的吩咐。」井岡說：「笠井班長的緊急通知。」

笠井警視就是民雄就讀警視廳警察學校時，把民雄挖角去上大學的公安部主管。目前只要有任何重要吩咐，都由笠井親自下令，笠井有時會來札幌見民雄，民雄也會緊急趕去東京。

「先交件。」民雄把今天蒐集的新左派、自治會等團體的傳單，全部交給井岡，井岡從後座拿起一個公事包，看都不看就把傳單塞進去。

4 Synchronicity，瑞士心理學家榮格於一九二〇年代提出的概念，內涵包括「有意義的巧合」，用於表示在沒有因果關係的情況下出現的事件之間看似有意義的關聯。

井岡重新坐好後接著說：

「根據你的報告，北大的共盟沒有分裂，也沒有成立紅軍派，對吧。」

一個多月之前，笠井吩咐民雄調查這件事，並向井岡報告。

今年九月京都大學鹽見孝也率領的團體，認為共產同主流派的路線太軟弱，決定和共盟分道揚鑣。大阪市立大學、同志社大學、立命館大學等團體也隨之脫離，組成了共產同紅軍派。紅軍派的頭號目標是迅速組織軍隊，以槍枝和炸彈進行武裝起義，他們是新左派中第一股明確主張武裝起義的勢力。

九月五日，東京日比谷公園舉辦全國全共鬥聯會成立大會，這是他們第一次公開露面，約有四百人戴著紅色頭盔組成一支部隊，共盟主流派的運動人士阻止他們進場，卻被打退。

紅軍派在九月二十一日、二十二日兩天，用汽油彈攻擊大阪的三個派出所，企圖搶奪武器。九月三十日，神田與本鄉一帶同時發生多起攻擊事件，紅軍派將這兩場強硬行動稱為「大阪戰爭」和「東京戰爭」，行動造成的損害並不大，但是警視廳公安部發現這批人並不只是喊喊口號，相當震驚。以往的新左派團體會畫下不能進犯的楚河漢界，紅軍派卻輕鬆越了界。警視廳公安部針對紅軍派成立了新的對策班，澈底蒐集情資並鎖定目標，笠井也從一般新左派承辦人，轉為紅軍對策班的班長。

十月上旬，笠井緊急找來民雄，要他報告北大共盟與新左派各股勢力的動向。

民雄蒐集了很多傳單，但是沒有哪個團體自稱紅軍派，實際上，大學內部也沒有傳出共盟裡出現紅軍派，或共盟直接變成紅軍派的消息。由民雄的觀察，以及警視廳公安部的判斷，紅軍派還沒在北海道成立活動據點。

然而警視廳公安部的噩夢成真，紅軍派在十天前的十月二十一日國際反戰日鬥爭活動中，終於用上具殺傷力的鐵管炸彈和鐵罐炸彈。紅軍派專屬班的探員增員到原本的三倍，連中級幹部都進行嚴密的監控。

「北大沒有紅軍派。」井岡這麼說，從公事包裡拿出兩張照片，是兩張八開大的黑白照片。

井岡說：

「但你看看這個，是你認識的人吧？」

其中一張的背景在市區街頭，有三名男子，一人往後看，另外兩人面向鏡頭。看向鏡頭的一名長劉海男子，正是才見過面的吉本信也。

民雄說：

「那是北大的吉本信也，共盟的幹部，另一個我不認識。」

「另一張呢？」井岡問。

另一張照片是在咖啡廳或餐廳裡偷拍的，六名男子同坐一桌。照片畫質粗糙，勉強能認臉，這張照片裡也看到了吉本信也。

民雄說完之後，井岡點頭將照片收回公事包。

民雄問：

「這和紅軍派有什麼關係？」

井岡回答：

「第一張照片的另一個年輕人，就是京大的鹽見孝也，紅軍派的頭子。照片大概是一星期前拍的。」

民雄很訝異。

「吉本也是？」

「既然碰過面，就當他已經被紅軍派拉攏了比較保險。他們最近的傳單怎麼樣？」

「就像我剛才整理給你的。裡面應該也有共盟的傳單，他們宣稱要強硬阻止佐藤訪美，但是沒有報出紅軍派的名號。」

「笠井班長吩咐，如果發現紅軍派分子就要標記起來，隨便找個罪名，把人抓來後，好好清查他們的關係。」

「目前還不確定吉本就是紅軍派？」

「你要不要跟蹤看看？」

民雄搖搖頭。

「我考上北大時，笠井班長吩咐我要和所有派系保持距離。如果被當成某一派的信徒，就拿不到其他派系的情報。班長還說臥底只有在確定是最後一次才能出手。」

「或許這是最後一次了。」

民雄想起吉本上午的話。

「對了，吉本好像要趁佐藤訪美時去東京，應該是要參加東京的強硬行動或和同志聚會。」

井岡轉頭看民雄。

「何時出發？」

「我沒問，只是他有邀我。」

「他找你一起去？」

「對。」

「他認為你是信徒嗎？」

「他好像誤會了，以為能拉我入夥。」

「不會錯，如果他們真的打算發動武裝鬥爭，就是在佐藤訪美出發的日子。」

「或許只是要進行一般的抗爭。」

「就算共盟不是紅軍派，抗爭上也比較暴力。」

「他們連我都要拉入夥，我認為是沒有計畫的作亂。」

「可能是在測試你，在你參與時觀察潛力，接下來就會要你加入軍隊。你不如就跟緊吉本，不是挺好的？」

「這是指令嗎？」

「臨時起意啦。」

「如果是笠井班長下令，我就只能照辦了。」

井岡嗤笑一聲。

「好吧，我去找他商量，今天要再碰面一次。」

民雄把墨鏡放回置物盒裡，朝窗外看了看前後，下了車。

準備關上車門的時候，井岡叫住他：

「安城，這兩天帶你去薄野一趟如何？」

薄野是札幌的美食街，換個角度來說也算是風化區。

「為什麼？」民雄問。

「我看你一臉忍到要爆炸了，帶你去鬆一下也是我的任務。」

「我確實在忍，但是也不能喝醉胡搞。」

「今天要去嗎？」

「不了。」

民雄搖頭，關上車門。

宮野俊樹和守谷久美子並肩坐在民雄對面。

兩人眼前各有一杯咖啡，餐桌中央有只菸灰缸，裡面有民雄才抽完的「新生」菸菸蒂。這裡是海豚咖啡廳靠裡側的座位。

宮野愧疚地低頭瞥向民雄，久美子則是無助地盯著民雄。

民雄深吸了一口氣，然後問宮野：

「吉本什麼時候找上你的？」

宮野像在賠罪般前傾鞠躬。

「最近的事，九月中左右。當時東京剛辦完全國全共鬥聯會，吉本找我過去，說想聊個幾句。」

「你加入了？」

「對啊，我一直滿喜歡吉本對共盟的局勢分析。」

「吉本承認他是紅軍派？」

「他沒有明說，只說自己和紅軍派有共鳴。他給我看了文宣，紅軍派在北大還沒有打出名號。」

「老套，有共鳴就是那一派的啦。」

「是這樣啊？」

「他們怎麼可能一開始就端出紅軍派的名號來找你？你本來不就只是喜歡他分析局勢嗎，眨個眼就變紅軍派，會不會太衝動？」

「我還不是紅軍派啊。」

「還不是？但正往那方向走，對吧？」

「別管我是不是，如果他分析得對，代表推動的路線也正確吧？」

「武裝起義路線？」

「對。」

「我不知道哪裡正確。」

「但安城應該也贊成強硬阻止佐藤訪美？」

「還好啦。」

一旁的久美子插嘴：

「我並不希望宮野去參加抗爭，就算認同對方的歷史觀，現實人生怎麼過又是另一回事。」

宮野說：

「如果認為一個邏輯正確，也就決定了行動。兩者是分不開的。」

民雄搖搖頭。

關於越戰，他已經聽過身邊學生幾百次類似的討論，換作在越南那種血腥戰場上，人民難免有武裝起義的念頭；然而這裡是遠離戰火的北海道札幌，不管內心想得多嚴峻，現實並非如此。不管如何看待歷史，明天也不會只有戰爭或不戰爭兩個選項。

民雄在警察學校時，學到了共產主義勢力的理念與邏輯，他無法理解中國人搞的文化大革命，或舊左派對北韓社會的嚮往。但他倒能理解讓日本走向那種社會的運動，對社會的傷害比竊盜或搶劫來得更深。

不過，民雄奉命蒐集情資的新左派運動人士卻不見得都讓他感到抗拒，以北大來說，這些運動人士大多很正派，還有令人敬佩的道德感。

完全政治冷感的學生常會嘲諷社會體制，例如明目張膽地侮蔑、嘲笑札幌車站一帶的遊民。民雄也聽過大學同學認為他們報考警校的高中同學「都是群笨蛋」，而劃清界線。

和這些人相比，新左派運動人士反而更嚴肅面對社會，對貧苦弱勢民眾的看法更善良，也更溫暖。因此，對於警察學校一概將那些對貧窮和不公義現象特別敏感，或是反對戰爭的人，全歸類為該消滅的左派，他無法接受這樣的做法。

總而言之，民雄只將新左派視為監控對象，而非需要殲滅的敵人。

民雄問宮野：

「你答應吉本要一起搞活動了嗎？」

宮野回答：

「哪需要答應什麼，我只是對他的想法有共鳴，才決定一起努力。」

「怎麼不來找我商量？如果你覺得完全沒錯，怎麼不先來找我談談？我們之間有這麼生疏嗎？」

「每個人都該靠自己追求真理啊。」

「所以我和守谷還沒找到真理，找我們談也是白搭？如果你相信自己是對的，應該要說服我或守谷，和你一起挺身奮戰吧。」

「呃，這個……」宮野一臉為難。「沒那個時間啦，佐藤下個月就要訪美了。」

「什麼意思？找到真理的你，要拋下我和守谷兩個慢郎中，自己跑去寫歷史嗎？你有創造歷史的資格，是時代選上的先鋒嗎？」

「也、也沒有那麼嚴重啦。」

久美子說：

「你以為自己可以推進或延後歷史的潮流，不就是一種自大？就算有一百個坂本龍馬，明治維新還是只會發生在那個時候，你心目中的歷史，不就是這樣嗎？」

宮野不由得抱頭，應該是認為多說無益。

民雄看向久美子，久美子泫然欲泣，察覺民雄的目光，連忙吸吸鼻子，低頭回視。

民雄深吸一口氣，看來是他下定決心的時候了。

「宮野，我也一起去東京。反正有聚會吧？到時再決定就好。吉本說的或許正好符合東京的狀況，可能稍微強硬一點，佐藤就會放棄訪美。既然待在札幌難以預料結果，而社會氣氛似乎也走到這地步了。若是如此，示威暴力也是難免的。」

宮野直盯著民雄，似乎沒想到民雄會想同行。

「也可能有相反的情況？」

「或許去了東京，會發現東京的民眾和勞工並不想發動武裝起義。我和你一起去，觀察東京情勢，看過再決定也不遲吧？」

「我們已經決定了。」

「沒有掌握正確的資訊，還革個屁命啊。」

宮野眼中閃過一絲光芒，或許是認為接受民雄的建議，可以擺脫眼前尷尬的局面。

宮野點頭。

「好，一起去，到了東京再決定。」

久美子對民雄說：

「我相信安城冷靜的判斷，宮野這人就是性急，完全搞不清楚狀況。」

民雄看看錶，已經聊太久了，收個尾吧。

「幫我轉告吉本，說我會一起去。什麼時候出發？」

宮野回答：

「後天晚上，他說這兩天要把房間收拾乾淨。」

「後天啊。」

還真是匆忙。

宮野接著說：

「他說要穿輕便的衣服，配登山鞋，多帶點錢和換洗衣服。」

「登山裝備嗎？」

「會有強硬抗爭的行前訓練，所以要在佐藤訪美前十天抵達東京。」

訓練。如果強硬鬥爭只是揮舞棍棒，根本不需要訓練。暴力只是象徵，用不著專業棍術或戰略。但要在鬥爭當天的十多天前展開的訓練，又會是什麼？

民雄起身，又看了久美子一眼，久美子懇切地看著民雄，就像拜託民雄無論如何都要把宮野平安帶回來。

久美子伸出手，握住民雄的左手，加了一點力道，這是真心的請託。民雄伸出右手搭上了久美子的手。

放手之後，民雄對兩人說：

「明天晚上我們再碰頭，你們先別亂來。」

宮野聽了疑惑地偏著頭。

別亂來。

我到底想說什麼？

民雄沒把話說清楚就離開了，時間是十月底的下午六點，咖啡廳的玻璃窗外，天色已經暗了下來。

井岡把話筒交給民雄。

民雄接過話筒，報上名號，立刻聽到熟悉的聲音。

「我笠井，你說吉本是紅軍派？」

民雄說：

「對，他還沒表明自己已經脫離共盟，但是不會錯。他們正努力拉人要阻止佐藤訪美，肯定會在東京幹一票大的。」

這裡是薄野郊區一棟老舊的住商大樓，也是道警總部和札幌中央警署共同經營的指揮所。表面上是徵信社，實際上是協助刑警掩飾身分的空頭公司，警方辦案的第一線崗哨，位在住商大樓裡的其中一戶，刑警可以佯裝上酒家或摸摸茶的客人進出指揮所，當然也有安裝電話。

民雄搭著井岡的車來到指揮所，直接打電話給笠井。如今新左派對警方的監控愈發敏感，既不能使用住處的電話，打公共電話又格外引人注目。另一方面，也不適合去道警總部或中央警署打電話，尤其先前國際反戰日的示威分子，被捕後還拘留在中央警署接受偵訊，臥底警探可不能去那種地方。

民雄簡單傳達了他和吉本接觸的經過，以及與宮野的談話內容。包含吉本在內的札幌紅軍派，將在後天晚上出發，從札幌站搭國鐵特快車前往東京，以及吉本要求參加者準備類似登山的裝備，還要收拾好住處行李。

笠井問：「有多少人從札幌出發？」

「我不清楚，也不確定是否所有人都在後天出發，可能會分成幾批。」

「你可以吧？」

「是。」民雄回答。

民雄已經排除心中的猶豫和惶恐。他一直佯裝北大學生，監視新左派的動向，而這可能是他最後、也最關鍵的任務。若能提前阻止他們的行動，民雄這兩年就不算白費，這段由笠井指揮的漫長臥底，也算是大功告成。

笠井問：「怎麼了？井岡說你原本不感興趣。」

「我原本不清楚吉本是否為紅軍派，以及他們的企圖。現在搞清楚了。不過……」

「不過？」

「是。」民雄想起上午吉本的話，吉本說不用隱瞞，他都知道。那究竟是什麼意思？表示他知道民雄是警視廳的警察嗎？「我覺得對方或許知道我是警察，這次是請君入甕。為了誤導偵查方向，故意邀請我這個沒加入任何派系的人。」

電話那頭的笠井輕笑一聲：「不必擔心，他們正忙著拉人，大阪和東京甚至還有人去拉高中生。他們現在需要的不是思想主義，而是青春肉體，你也是體格好才會被看上。」

「連高中生都拉？」

「對，所以你別擔心穿幫，抬頭挺胸就好。」

「不行啦，班長。」民雄發現自己話聲變得微弱。「哪能抬頭挺胸。」

「怎麼了？為何不行？」

「我已經戴了兩年的面具，都快搞不懂哪個是真的我，哪個才是面具了。這實在很難受。」

「再撐一下，會值得的。萬事小心。」

「值得嗎？」

「我保證。你把出發時間、列車車號、東京集合地點、聯絡地點、目的地、幹部姓名和總人數依序報告給我。」

「不曉得有沒有機會打電話。」

「我今天起派人跟蹤你，你去東京的火車上也會有人盯著，無法當面報告，就去廁所或哪裡都行。要是無法指定地點，附近找間廁所，我們就算跟丟了，也會把附近的廁所全找過一遍。準備一些蠟筆或簽字筆等好寫的筆。」

「蠟筆或簽字筆？」

「對，電話先轉給井岡。」

民雄將話筒拿給一旁的井岡，井岡接過話筒，簡短回了兩三句話，將話筒掛上。

井岡盯著民雄。

「班長都指望你了，一定要成功啊。」

民雄沒有直接回答井岡，而是說了：「姓宮野的學生不是學運人士，我希望能在逮捕前放他走。」

「他不是躍躍欲試嗎？還管他是不是學運人士。」

「那人只是輕佻愛跟風，沒什麼思想，一陣子別管就會變回老百姓了。我認為現在沒必要逮捕他。」

「你很同情他嘛。」

「他是我同學，一旦被逮捕了，反而可能變成激進的學運人士。」

「還是找個小罪名逮捕隔離？」井岡說完隨即搖頭。「不行，其他人會起戒心，精心安排的舉發計畫就泡湯了。」

「幫幫忙吧。」

「不可能啦。每個人都得為自己的愚蠢和輕浮負責，我想他也要被逮捕之後，才會反省。」

「還是不行？」

「放棄吧，你對目標移情了。」

民雄沉默不語，這麼說來，他能替宮野做的事情就剩下在抗爭現場擋住宮野，避免他太招搖。只是想必會引起宮野的不滿。

民雄咬了一下嘴唇，對井岡說：

「警部補，今天能不能帶我去哪裡逛逛？」

井岡皺巴巴的臉露出了困惑，但馬上就聽懂了民雄的意思。

井岡的臉上透著同情。

「我帶路，有事我顧著。」

民雄嘆了口氣，他知道自己現在非常緊繃。

4

札幌車站候車室，四名男學生在此集合，有民雄、宮野、吉本，以及二年級的小野寺。小野寺也是北大的共盟運動人士。

宮野、小野寺和吉本一身登山健行裝，加上衝鋒外套、大背包，肩上則扛著側背包。民雄只套上一件厚羽絨外套，背著塞了換洗衣物的海軍包。

宮野穿著全新的登山鞋，發現民雄看著他的鞋，有些驕傲地說：

「原本沒有這種鞋，就趁這個機會買啦。」

吉本說：

「我就覺得你會來。」

民雄說：

「我並非完全認同吉本的話，但宮野想來，我也算能理解你的主張。這可和你是哪一派沒關係。」

「我是北大共盟的人。」

「無論如何，我只打算參加這一次。」

「這就夠了，簡直像有高倉健加入一樣，其他人也會很開心。」

四人會合之後，吉本看了看候車室裡說：

「收錢，四個人的車票一起買。」

小野寺拿錢去買車票，買回來的車票顯示要搭特快車先到上野，再前往東京都內。

吉本注意周遭動靜，小聲說：

「在抵達目的地之前，千萬別提起運動、政治這方面的話題，我們就說些傻話，到處都有人在看，千萬別表現出搞學生運動的樣子。要是發現被跟蹤了，就通知我。」

宮野問：

「目的地是哪裡？不是東京嗎？」

吉本回答：

「東京的某個地方。」

「到東京之後，活動前有時間嗎？我想去紅帳篷[5]看場戲。」

吉本皺眉。

「這可不是去旅遊，懂嗎？」

宮野縮起脖子。

晚間快七點，車站廣播從旭川出發的特快車開始收票，民雄一行人離開候車室，前往收票口。

民雄想確認是否有人跟蹤，但沒發現貌似的人。他已將在札幌車站會合的時間告訴井岡，井岡應該知道一行人會搭哪班車，也可能讓監視人員直接上車。

眾人在月臺上等了十分鐘，宮野突然小小驚呼一聲。

只見守谷久美子正從月臺中央的天橋樓梯衝下來。

深藍毛衣配牛仔褲，民雄一時以為久美子也要跟來，但久美子沒帶大件行李。一陣風吹過月臺，久美子的長髮隨風飄逸。

宮野走向樓梯口。

民雄看見兩人迎向前，開始說些什麼，然後兩人牽起手，緊緊交握。久美子看來很焦慮。

吉本疑惑地看向民雄。

「他們是情侶。」民雄回答。

「他說溜嘴了？」吉本看著宮野，板起臉。「我還告訴他連家人都要找藉口瞞過去呢。」

此時火車到站了。

久美子望向民雄，和前幾天一樣，眼神中帶著懇求，像在說請把這人平安帶回來。民雄點頭，走入乘客排隊的行列，搭上前往函館的特快車。

下午七點十分，火車發車，久美子在月臺上對宮野猛揮手，宮野也面帶微笑揮手。

民雄發現久美子身後的零號月臺上，有井岡的身影，既然他在，代表監視組已經上了這列火車。

民雄一行人沒說幾句話，坐了四個半小時的車，深夜抵達函館。乘客要在這一站轉車，走過天橋搭青函渡輪，渡輪要花將近四個小時，才能抵達青森港。

四人上了渡輪，總算鬆了口氣。渡輪是艘大船，可以四處走動。四人在有座位的客房裡，大多是窩在角落，但會輪流上甲板透透氣。

---

5 紅テント，日本的小劇場運動與反美鬥爭息息相關。伴隨這種背景所產生的第一個帳篷劇場是前衛劇作家唐十郎的「狀況劇場」（即後來的「紅帳篷」）。

民雄走上甲板，欣賞夜晚的津輕海峽，函館市區的燈火正緩緩遠去。

他倚在欄杆上，一名男子走過來輕聲搭話：

「我是井岡的朋友，你是安城吧？」

民雄看向男子，站在自己右手邊一公尺左右，眼睛盯著函館方向。男子年紀約三十多歲，穿著外套，頭戴棒球帽。

「我是。」民雄沒有和男子對上眼，直接回答：「還不清楚目的地，也不清楚行動內容，但是大家都在提防跟監。」

男子說：

「行李呢？有帶危險物品嗎？」

「沒有，連張傳單都沒帶。」

「我會一路跟著你們到上野車站，有什麼發現就去廁所。」

「只有你一個？」

「怎麼可能。」

「這打扮一看就知道是便衣刑警。」

「真的嗎？」男子似乎有點慌張。「我該怎麼做？」

「拿掉帽子，再嬉皮笑臉一點。」

「被識破了嗎？」

「我想還沒。」

一名乘客走上甲板，沿著木板走道往兩人靠近，便衣刑警摘下帽子，離開民雄身邊。

天還沒亮，渡輪已經抵達青森港。民雄等人下船，走上長長的月臺，搭上停在月臺邊的特快車。四人兩兩對坐在座位上。

吉本交抱雙臂，往前伸直了腿。

「我要睡了，小心行李啊。」

此時車廂熄燈，應該是方便乘客睡到天亮，其他座位上的乘客也都靜悄悄的。

民雄也打算在天亮前睡上幾小時，他太緊張，在渡輪上沒能睡好。

火車過了福島，民雄去了今天第三趟的廁所，當他走過車廂去小解時，渡輪上那名刑警走向民雄。

「如何？」

民雄回答，嘴唇幾乎沒動：

「沒事。」

火車經過赤羽車站，乘客紛紛準備下車，這時吉本才說出下一步的行動：

「到了上野要去新宿站，人很多，別走散了。」

四人中只有民雄在東京長大，其他都出身地方，還不習慣擁擠的電車。

午後時分，火車停靠在上野車站十七號月臺，民雄等人看見吉本打暗號，默默下了火車。

吉本在月臺上說：

「如果走散了，就跟在安城後面。」

吉本說了一個東京都內的電話號碼，要大家記住，而且不能抄寫下來。民雄等人默念數次，好不容易背起號碼，吉本又說：

「打這支電話，開頭要說，我是山本介紹的。」

三人又小聲複誦一次：

「我是山本介紹的。」

宮野問：

「到了新宿後要去哪？」

吉本搖搖頭。

「到了再告訴你。」吉本往上野車站裡左右張望後說：「我打個電話。」

民雄等人一起走到付費電話[6]前，等吉本打完電話。

民雄把行李放在腳邊，小心觀察車站周遭，他沒看到渡輪和特快車上那名便衣刑警，可能在這裡換了人跟蹤。眾人從札幌出發的時候，警視廳的笠井應該把人力都安排好了。

前往新宿站的路上，民雄無從得知誰是跟蹤的探員，這裡是轉運站，人山人海，監視組的人很可能跟丟。是不是該通知他們一聲？

民雄對宮野說：

「我上個廁所，幫我看著行李。」

旁邊就有廁所的標示，民雄緩緩大步走向廁所。

民雄想去馬桶隔間裡，但是全都有人用，他轉念站到小便斗前面。

立刻有名男子站到他身邊。

「安城嗎？」

民雄邊小便邊回答：

「我是安城巡查。」

「再來呢？」

「新宿，再來不知道。聽說了電話號碼，等等寫在那裡面。」

民雄離開小便斗，正好有個隔間空出來，他拿蠟筆把電話號碼寫在隔間牆上，這下應該能找到對方的指揮所。他想過同伴可能會接著進隔間，所以把數字改成了英文字母。

民雄才走出隔間，就看到小野寺在外面，已經解開了皮帶。

「換我。」小野寺說。

民雄鬆了口氣，幸好自己夠謹慎。

所有人到齊之後，吉本對民雄說：

「安城，你帶頭，我們要一路換車換到新宿。」

民雄說：

「在神田換車，換一次就到了。」

「要小心點，搞不好有人跟蹤。」

「懂了。」

四人搭上山手線，到秋葉原站轉車總武線，搭一站到御茶水站，又轉搭中央線的快速電車。三人

6 投幣式的商用電話，俗稱紅電話。

默默跟著民雄轉車。

搭上快速電車之後，宮野說：

「我要是在這裡跟丟安城，肯定迷路回不了家。」

民雄說：

「不要只是傻傻跟著，要記住每個站、每條線，大家都有可能落單。」

「好啦。」宮野回得心不在焉，沉醉於窗外的東京風景。

民雄心想，如今的東京看在宮野眼裡是什麼模樣？是免不了走向革命的悲慘世界？充斥頹廢、墮落與鬥爭的罪惡首都？還是穩定培育中產階級，逐漸健全安穩，支持公平正義的大城市？

眾人在新宿站快車月臺下車時，吉本說：

「安城，帶我們去中央本線的快車月臺。」

「快車嗎？要去哪？」

「去甲府。」

「甲府？」想不到那麼遠，要遠離東京嗎？「這裡走。」

安城走下樓梯，一時停下腳步。他以前就讀中野的警察學校，對新宿車站並不陌生，但是為了讓跟監的刑警追得上，必須多爭取一點時間。

民雄東張西望後改口：

「應該走這裡。」

民雄邊走邊琢磨，該怎麼將下一個目的地在甲府的訊息，傳達給警視廳公安部。除了上野跟過來的跟監組，這裡應該會有新的人員來接觸。

還是再去一趟廁所吧。

新宿站裡隨處可見機動隊員的身影。去年國際反戰日，新左派集團占領新宿車站，癱瘓車站一天。前幾天適逢反戰日抗爭週年，也有小規模動亂，這時警察當然會提高戒備。吉本與小野寺都板起臉孔，一看就知道相當緊繃。

一行人經過地下道的時候，吉本叫住民雄，要他去買四個人的車票。民雄抬頭看了發車資訊，下一班往甲府的快車五十分鐘後發車。

「我上個廁所。」民雄在快車月臺的收票口前說。

民雄往廁所走去，宮野和小野寺也跟來，這下只能進隔間了。

廁所裡有很多隔間，但是民雄只小個便就離開廁所。還有其他方法嗎？等等要再跑一趟廁所嗎？民雄擔心被懷疑，他跑太多趟廁所了。

正要走出廁所的時候，民雄撞到一個人，是個穿深色外套的男人。

「抱歉。」對方說。

民雄差點脫口驚呼。

他撞到的中年男子，正是早瀨勇三。早瀨是和父親同期於警察練習所受訓的總廳刑警，並和其他兩個同期一起資助民雄讀高中，民雄都稱呼世伯。既然他在這裡，那就很明顯了。

民雄盯著早瀨的眼睛，早瀨的眼神在說，告訴我。

「山梨，甲府。」民雄說。

早瀨點頭，又說了聲抱歉就離開民雄，走進廁所，緊接著小野寺和宮野也出來了。

民雄等三人回去找在車站裡等待的吉本。

火車是往南小谷的快車，剛駛離新宿站，吉本就叫住販賣推車，買了便當和茶。

民雄邊吃便當邊想著早瀨。另外兩位世伯說過，警視廳早早就看上早瀨的能力，讓他分發刑事課當便衣刑警。從早瀨的性格來看，又有大學肄業的學歷，最適合的單位正是總廳的公安部。

早瀨沒有和民雄一行人搭同一節車廂，但是早瀨所屬的跟監組，肯定在這列火車上，不是在前一節，就在後一節，也可能前後兩節各派人跟著。而且警視廳可能已經要求山梨縣警察支援，在甲府車站埋伏盯梢了。

快車「阿爾卑斯」在大月停車，接著穿過笹子隧道，進入甲府盆地。這時夕陽西斜，看看手錶超過四點半，從新宿出發已經過了一個半小時。

車廂廣播下一站將停靠鹽山站。

吉本說：

「收東西，下車。」

在鹽山下車？

民雄盯著吉本。

宮野開口問吉本：

「不是去甲府嗎？」

「就這站。」

民雄看了看前後車廂，心想早瀨會發現他們要下車嗎？已經來不及通知跟監組變更目的地，只希望警方能應付這場突發狀況。

約莫五、六十名乘客在國鐵鹽山站的中島月臺下了車。民雄掃視著從月臺趕往鐵路天橋的乘客，發現早瀨在其中。看來他發現了。

四人走過鐵路天橋，抵達北出口廣場，站前廣場相當簡陋，幾家商店林立站前圓環旁邊，已經亮起燈。圓環旁有四輛等著載客的計程車，附近沒有派出所。由交通資訊欄可知，南出口廣場比較熱鬧，派出所也位於南出口。

吉本留下三人，前往公共電話亭，看來連他也不曉得下一個地點。

三分鐘後，吉本回來了。

「搭計程車。」

在看觀光資訊欄的宮野問：

「要去鹽山溫泉嗎？」

吉本沒有明確回答：

「不對，要上山。」

吉本走向停在廣場上的計程車，民雄也跟上。

吉本探頭向車窗裡的司機說：

「請走上日川關口，到善兵衛山屋。」

司機問：

「你們要住善兵衛？」

「沒有，我們要去另一間山屋，阿花山莊。」

「那你們得在善兵衛那裡下車，白天還可以開車到阿花山莊，但是晚上不行，走山路大概二十分鐘。」

「我們有四個人，可以載嗎？」

「沒問題。」

民雄把行李放進後車廂，又環顧廣場周遭，看不到早瀨，但是應該有人在監控自己，也會發現四人準備轉搭山梨交通的計程車。

就算無法將去處告訴早瀨，早瀨也能透過計程車行，找出民雄一行人的目的地。都到這個地步了，很難掩飾最後的地點，因此雖聯絡不上警方也稍微放下心來。

但是到山屋裡過夜，表示要在深山訓練，也就是訓練內容無法在一般大學校園裡實行，想來不是會發出驚人的聲響，就是需要更寬敞的空間。

民雄感到不寒而慄。

莫非山屋裡備有槍枝和炸彈？他們口中的強硬行動，是真槍實彈的軍事行動嗎？

民雄看向宮野，連宮野都一臉憂心，是否察覺到狀況比想像的更嚴重？

民雄心想，我是來這裡執行任務，不能逃避，但宮野另當別論。根本沒人對他好好解釋，就要逼他接受軍事訓練，他有權利拒絕繼續同行。

但前提是宮野要主動開口。

民雄臉色凝重起來，心想不可能，吉本肯定會害怕走漏風聲，把宮野監禁起來，至少在阻止佐藤訪美行動結束之前，宮野都無法自由活動。宮野不可能輕鬆回到札幌，回到守谷久美子身邊。

計程車載著民雄一行人離開車站，民雄看著夕陽下的站前廣場，還是沒看到早瀨的身影。

從鎮上走國道四一一號的東北方向，看到裂石溫泉路牌時轉上縣道，縣道是崎嶇的山路，相當陡。計程車打開車燈，愈爬愈高，民雄對這裡很陌生，只知道車子正駛入叢山之間。

車上出奇沉默，計程車開在山路上，離開車站約三十分鐘後，司機總算開口。

「那就是善兵衛山屋，旁邊有山路。」

眼見前方有盞路燈，孤伶伶地矗立在夜裡。

吉本向司機確認：

「從這裡走去阿花山莊，要二十分鐘吧？」

「對，二十分鐘，以你們的腳程可能會更快。有帶手電筒嗎？」

一旁的小野寺說：

「有。」

計程車停下。

路上只有一盞路燈，照出路邊的木造民宅，應該就是善兵衛的山屋，看來裡頭也有餐廳，還賣禮品。招牌上寫著可以收發郵件，不過現在已經打烊了。

民雄看看時間，快到下午五點半，但是天色全暗了，四下鴉雀無聲，就像大半夜一樣。

民雄下車，豎耳傾聽，想確認後面是否有車子跟過來，但是完全聽不到引擎聲，似乎警方在鹽山車站就停止跟監了。

善兵衛山屋旁有個通往林道的入口，入口有地圖布告欄。

計程車走縣道回去，民雄一行人揹起行李，在布告欄底下集合。

小野寺用手電筒照亮布告欄，上面有這些資訊。

「離大菩薩關口六十分鐘

離大菩薩嶺九十分鐘

離阿花山莊二十分鐘」

宮野小聲問：

「要去大菩薩關口嗎？」

吉本看了看民雄三人，微笑說：

「去訓練場，我們的馬埃斯特臘山脈。」

民雄對吉本口中的山脈有點疑惑，彷彿在哪裡聽過。

宮野猜到民雄不懂，小聲告訴他：

「古巴革命時卡斯楚的基地啦。」

吉本又說一次：

「是我們發動武裝革命的根據地。」

民雄問：

「我們是誰？」

吉本眼看不需再隱瞞，微笑說：

「共產同紅軍派。」

那是昭和四十四年十一月三日的夜晚。

5

這座山屋，蜷縮在林道裡的一座緩坡上。

民雄等人走了十五分鐘的夜路，眼睛也漸漸習慣黑暗，能夠分辨出天空與山屋的輪廓。這是兩層樓的山屋。

山屋裡的燈光很微弱，走林道上來時沒看到電線桿，可能是用發電機節省用電。

拉開玄關拉門，玄關也沒開燈，進去是一座窄而陡的內梯，樓梯左手邊有個大房間，房間裡有燈光，不是客廳就是餐廳吧。裡面好像有很多人。

在昏暗的燈光下一看，玄關的鞋櫃裡塞了幾十雙鞋，一半以上是運動鞋，登山鞋和工作鞋的數量不多。

民雄等人放下行李，此時房間裡走出兩名青年，都留著劉海，看起來是學生。兩人都穿著針織毛衣。

吉本說：

「北大四人，到了。」

其中一個穿著黑色圓領毛衣的青年說：

「是吉本嗎？」

「是。」吉本回答。

青年手指抵著唇，示意盡量別開口，然後作勢望向玄關旁邊的房門，看來山屋的管理員就在那房間裡。

「我們到裡面的房間去，吃過晚餐了嗎？」

「還沒。」

「我們有準備。」

民雄脫了鞋，塞進鞋櫃的空隙裡，扛著海軍包走進裡面的房間，拉開門一看，裡面有四、五十個年輕人，朝民雄等人望過來。民雄感覺到他們相當緊張。

這裡應該是餐廳，這群年輕人各自坐在十來張餐桌旁，可能剛用完餐，有些餐桌上的餐具還沒收拾。

民雄等人按照黑毛衣青年的指示，前往離門口最遠的一張桌子。所有年輕人的眼神都射過來，但是沒人開口。民雄觀察著這些年輕人的眼神，是提防，還是歡迎呢？

他突然想起來，以前也看過這樣的景象，就讀中野警察學校的第一天，也有這種感覺，同學之間一開始無法打成一片，又得提防教官，所有人擔心往後的警校生活，相當緊張。當時聚在教室裡的同期，就是這樣的表情與眼神。

四人坐到桌邊，黑毛衣青年說：

「我是執行委員增子，大阪市大。」

民雄記住這人的頭銜與姓氏，執行委員增子，大阪市大。

吉本再次報上名號：

「我是吉本，北大分部委員長。我們是最後一批？」

自稱增子的學生說：

「不是，還有幾個人會來，應該沒被跟蹤吧？」

「上野站之前還有。」吉本回答。

果然被發現了？民雄盡量佯作無動於衷。

吉本接著說：

「我們已經被盯上，離開札幌難免有人跟蹤。」

「我知道，中央本線上呢？」

「我想沒問題，在鹽山站也沒看到可疑的人。」

房間另一頭傳出一道響亮的聲音：

「以上就是注意事項。請各位按照分配的房號，前往自己的房間。六點鐘起床。我們已經包下了山屋，但各位務必記得這次集訓的意義，不要得意忘形。」

聚在房間裡的年輕人紛紛拉開椅子起身。

當中有些特別年輕，看起來才十六、七歲，難道也對這個組織的理念和活動方針有共鳴，才參加了強硬行動的訓練？

增子回頭看了一眼，又說：

「表面上是全國大學漂鳥同好會的集訓活動啦。」

方才發號施令的青年走過來，短髮，體格健壯，有著運動選手的體格。年紀可能二十四、五歲，感覺比吉本與增子更成熟。

青年坐在民雄等人的這張餐桌旁邊，對著吉本說：

「辛苦你們遠道而來，四個人？」

看來吉本早就認識這名青年。民雄想起井岡在札幌給他看的照片，是紅軍派幹部在本州某個城市密會的照片。拍攝當時，這青年應該也在場。

青年逐一打量民雄等人，然後報上名號：

「我是軍事部的山倉，同志社大學分部。」

邊說邊對民雄伸出手。

民雄輕輕握了他的手回應：

「北大，安城。」

山倉對小野寺伸手。

小野寺也和山倉握手說：

「北大，小野寺。」

宮野俊樹也一樣。

「北大，宮野。」

「真可靠啊。」山倉說：「竟然來了四個。」

吉本說：

「這還不是所有人，第二批會在當天進京。」

「北大意識很強喔。」

「現在有多少人了？」

「五十。」

「全國全共鬥的成立大會上有四、五百人吧。要是有那人數，就能幹更大的事。」

山倉笑說：

「不可能所有人都算進軍事組織。即便是古巴革命也是從登陸回古巴的十六個生存者開始啊。」

「在墨西哥上船的游擊隊，好像更多吧？」

「好像有八十個？和目前人數差不多。」

民雄的背脊感到微微的寒意。山倉等人策畫的強硬行動，會激烈到讓目前山屋裡的五十人只剩下十六人？

民雄斜睨著宮野。

宮野從下午就一直繃著臉，顯得緊張兮兮，雖說不至於到了此地才開始後悔，但至少感受到自己先前的高談闊論有多麼沉重。

宮野似乎察覺了民雄的目光，隨即正色轉過頭去。

民雄看著宮野的側臉，想起了守谷久美子。

久美子長相平凡卻清秀，是個才女，不時會露出天真的表情，讓人覺得是中產階級出身，民雄在上野高中有不少同學就是這模樣。民雄讀高中時總是提早結束社團活動去送報紙，這些女同學則繼續練習樂器、茶道或素描石膏像。

民雄常想，儘管就讀同一間高中，但和她們彷彿身處兩個世界。他絕對不可能和她們扯上關係，而對方肯定也沒想過同學中會有人去讀警察學校。民雄無法想像，女孩們認為天經地義的中產階級生活，究竟是什麼模樣。

守谷久美子就是那些高中女孩幾年後的典型。她的男友宮野似乎是盛岡牙醫的兒子，她也相去不遠。從家庭環境、生長過程、親戚朋友，以及傳承下來的文化素養，都和宮野門當戶對。一個單親媽媽養大的警察，從小住在只有兩間三坪房間的公寓裡，實在比不上。

像宮野這樣的年輕人，參加了訓練與日後的強硬行動之後，會有什麼下場呢？他能夠撐過這些嚴酷的考驗嗎？他擁有足夠的膽識、正義感，以及凝聚自身力量的智慧嗎？他會是一顆豐饒的種子，日後長成令人刮目相看的大樹嗎？

山倉說：

「吃完晚飯就休息吧。長途跋涉肯定很累，這裡也有澡堂。」

吉本問：

「要訓練幾天？到哪天為止？」

「視進度而定，基本上租了三個晚上，可能提早結束，也可能延長。」

民雄問：

「也有高中生？」

「對，青春有活力呢。」

「他們知道自己要做什麼嗎？有點令人擔心。」

「人長到十八歲就是一條好漢，我也是高二就在學校成立分部了。」

「年輕人可真積極啊。」

民雄起身想吃點東西，仔細想想，昨天離開札幌之後就沒吃什麼，肚子正餓。

宮野跟著起身，民雄問他：

「你是不是不舒服？臉色很差。」

宮野尷尬地搖搖頭。

「不，沒事，只是沒想到真的要上陣了。」

飯後，大家走上二樓，二樓有十個榻榻米房間，一間房睡五到八個人。民雄等四人走進分到的房間，發現裡面已經鋪好薄又硬的被褥[7]，還有四名青年正躺在裡面。

民雄等人自我介紹，選好床鋪。

另外四人當中看來是領隊的青年說：

「聽說九點鐘熄燈，這裡用的是發電機，電不能用太晚。」

吉本說：

「剛才也有吩咐不能聊太多。」

「就是啊，千萬別提左派的事。」

「在這種時代還有其他好聊的嗎？」

青年說：

「運動、演藝、漫畫，還有高倉健的電影。」

吉本板起臉。

「真低俗。」

民雄把行李放在枕邊，對宮野說：

7 煎餅布団，白棉被中央縫一片花布，花布白邊看似煎餅。

「快去洗澡吧。」

宮野說：

「剩十分鐘就要熄燈了。」

「還是要洗啊。」

吉本和小野寺也一起前往澡堂。澡堂裡有檜木浴池，大家隨便沖洗一下，回更衣間穿上衣服，燈就熄了，只剩下走廊上的燈泡亮著。

四人接連走回房間，鑽進冰涼的棉被裡閉上眼。

民雄想起警察學校的訓練課程，警察學校不僅重視課堂上的教學，也同樣重視實戰訓練。格鬥技、棍術、逮捕術，以及基礎體力鍛練，都相當扎實。要將一個普通的年輕人訓練成警察，就得花時間做完整套訓練。而且即使從警察學校畢業了，也僅僅達到警察的最低標。要當上機動隊員，還得撐過更高強度的訓練。在這樣的山屋裡，還要顧慮管理員的耳目，究竟能訓練到什麼程度呢？

吉本剛才提到了古巴革命，但是卡斯楚率領的游擊隊，不可能只訓練兩三天就登陸古巴吧。真要說起來，短短兩三天就完成的訓練，真的稱得上軍事訓練嗎？會不會就像增子所說的，更接近漂鳥社團的外宿活動？幹部們真的相信只要在這山屋裡訓練，就能變得像卡斯楚的游擊隊一樣驍勇善戰？

民雄睡眠不足，睡意很快就湧了上來。當晚，民雄睡著前尋思，若不是為了培養實戰的游擊隊，單純只是自殺炸彈客，簡陋的漂鳥社團外宿活動應該也訓練得出來。不過他們會如此打算嗎？這根本是天方夜譚，痴人說夢啊。

還沒找出答案，民雄就睡著了。

隔天早上，山屋裡的窸窣聲吵醒了民雄。看看手錶，再過十五分鐘就六點，有人已經醒了。得趁其他人還沒起床的時候。

民雄迅速爬出地鋪，拿著盥洗用具走向盥洗室。過這種團體生活，早上要做的第一件事就是排便，如果沒上個舒爽，接下來整天都不會太痛快。

完事後，民雄拿著牙刷走到山屋外面，立刻感受到清晨的冰涼空氣。民雄忍不住縮起身子一抖。不到六點，天色已經相當明亮了，但還不見太陽露臉。由於四面環山，過一段時間才看得到太陽。

昨天是晚上抵達，看不清周遭環境，現在才發現山屋蓋在一座緩坡上。山屋有兩層樓，二樓面積較小，三角屋頂，所有窗戶都裝設了擋雨板，山屋右邊的屋頂上有鐵皮煙囪，煙囪裡正冒出白煙，應該是餐廳灶裡燒柴的排煙。

這一帶海拔似乎不高，在林線以下，附近都是正在落葉的闊葉樹，視野不佳。

山屋旁有條小徑，回想起昨天在善兵衛山屋旁邊看到的交通布告欄，這條登山道是半途分岔，一條通往大菩薩嶺口，另一條通往大菩薩嶺。

附近有足以進行軍事訓練的空地嗎？組織應該要選擇較熟悉的場所，或先行勘查後再挑選合適的訓練地點。

民雄仔細觀察四周，心想這裡可是深山啊。一旦使用槍枝或炸彈，必定會發出巨大聲響，槍聲和爆炸聲難道不會在山林中迴盪，然後傳得很遠嗎？

又回頭望向山屋。

這裡沒有牽電話線，從林道入口的善兵衛山屋到這裡，也沒有任何電線桿。信件包裹和緊急電話，可能都交由善兵衛山屋來處理，只靠人力與外界聯絡，這代表從山屋聯絡外界或外界要聯絡山屋都很困難，聯絡消息也只能派人跑腿。

但是，善兵衛山屋與這座山屋之間是林道，那是營林署為了工程車通行所開闢的道路。如果有四輪傳動車，不就能輕易往來了？實際上這座山屋要住到五十人以上，不可能只靠挑夫運送房客需要的食糧。尾瀨的山屋到現在還是靠挑夫運補，所幸這座山屋可以開車通行。

山屋旁邊是澡堂，仔細一看，澡堂旁停了一輛小型的四輪傳動車，看來小屋的管理員果然是開車上下山。

不知道這座山屋的管理員家屬和員工，目前有多少人？警視廳得知紅軍派聚集阿花山莊的時候，想必已進行了確認。

民雄觀察山莊與周遭地形，想像著警視廳公安部的對策。

民雄在新宿車站與早瀨勇三接觸，也確認早瀨已在鹽山站下車。這麼說來，警方在鹽山站之前都有派人跟監，跟監組一定會看到民雄等人在鹽山站轉搭計程車。或許警方還派車一路跟到國道四一一號的岔路口。

無論如何，只要計程車回到鹽山站，警方就能查出民雄等人在善兵衛山屋下車，詢問了司機，就不難查出目的地是阿花山莊。

山屋裡聚集了將近五十名紅軍派運動人士。警方從九月開始就澈底監視關西的紅軍派幹部，很可能和北海道警察從不同路線一路跟監。或許不是所有被盯上的幹部都被跟監，但至少有一兩個小團體，和民雄等人一樣帶了公安部的刑警來到這座山屋。

想必警視廳公安部正在整理情報，推測山梨縣內將爆發的大規模活動。

也就是說警視廳公安部，不對，應該說笠井班長，前一天就掌握了紅軍派的強硬行動部隊私下集結在山梨縣大菩薩山脈，並開始採取對策。

問題是目前山屋裡這群人到底持有多少武器，他們並未使用已經占領的大學校園，而選擇了人跡罕至的山區進行訓練，不可能只有普通的鐵條和木棒。會不會有獵槍，甚至從國外走私的衝鋒槍？就算紅軍派沒有那樣的資金和管道，也還有土製炸彈，他們已經在九月的「大阪戰爭」和「東京戰爭」用過炸彈了。

這裡可能有槍枝或炸彈……

民雄將嘴裡的牙膏渣吐在地上，再次仔細觀察小屋周遭。已經運進來了嗎？槍枝又重又大，就算裝箱搬運還是很顯眼，當然槍枝可以拆解搬運，但前提是紅軍派裡有人接受過正統軍事訓練，例如退役自衛隊，或是曾到過古巴的運動人士。有這樣的人嗎？共產同紅軍派九月才成立，成立後馬上派人到古巴學功夫，不太可能。所以可能是退役的自衛隊？有這樣的人嗎？

炸彈的體積不大，每個人都能塞在背包裡，帶個二、三十顆過來。或許目前只有炸彈？反過來說，如果準備的武器只有炸彈，只要在山裡特訓個幾天，確實就能學會用法。

民雄走到山屋後面，試圖掌握附近地形，但是爬上山屋後的斜坡一望，視野並沒有多好。

假如警視廳公安部判斷有炸彈，就不會讓這群運動人士有機會待在都會區，尤其不可能去東京。一旦讓他們帶炸彈進城，要抓人就難如登天，勉強出手，警方與民眾都會傷亡慘重。

這麼看來……

民雄嚥了口口水。

警視廳公安部打算在山上抓住所有的運動人士，要不就是趁下山時一網打盡，罪名一定是聚眾持有凶器吧。

警視廳公安部和山梨縣警會花多少時間準備大規模的逮捕？

軍事部的山倉說，訓練日期會按照訓練進度調整，也就是說，可能明天就下山，也可能三天後才下山。既然只租了三晚，代表訓練最遲後天就結束。

時間拖得愈久，這群人就愈熟悉操作武器，心理上也會更團結，成為凝聚力強大的武裝團體。

警視廳公安部不可能花太多時間，想必明天就會派出幾個機動隊中隊，一口氣衝上來逮人。

問題是山倉等人挾持山屋管理員一家當人質，這麼一來光靠人數與火力也很難順利逮人。

民雄走下斜坡，回到山屋正面。

警視廳公安部最晚會在今天中午左右，派人監視善兵衛山屋，也會運送通訊設備上來。這段路程十五分鐘，只要民雄躲開眾人三十分鐘，就能前往善兵衛山屋通風報信。

就算有這機會，必須通知哪些情報？

首先是群聚的運動人士人數，還有幹部姓名、目的、武器種類與數量、接下來的計畫、小屋周遭地形，是否有人放哨警戒，若有，是多少人？派駐在哪裡？

最重要的還是武器種類與數量，逮捕行動會依據這一點做出適當的調整。

民雄再次觀察山屋和周遭地形。

此時有人喊他：

「安城。」

是宮野，手上也拿著牙刷。

「你這麼早啊。」他邊說邊走向民雄。

宮野的鞋子踩在地上發出聲響，登山鞋的硬膠底踩在砂石地上相當響亮，表示機動隊一旦靠近勢必很吵，更別提拂曉時刻進攻了。

「正好醒了。」

「這裡好冷，比北海道冷多了。」

此時又有人出聲：

「安城，你在幹什麼？」

山屋二樓有扇窗戶的擋雨板打了開來，吉本探出頭。

民雄回答：

「刷牙。」

「棉被收好就該吃飯啦。」

「這就回去。」

民雄假裝和宮野閒聊。

「不曉得有多少人在經營這間山屋，不可能光靠一對夫婦準備五十人的飯菜吧？」

宮野回頭看向山屋。

「廚房裡有一對中年男女，還有個比較年輕的女孩，應該是來打工。」

「三個啊。」

「或許還更多，我只看到三個，可能是家族經營的。」

宮野看起來比昨晚放鬆許多，睡了一晚冷靜下來了？或是已經做好接下來行動的心理準備？

民雄盯著宮野的側臉心想，根本無法指望這種程度的學運人士使用炸彈發起抗爭。對宮野來說，革命和武裝起義就是文學詩歌的題材，作夢的主題，所以才讓他著迷。宮野並不具備足夠的思想基礎，去接受現實中的破壞、血腥與殺戮。當他真的舉起炸彈，面對眼前機動隊的人牆，是否有信心擲出那顆炸彈，成為重犯？當他看到人們被炸得血肉橫飛，肚破腸流，是否還能堅持自己就是正義？他是這樣千錘百鍊的革命人士嗎？

並不是。

宮野在札幌還有個擔心他的女友，這女孩肯定沒想過宮野會拿炸彈對峙大批機動隊，頂多以為是拿木棒敲打警方硬化鋁合金盾牌的場景吧。

我能趁警察出動逮人，也就是炸彈爆炸之前，讓宮野遠離現場嗎？找得到任何理由讓他順其自然開溜嗎？

想不到。民雄在盥洗室漱口之後回到房間，只見棉被已經全部疊好收在房間角落了。

約七點二十分，所有人奉命到山屋前方集合，聽說要做體操。

五十名年輕人就這麼彎腰駝背，打著哆嗦走到屋外。

只見山倉站在大家面前，做起ＮＨＫ的電臺第一體操，他穿著單薄，扯開嗓門喊拍子，帶著大家做完體操。

大家走進餐廳之後，穿黑毛衣的增子說：

「分組輪流打飯吧，不要太麻煩管理員了。今天早上先從一號房打飯、二號房拿飯，以此類推。」

一號房的八人輪值打飯，站了起來。民雄等人住四號房，明天傍晚才會輪到打飯。

所有人拿到早餐之後，增子又站起來說：

「大家邊吃邊聽我說，吃完早餐之後，我們要去大菩薩嶺。天氣很冷，記得做好防寒準備，山屋會替我們做飯糰，中午要在山頂用餐。個人裝備還包括水和粗手套，不要忘記帶，共同裝備就大家輪流扛。」

共同裝備。

民雄心想，就是武器吧。如果必須輪流扛，不是數量龐大，就是很重。如果是炸彈，就是又多又重。

吃完早餐，宣布八點鐘出發，代表還有一段如廁和換裝的時間。

民雄早早做好準備，前往餐廳櫃檯後方的廚房，他想確認管理員一家是否懷疑這群年輕人，謊稱漂鳥同好會外宿的團體。可惜沒看到山屋的老闆。

一名中年婦人和年輕女孩正在流理臺前忙碌，看兩人的樣子，並沒有懷疑這群房客，而是有說有笑地洗著碗盤。兩人的口氣也很輕快，想必這季節冒出的五十名團客，算是一筆意外之財。別說懷疑，還要張開雙臂歡迎呢。

走出門，山屋旁的四輪傳動車已經發動引擎，有人要下山嗎？是去鎮上？

看看手錶，上午七點二十分，這個時間，警視廳公安部應該還沒派警探來到善兵衛山屋。鹽山警察署的人可能也還沒到。

小屋旁邊傳來響亮的劈啪聲，繞過去一看，一名中年男子正在劈柴，是山屋老闆。老闆手持斧頭將約一尺長的橡木直劈成三到四塊，放進火爐裡燒。

民雄觀察的距離比較遠，但也看得出老闆並未懷疑團客的身分，沒有疑慮，也不像是克制厭惡或恐懼。

難道這樣的團客並不少見？幾年前，東京私立大學的漂鳥社曾在奧秩父山中暴力欺凌菜鳥，那案子不是有個人死了？若是那樣的團體外宿，氣氛或許比這群人更沉重肅殺，相較之下，目前確實還一片和樂融融。

劈柴的老闆發現一旁的民雄，停下手邊工作抬起頭，和民雄對上目光後微笑，輕輕點了點頭，像在說早安。民雄也默默回禮。

民雄正打算走近老闆套點話，今天要下山嗎？有其他客人入住嗎？需要張羅糧食嗎？

還是遞給老闆一張紙條，請他去善兵衛山屋打通電話？民雄一行人出發訓練後，管理員就算下山聯絡也不會被發現。民雄很希望管理員全家立刻下山，但是這麼一來山倉和增子會起疑心，甚至可能立刻逃離山屋。

此時山屋的後門打開，跑出兩個小女孩。

民雄吃了一驚，有孩子？

一個看起來八、九歲，背著小學生的書包，另一個可能才四、五歲。背書包的女孩，坐上了四輪傳動車的副駕駛座。

山屋老闆停止劈柴，坐上駕駛座，年紀小的女孩對背書包女孩揮揮手，四輪傳動車立刻開上山屋前的林道。

他們要去善兵衛山屋？民雄不知道山下是否有校車通行，或只是把孩子送到登山口的村子上學？

民雄心想，無論如何都得把正確情報通報警視廳，增加警方因應選項。公安部得決定最後是埋伏在山腳下逮人，還是攔住交通工具包圍起來。既然有孩子，警方應該不會包圍山屋逮人，太危險了。

民雄走進玄關，正好碰到從廁所裡出來的宮野。

宮野說：

「昨晚洗澡只是蜻蜓點水，早上又不能沖澡，好辛苦啊。今天會流很多汗吧。」

「我們可不是來玩的。」
「訓練結束，我想去泡個溫泉，不知道能不能去？」
「我哪知道，你去問山倉啊。」
宮野有點吃驚。
「你在生氣？我說錯了什麼嗎？」
「沒生氣。」
民雄走上樓梯。

從山屋出發，走了一個半小時抵達菩薩嶺，眾人走樹林中的尾根道，途中碰到碎石坡，是唯一比較辛苦的路段，沿途紅葉景致相當美。

通過林線沒多久抵達大菩薩嶺的稜線，接下來就好走了。回頭可以看到南邊的上日川水壩湖，湖的那頭是富士山。

大菩薩嶺的山頂標高二〇五七公尺，眾人在山頂上坐著休息。這座山頭並不陡峭，像馬屁股般圓滑平坦。這時是上午九點三十分。

並不是所有人都來山頂，有四個人留在山屋裡擔任緊急聯絡人，看來這群人已經設想到警察偷襲、身分穿幫等突發狀況。

幹部身邊的一群人，其中兩人背著小型登山包，不像其他人只背了小背包，兩人的沉重行李看來特別顯眼。

民雄一看就知道，如果有炸彈，就在登山包裡了，然而左右環視，沒發現誰的行李中可能有槍。

休息時間，軍事部的山倉宣布編隊。山屋裡用房間來分單位，只限於這幾天集訓使用，日後進行強硬行動則完全按照山倉的指令編隊。

編隊的最小單位是學校，每間大學或高中的學生分成一個小組，原本將單位稱作分部，改成軍事稱呼的分隊。這應該是舊左派所謂的細胞了。人數較多的學校，會分為兩到三個分隊。

幾個分隊組成一個小隊，小隊以地區為單位。總共成立四個小隊，北海道分隊和東北地方分隊，組成了第四小隊。

小隊之上有軍事部委員會，就是實際的司令部了吧，委員會裡有些人應該就是紅軍派幹部會的成員。

民雄聽著山倉宣布的團隊編組，努力忍著不露出苦笑。規模這麼小的運動，稱號卻大得誇張，什麼分隊、小隊、委員會的，對於熟知警察體系的民雄來說，只是玩騎馬打仗而已。或許只是為了吹噓，讓外人（尤其是警察）覺得參與的運動人士很多，但參與運動的當事人聽了不免覺得滑稽。如果山倉和增子不認為這種頭銜滑稽，那就是不食人間煙火，也無法冷靜判斷敵人的戰力。

民雄計算了編隊的隊員人數，包含他在內共五十三人，其中四人留在山屋，所以來山頂的共四十九人。

宣布編隊之後就是任命分隊長，緊接著分隊長集合。北大的吉本起立，參加分隊長會議。

宮野坐在民雄旁邊的石頭上說：

「什麼分隊小隊的，不覺得太死板了嗎？」

民雄困惑地看向宮野。

宮野說：

「我心目中的革命組織是四季社，布朗基的團體，你知道嗎？」

民雄只知道布朗基是法國革命人士的名字，他就讀大學前曾苦讀左派思想，教官提過這個名字，但那不就是個跟不上時代的社會主義者嗎？

宮野說：

「我認為我們的運動，不可以和敵方的組織制度一樣，一樣的制度只能靠資源分輸贏，而我們絕對打不贏警察和自衛隊。」

「你很冷靜呢。」

「對啊，我認為要對抗帝國主義的軍事組織，就必須成立革命的軍事組織。」

「怎麼說？」

「最小單位是七人，代表一星期，星期日是分隊長，四星期組成一個月，相當於小隊吧，三個月組成一個季，就是中隊，四季組成一年就是大隊。」

「還不是一樣？只有名字換了啊。」

「有名字才會成真，共識不是軍隊而是革命，這才是四季社。我不想被叫做分隊的士兵，還是像五月第一週的星期六，感覺更棒。」

「所以四季社是因為六八年的春天來了才要對抗第四機動隊，是這樣嗎？」

「聽起來很美吧。」

民雄忍住沒嘆氣。

這時吉本討論結束，走了回來。

「要再走一段，找適合訓練的地點。」

宮野問：

「是平坦的地方嗎？」

「不對，要接近盆地的地形，不容易看見，聲響也不會傳出去。」

「這裡本來就沒什麼人了吧？」

「別傻了，你看。」

吉本指向尾根道那頭，通往南邊的大菩薩關口約一公里遠處，兩個人影正往這邊走來。是警察嗎？

民雄轉念一想，這裡幾十個人可能有武裝，警方不會只派兩個人來。雙拳難敵四手，別說要逮人了，連自己都會有危險。應該只是登山客，經過阿花山莊前往大菩薩關口，走山路會通過這道稜線。也就是說，可能有登山客經過。

民雄可以拜託登山客去報警，或請對方轉達情報。但是他有機會接觸登山客嗎？山倉會允許團隊裡的人和登山客交談嗎？

團隊奉命出發，走登山道繼續往北，那是比較少用的登山路線，往那裡走應該有人跡罕至、適合訓練的地方。

眾人在稜線上走了約一小時，還是找不到適當的開闊平地，途中休息了好幾次，山倉會四處勘查，還是撲了空。

到了上午十一點，該吃午餐了。

走山路的疲憊，開始有人抱怨起幹部們準備不周。

在山上進行武裝訓練妥當嗎？曾先來勘查嗎？有準備武器嗎？眾人的質疑指向山倉等人。

增子和山倉也察覺到這股氣氛，於是主動說明。

稱這次訓練的目標並非熟悉使用武器，而是凝聚向心力、鍛練意志力。早冬時期上山行軍，可以培養革命戰士的膽識，以及對自身毅力的自信，就算不使用武器訓練，也能達成訓練目的。

一名看來像高中生的青年，一臉天真無邪問山倉：

「我對毅力很有自信，但是我們要拿什麼武器？還是拿鐵管嗎？」

這男孩個頭很高，臉頰瘦削。

山倉問：

「你是哪個分隊的？」

男孩說是京都私立大學附設高中的高中生，姓鎌田。

「鎌田，上前一步。」

自稱鎌田的男孩走到山倉面前，山倉轉身對背登山包的兩人使眼色，其中一人從登山包裡拿出兩個圓筒狀物體，一個圓筒約莫和平香菸罐大小，外觀呈銀白色；另一個像鐵灰色的鐵管，直徑三公分、長十五公分左右。鐵罐和鐵管其中一邊，都貼有幾道黑色的工業用膠帶。

山倉接過其中一個鐵管，拿到鎌田面前。

「炸彈。你看，炸藥就裝在鐵罐和鐵管裡面，可以炸壞一輛汽車。」

在場的青年都閉上嘴。

民雄盯著那鐵罐炸彈，是真的嗎？除了炸藥之外還裝了什麼？小鋼珠？還是其他鐵片？

「拿著。」山倉遞出鐵罐，鎌田猶豫了一會，然後小心翼翼雙手接過。

「好重。」鎌田脫口說。

山倉拿回鐵罐，又將鐵管拿給鎌田。

鎌田接過鐵管又喊：

「這也很重。」

山倉說：

「兩個都能炸壞一輛汽車，武器準備得很順利，別擔心。」

「要怎麼用？」

「我們會慢慢教。」

此時，沿山路走下山坡勘查場地的人回來了。

「這裡的河床應該可以用。」

一行人走下山坡，來到一條乾燥的河床，山路和河床間的落差約七、八十公尺。河床裡有塊小小的平臺，堆滿岩石。

山倉望向來到河床上的眾人，說了：

「拿一顆讓你們看看威力。」

一名戴銀框眼鏡的青年，從背包裡拿出工具箱，民雄心想應該是由此人製造炸彈。眼鏡青年將鐵管放在河床平臺上的岩石間，用工具對鐵管動了點手腳。民雄離眼鏡青年約十公尺，不確定動了什麼手腳，或許是安裝引信。

眼鏡青年又找其他成員幫忙，用石頭圍住鐵管，上面堆滿了枯枝。

山倉吩咐所有人迴避，至少離窪地五十公尺，接著山倉和眼鏡青年交談了幾句話，眼鏡青年也離開河床找掩護。

「再兩分鐘。」山倉說。

看來眼鏡青年裝了定時引信。

「快了，大家抱住頭。」

民雄抱住頭，隨即聽到震撼五臟六腑的轟響，地面還震動了一下，接著是硬物散落在地面的聲響。

「成了。」山倉說。

民雄探出頭看向炸彈的位置，枯枝炸得散落各地，還傳來刺鼻的火藥味。

眾人再次走上河床觀察爆炸地點，只見河床平臺上炸開了一個小洞，原本的岩石都被炸飛，枯枝也飛散在方圓數十公尺內，威力超乎想像。

民雄轉頭看向宮野，他在民雄後面不遠處，一臉震驚。

山倉說：

「你們看過一次了，別被聲響和威力嚇到啊。」

民雄再次下定決心，不能讓這些人帶炸彈下山，務必在山上逮人。

眾人回到尾根道，山倉說：

「回山屋去，今天練練腿力就夠了。」

看看手錶，下午一點，回到阿花山莊應該快下午四點了。

眾人沿著稜線踏上返程，碰到來時的岔路口，另一條路通往唐松尾根。民雄往南邊的大菩薩關口望去，又看到一名登山客。這名登山客應該會經過阿花山莊，前往善兵衛山屋。如果一行人先抵達阿花山莊，或許可以託他送消息。

眾人休息時，民雄說自己想上大號暫時離開，隨即躲進岩石後方，迅速拿出錢包。他掏出錢放進口袋，並在北大學生證背面用鉛筆寫了幾行字：

「快打一一〇　一一／四

紅五十三，有Bs」

他將學生證放回錢包裡，從岩石後方起身。

民雄等人下午三點半回到了山屋，比預期得更早。

在院子裡劈柴的管理員，一臉親切地歡迎大家回來，留在山屋裡的聯絡人，也微笑著出來院子迎接。也就是說，警探們還沒有來山屋觀察情勢。

難道警視廳公安部沒發現紅軍派正集結在這座山莊裡？甚至還沒派人到善兵衛山屋？

青年們活動筋骨流了些汗，表情比早上更舒暢，還會說些不礙事的玩笑話。山倉和增子等幹部神情也顯得比較輕鬆。

接下來應該可以暗中進行一些行動了。

增子發號施令：

「五點吃晚餐，輪到第二班打飯。今天選好的隊長，到第二班的房間集合。其他人從第一班開始輪流洗澡，每二十分鐘換班。」

民雄沒有回房間，而是在前院盯著登山道，如果剛才的登山客經過，就要把情報交給他。

還有幾個青年留在前院，邊抽菸邊說笑，要是引起他們注意就不妙了。民雄假裝關切周遭的自然環境和山屋生活，在院子裡閒逛，東張西望。如果剛才那個登山客打算在天黑前回到善兵衛山屋，現在差不多該經過阿花山莊了。

看看時間，大概是下午三點五十分。

難道已經離開了？

正當民雄打算放棄的時候，總算看到一條人影，從登山道的路口走過來。民雄看了看院子裡的青年們，並不是幹部，但要是他主動靠近登山客肯定很顯眼，更不可能大聲傳遞消息。

民雄緩緩往路邊走，左右張望兩邊的樹梢，彷彿在找珍奇的鳥兒。

終於，登山客走近到可以看清長相的距離，是個四十來歲的男人，感覺就是資深的登山客，頭戴紅色登山帽。

該怎麼搭話呢？民雄煩惱著搭話時機，想不到對方主動來打招呼，民雄也就回話了。

男子口氣直爽：

「你們是剛才在稜線上的人？」

運氣真好，對方竟然來打招呼。民雄提防著其他抽菸的青年眼神，往登山客走近。

「對啊。先生一個人？」

「對，這個季節沒人陪我上山啦。」

「你要去善兵衛山屋嗎？」

「我的車停在那裡。」男子停下腳步。「大概再走十五分鐘就到了吧。」

「差不多吧。」

民雄將錢包拿給男子看，並不讓院子裡的青年看見，說了：

「我在路上撿到這個，可以請你交給善兵衛山屋的人嗎？」

「錢包？我可不想保管人家的錢啊，你交給這座山屋的人保管不就行了？」

「裡面是空的，只有一張學生證，失主應該很頭痛吧。」

民雄心想，乾脆簡短說明狀況，請對方報警抓人？

一旦拖太久，那群青年就會起疑，連幹部都會出現。

「麻煩先生了。」民雄將空錢包放在對方手上。「拜託，這裡有點可疑。」

男子有些訝異，眨眨眼，又看了看山屋的院子和民雄。

他或許察覺到民雄的神情有些不對勁。

「你們是什麼團體？陣仗挺大的。」

民雄急中生智。

「我們是反越戰團體。」

「咦？」

「胡志明團體。」

此時後方有人出聲：

「安城，怎麼了嗎？」

是吉本的聲音，民雄回頭，吉本已經走出玄關，眼神略帶狐疑。

民雄簡短拜託一聲，就離開那名男子。

「怎麼啦？」吉本又問了一次。

「沒事，人家找我聊天。」

「你不認識他吧？」

「聽說大家在山上都會互打招呼啦。」

「你應該沒多嘴吧。」

「多嘴什麼？」

「像是我們來這裡的目的，還有我們是誰。」

「怎麼可能說呢？」

民雄轉頭往登山道看，那個登山客又往前走去，還往民雄他們瞥了一眼，但是表情已經不像剛才那麼親切。

吃完飯洗了澡後，又有新的指令，要到二樓裡面的房間集合。

民雄等人來到指定房間，這裡原本是兩間房，拉門拉開就成了一個大房間，約莫十坪。在這裡說些比較危險的話題，應該也不怕管理員聽見，沒多久，所有人就聚集在大房間裡。

增子站在房間中央說：

「各位同志願意來參加這次訓練，令我勇氣百倍，有這麼多同志不惜犧牲生命，邁向我們心目中的社會主義革命，我與有榮焉。今天組成的軍事行動部隊，是我們共盟紅軍派軍事組織的核心，也是前鋒，在未來的革命戰爭中，我們是最強、最精銳的先鋒隊。」

在場青年發出歡呼，還有人拍起手來，增子連忙制止。

「各位等等，要歡呼還嫌早，現在要韜光養晦，等待時機。我們不會等太久，下山之後，時機馬上就到。」

高中生鎌田說：

「先成立團隊卻沒有槍，怎麼行呢？」

有人失笑，但聽起來大多同意這句話。

增子點點頭。

「我知道，目前為了正式的武裝起義，正設法調度武器。我們也會尋求外國各股革命勢力合作，提供實質幫助。具體的時間與方法還不能公開，但是就在不久的將來，我們將有機會接受正式的軍事訓練。到時候這個部隊，將成為真正的革命軍。」

「同意！」有人這麼說。

其他人也都壓低嗓門附和。

民雄心想，革命、武裝起義、革命軍，在場大多數人都討論過這些話題了嗎？難道並非突然提起，只是所有人嘴上不說，其實都有這樣的目標、方向和展望？他並沒有參加北大共盟的聚會，所以並不清楚。

民雄瞥了旁邊的宮野一眼，宮野看來相當激動，或許就算今天是第一次聽見，他也已經做了接受的心理準備。正如山倉所說，眾人同吃一鍋飯，同流一場汗，可以有效培養出團結與向心力，可以讓人振奮、感激、情緒昂揚，只要在場有人發號施令，就會不自覺遵守。警察訓練也使用了一樣的手法。以這次紅軍派的活動來說，眾人聚集在隔離環境裡，從事危險的非法活動，參加者們可以很輕易就達到幹部所期望的心態。如果這個狀況再持續幾天，半途還來些共同克服困難的體驗，就能培養出完美的向心力。而會覺得這氣氛不對勁的，就是像民雄這種體驗過很多次，已經免疫的青年。

增子等眾人安靜下來，拿出一個文件夾繼續說：

「接著請各位簽署這份決心表明書，內容是要賭上性命發動武裝起義，阻止佐藤訪美，並且攻擊政府中樞、占據機關，以發起鬥爭。除了簽名之外，還要加上一句話來表明自己的決心。」

房裡眾人沉默了片刻。

一名看來較年長的青年，用關西腔問：

「那個，是遺書嗎？」

增子回答：

「不是，但要是丟了命，後人應該會這麼看。」

「連遺書都寫了，感覺就像真的一樣。」

房間裡許多青年都笑了。

民雄小聲問身邊的宮野：

「你有膽子寫遺書嗎？」

宮野回答：

「這只是表明決心啦。」

「我啊，」民雄看了看宮野旁邊的吉本說：「可沒聽說要搞什麼武裝起義，只是來參加阻止佐藤訪美的強硬行動喔。」

吉本回話，口氣似乎不當一回事：

「我以為你知道。有意義的強硬行動就等於武裝起義。怎麼，你以為共盟是什麼合唱團嗎？」

小野寺插嘴：

「安城，你就在簽名後面補上一些內心的信念不就好了？這又不是考試，沒有標準答案啦。」

文件夾和原子筆傳到眼前。

民雄不想被懷疑，只好無奈地簽了名，並在後面寫上一句：

「何人為戰士？戰士何心思？天下無人知。」

一旁偷看的宮野說：

「這麼詩意啊。」

「俄語可是我的專業。」

民雄看了宮野的決心表明書，上頭寫著要與天下所有受苦受難的人民一同奮戰，感覺在場所有人都會這麼寫。民雄沒有表達意見。

如果他送的消息到了警視廳公安部手上，公安部沒多久就會派機動隊來到山屋底下，也就是善兵衛山屋一帶。而這裡的運動人士將在潛入都會區之前即遭全數逮捕。目前看來這裡沒有槍，炸彈也無法馬上引爆，看來不需要流太多血就能順利舉發逮人。這麼一來，宮野也能安全脫身。他會留下公安罪名逮捕的前科，但是不代表往後的社會生活就此斷送。所以別再傷腦筋要讓他趁逮人之前脫身了。

民雄一時想起守谷久美子，如果宮野在這裡被抓，算是回應了她的期望嗎？

所有人寫完決心表明書之後，增子收回文件。

「好，今天就此解散。明天一樣上山進行基礎訓練，明天的訓練項目會比今天更具體詳細。早上六點起床，七點早餐，八點出發。一樣，在這座山屋裡禁止提起左派話題。」

關西腔青年說：

「可以在房間裡唱歌嗎？」

「唱什麼歌？」增子問。

「岡林啦，百十字[8]啦。」

他指的是唱民歌的關西歌手和樂團。

「這個還可以，但是國際歌和華沙工人進行曲就不行。」

在場許多青年都笑了。

當天晚上到了熄燈時間，眾人還是往來各個房間聊天。民雄緊跟著吉本前往不同房間，每個房間都準備了裝電池的大型手電筒，代替燈光。

說要避免討論左派話題，但終究也只有這個共同話題。青年們沒有直接討論目前的黨派與運動內容，卻仍熱烈討論現代史、越戰和古巴革命。

民雄並沒有加入討論，只是努力記住在場有哪些人、他們的姓名和身分，以及說了些什麼。

到了晚上十一點，總算有人想睡了。這天來回走了七小時山路，消耗不少體力。吉本起身要回房睡覺，民雄也跟著回自己的房間。

8 百姓十字軍（The Folk Crusaders），誕生於一九六〇年代學運風起雲湧的年代，為日本音樂史上的傳奇樂團。

6

民雄醒來的時候，天似乎還沒亮，從擋雨板的縫隙看得到外面的微光，應該再過三、四十分鐘就日出了。他看了看手錶，清晨五點二十分。

為什麼這麼早就醒了？理由很簡單，他聽到金屬的碰撞，還有沙沙作響的長靴聲。不會吧。

民雄稍微坐起身，豎直耳朵，房間裡有人在打鼾，看來還沒人起床。整間山屋鴉雀無聲，連管理員也還沒醒。

正當他這麼想著，樓下就傳來動靜，好像是開門聲、腳步聲，還有輕微的交談聲，又混著短促的小孩說話的聲音。

是要把管理員一行人送出山屋嗎？他更專心聽著，院子裡有響動，很多人的腳步聲。

隔壁房間有人大喊：「有警察！」

山屋裡一陣驚慌。

「警察？」

「哪裡？」

「燈呢？」

民雄房間裡所有人都從棉被裡跳起來。

有人點燃打火機，吉本爬到窗戶旁邊，打開擋雨板一個小縫往外看，這房間的窗戶正對著山屋的前院。

吉本說：「是機動隊，我看到盾牌。」

宮野盯著民雄，似乎想問這是不是真的。

有很多人跑上走廊。

又聽到山倉的叫喊：「下來，我們要堆屏障！」

此時外面傳來響亮的呼叫。

「各位紅軍派人士，你們已經被包圍了，乖乖把雙手放在頭上，一個一個出來！」

這是透過擴音器放大的聲音。

山屋正面亮起探照燈，好幾道探照燈照著山屋的玄關和二樓窗戶，民雄房間的擋雨板縫隙也透進了刺眼的光線。吉本縮回腦袋，彎著腰走出房間。

民雄爬向窗戶旁邊往外看，天色又更亮了一些，強烈光線中有成排的黑影，硬化鋁合金盾牌映照出天上的藍。光看正面可見的人數，就超過兩百人。

吉本在走廊另一邊的房間說：「後門可以逃。」

好幾個人從窗戶跳上一樓屋頂，鐵皮屋頂響起踩踏聲。

可惜山屋後方也傳出喊叫聲。

「後面也被包圍了，不要做無謂的抵抗，一個一個從正門出來！」

民雄隔著走廊看向另一邊房間的窗戶，果然也有探照燈打進來。

民雄猜想警視廳公安部和山梨縣警的行動，他們肯定收到了民雄發出的消息。或許他們早已獲知紅軍派集結在阿花山莊，但總要靠民雄的消息才能掌握正確人數，以及這群人持有炸彈的事實。

他不知道警方的人何時出發的，但很顯然公安部和山梨縣警決定不再多等，全面舉發，地點也不是善兵衛山屋，而是阿花山莊。警方可能認為在山下埋伏會讓隊伍後半逃進山中，而一旦持有炸彈的運動人士逃走，後續事態可就嚴重了，所以只要趁天亮前包圍阿花山莊，就能逮住所有人。

外面派來的似乎是山梨縣警的機動隊，他們徒步走上善兵衛山屋旁邊的林道，包圍山屋之後，先帶管理員一家離開。民雄聽到的聲響與談話，就是當時的狀況。

問題是會不會有人使用炸彈，要是炸彈使用觸發式雷管，機動隊攻堅的風險就太大。最好是保持距離，勸學生們投降，會是這樣嗎？

好像聽到山倉和增子在樓下對話。

「後門怎麼樣？」

「機動隊有多少人？」

「屏障沒用了！」

「殺出去吧！」

後門吵鬧起來。

「被抓了！」有人大喊。「後門都是人！」

看來有人想逃往後面的山坡，結果被抓。

宮野趴在棉被上問民雄：

「怎麼辦？我該怎麼辦？」

民雄拍了拍宮野的肩膀說：

「逃不掉了，死心吧，設法別受傷。」

「我什麼都還沒做啊。」

那不是很好嗎？民雄差點脫口而出，連忙吞回去。他目前還是紅軍派軍事團體的一員，得說些像樣的話。

「以後有機會。」民雄說。

一旁的小野寺問：「要投降嗎？」

民雄回答：「增子他們會決定。」

「只能抗戰到底了吧。」

此時又聽到擴音器的喊話：

「給你們考慮三分鐘！三分鐘內，所有人雙手放在頭上，一個一個出來！你們已經被完全包圍了，不要做無謂的抵抗！」

民雄站起身，靠著小夜燈的燈光走上走廊，每個房間都有幾個悵然若失的青年，還有人窩在棉被裡直發抖。有的不明所以地開關著窗戶，也有人披上外套卻沒穿褲了。

有些人比較冷靜，馬上下樓，餐廳傳來物品破碎的聲音，或許是在製造武器。

民雄來到走廊盡頭，往最後面的房間看，這裡沒有打地鋪，是幹部們開會的地方。看來重要的行李就放在這裡。

民雄發現昨天負責背炸彈的銀框眼鏡青年就在房間角落，懷裡抱著登山包，從擋雨板的空隙往外瞧。

民雄走向那青年說：「叫你下去了。」

眼鏡青年轉頭看民雄：「叫我？」

「對，你那包，就是那個？」

「沒錯。」

「我拿吧。」

民雄伸出手，青年乖乖交出登山包，手感相當沉，應該超過十公斤，裡面想必有好幾顆炸彈，外面包著緩衝材料。

「撞到會爆炸嗎？」

「不會，別怕。」

「還有嗎？」

「那個背包。」

房間角落還有一只登山包，民雄把那個包也扛了起來，對青年說：

「這個也給我扛，你快下去。」

青年起身前往走廊。

外面又傳來擴音器的喊話：

「還有兩分鐘！」

民雄走到樓梯口，回頭就喊：

「宮野，人呢？」

「在這。」聽到回應，他還在自己的房間裡。

銀框眼鏡青年抬起頭看了民雄一眼，就下樓去了。

民雄扛著包包往回走，剛才青年待的房間對面也是個空房間，靠後門那邊。民雄走進那空房間，打開壁櫥，將登山包塞了進去，還在上面蓋了幾條棉被。

「安城。」傳來宮野的聲音。

「怎麼了？」

民雄走出房間，看到宮野跑過來。

「不要丟下我啊，我很怕啊。」

「你不是寫得意氣風發嗎？」

「那只是寫決心、寫理念啦。」

擴音器又喊話了：

「還有一分鐘！快點出來，快點投降！你們無能為力！」

宮野問：

「我們會變得怎樣？」

「時間一到，應該會射催淚彈吧。」

民雄心想警方也可能會噴水，但很快就打消念頭，因為灑水車很難開上那條林道。

「催淚瓦斯會把人弄瞎嗎？」

「只會讓你眼睛痛得要死。」

民雄把宮野推回自己的房間說：

「我們已經被包圍了，怎麼反抗都沒用，所以別反抗，想想被捕之後要怎麼辦。在審判時抗爭沒意義，想辦法提早出獄才好。」

「即使違背黨的方針嗎？」

「這點程度的自主性還行啦。」

擴音器喊話，說時間到了。

「時間到！」

好幾個青年衝上樓梯來。

只見山倉和銀框眼鏡青年衝進房間，天色已經亮到可以看清房裡有哪些人。

「就是他。」眼鏡青年指著民雄。

山倉問：

「行李在哪？要用了。」

民雄頭一轉說：

「有人從我手上搶走了。」

「是誰？」

「不知道名字。」

「哪裡的人？」

「他講關西腔。」

此時外面連續傳出砰地幾聲爆炸聲響。

民雄按住宮野的背趴倒在榻榻米上，憋住氣，窗外的擋雨板遭不明物體砸到，砸落了檔板，天色看來又更亮了些。

原來是機動隊向山屋的擋雨板發射催淚彈，第一波是為了打掉擋雨板。接著又炸了幾聲，這次聽到玻璃碎裂，民雄房間的窗戶玻璃也破了。一顆冒著白煙的催淚彈就掉在房間地板上。眼睛感到激烈刺痛，根本睜不開，也無法確認山屋裡究竟發生什麼狀況。民雄咬緊牙關忍著眼睛的疼痛，雙眼不斷流淚，但是淚水不足以洗掉眼中的催淚藥劑。

這下根本站不起來，走不了，也動不了。只能忍受著疼痛，慢慢撐過去。在一樓玄關附近的學生們好像也痛苦地爬了出去。

警察們大喊：

「壓制！」

「拖出來！」

過了十幾二十秒，外面傳來一陣急促的腳步聲，應該是戴著防毒面具的機動隊員攻堅到山屋裡了。民雄再過不久就會被警察以現行犯逮捕，罪名是聚眾持有凶器。

民雄的手銬被解開，前往偵訊室。

這裡是甲府市內的山梨縣警甲府警署二樓，這天，民雄與其他五十二名青年、學生一起，在阿花山莊遭到逮捕。所有人沒穿鞋就被拖到前院，用水沖洗眼睛之後，聽命穿上山屋的拖鞋，接著由四名機動隊員押解所有人走下林道，林道入口的善兵衛山屋前面停著機動隊的運輸車、護送車、指揮車、偵防車和巡邏車，總共超過二十輛，而且竟然還有地方電視臺的四輪傳動車。

民雄和另外十名青年被送上護送車，他和宮野搭乘不同車，護送車下山之後走國道四一一號，經過鹽山抵達甲府。眾人在甲府警察署下車，然後被帶入偵訊室。被逮捕的人員，分別拘留在山梨縣警的幾個轄區警署內。

小桌的那頭坐了一名年長的便衣刑警，民雄右手邊是個年輕刑警，靠牆邊站著。兩名刑警臉上沒有太多敵意與憎恨，反而顯得好奇，像把民雄看成了言行舉止過於突兀的人。

年長警探盯著民雄。

「姓名。」

民雄盯著警探反問：

「你是山梨縣警的探員嗎？」

對方皺起眉頭。

「為什麼這麼問？」

「我有話要說。」

民雄看了看右手邊的年輕刑警，那刑警也看著民雄，疑惑地偏著頭。

「我姓新井，山梨縣警警備課。」年長探員說：「你想說什麼？」

「警視廳公安部的人有來吧？能幫我聯絡一下嗎？」

「聯絡公安部？為什麼？」

「我是警視廳月島警署的巡查，安城民雄。」那是他正規的單位。「我奉警視廳公安部的命令臥底，請聯絡公安部的笠井班長。」

兩名刑警面面相覷。

年長的刑警又看看民雄，口氣上變得較為客氣：

「有什麼證明嗎？」

「笠井班長會替我證明。」

年輕刑警說：「我去叫人。」

五分鐘後身穿西裝的笠井走了進來，山梨縣警的兩名刑警致意之後離開偵訊室。

「辛苦你了。」笠井說，難得露出滿意的笑容。「我在善兵衛山屋前面就看到你了，但當時無法喊你。」

「我的消息送到了嗎？」

「有，收到了。本來不知道人數和武器，多虧有你的消息啊。」

「我拿走了他們的炸彈，藏在二樓後面的房間，應該找到了吧。」

「找到了，有鐵罐炸彈和鐵管炸彈，一共八顆，但還要進一步檢查才能確認。」

民雄突然感到非常疲憊，從他離開札幌以來就緊繃不已，現在終於解脫了。他長嘆了一口氣說：

「我解脫了吧？任務結束了吧？」

笠井微笑說：

「你立了大功啊，今天特別優待，讓你偷偷出去吃點好的。」

「什麼意思？」

「要你繼續演一陣子，你可是當著他們的面被逮捕，這下身價就更高了。你的身分可是附了一張金牌保證書啊。」

民雄聽懂了，但是他不想接受，又問：「意思是？」

「被舉發的人頭裡面只有兩個主要幹部，增子和山倉。他們還有更大的陰謀，機關還需要你的效力啊。」

民雄抗議：「我已經不行了，神經繃到極限了。我一直戴著面具，欺騙身邊的人，每天都說謊，讓我結束任務吧。」

「就快了，這可是警視總監獎喔，不對，中央長官表揚都有可能，我幫你推薦，你會拿到公安警察最高階的徽章喔。」

「我並不想當公安警察啊，我的夢想是像我爸那樣當個駐在警察。」

「如果你想調動去某個單位，就需要建功。再說這種任務，警視廳裡除了你還有誰行？」

「多得是。」

笠井口氣堅決，彷彿在說到此為止。

「沒有，就你一個。」

民雄再次確認：

「我這下會有被捕的前科吧？」

「這是你的動章。」

「我什麼時候可以當駐在警察？」

「只要時機一到，我全力推薦。」

笠井凝視著民雄的雙眼，似乎在問，你要拒絕這麼好的條件嗎？

「好吧。」民雄的口氣虛弱。「我會繼續執行任務。」

這天是昭和四十四年十一月五日，上午。

7

餐廳裡有幾扇窗是開著的，吹進了六月的高原微風。梅雨季即將開始，但這一天的高原晴空萬里，微風帶著點溼氣和涼意，掠過民雄的臉頰。

窗外庭院裡的樹木修剪整齊，一片翠綠，草坪的那一頭是落葉松林。風是從落葉松林那頭吹過來的。

民雄不自覺停下筷子，望著庭院發呆，他在今天之前曾經好好觀察過庭院呢？看起來有這麼賞心悅目嗎？

民雄喃喃自語，看來我緊繃的神經總算舒緩了。

他在輕井澤，警視廳的療養院[9]，民雄在兩星期之前獨自抵達後就這麼住了下來。他才剛完成一件大任務，這半年來他不斷接觸的團體，在二十天前的五月十九日遭到全面舉發。接下來三天，他將任務中的見聞盡數報告給長官，也就是公安部的笠井參事官。當時笠井擔心民雄的心理狀態，吩咐他去飯田橋的警察醫院就診，民雄去精神科接受專業醫師看診，診斷出罹患恐慌症。醫師要求民雄暫時卸下任務，慢慢療養。

笠井給了民雄新的指令，要他去輕井澤的警視廳療養院休養，直到下次看診為止。

---

9 供企業團體人員休養的設施。

民雄也覺得自己的心靈殘破不堪，於是心存感激地接受了指令。

兩星期一到，民雄就要離開療養院回到東京，再次找醫師看診。如果醫師說恐慌症已經痊癒，恢復到可以承受任務的壓力了，上面應該會再交代新任務下來。總之，他完成了這半年的特殊任務，若是被舉發逮捕的成員接受公審，他或許得去東京地方法院出庭當證人，但至少目前可以把任務拋在腦後。對，他要忘記，靠著療養院兩星期的休養，以及服用醫師開的藥物。

民雄心平氣和，兩星期的休養算是成功了。他很期待隔天出院，也並不抗拒去東京，因為他已經痊癒了。

民雄望著院子發呆的時候，旁邊有人喊他：

「安城哥，就到今天了是吧。」

這個聲音已經很耳熟了，是堀米順子，二十二歲，在這間療養院工作。她雙手正捧著放碗盤的餐盤。

民雄轉頭望向順子。

「對啊，明天出院。」

順子頭上包著毛巾，穿了一件藍色長圍裙，個頭小而靈活，是個努力工作的女孩。她有雙大眼睛和蘋果臉，總是笑臉迎人。順子從民雄第一天住進療養院起，就很關心民雄的胃口和喜好，有時候還會來向民雄收換洗衣物。民雄倒是拒絕順子收衣服去洗，而是問了怎麼用洗衣機，自己洗就好。

順子又問：

「之後會怎麼樣？可以馬上回去工作嗎？」

「不曉得，要看診斷結果。」

「也可能又回到這裡來囉？」

「難說喔，下次可能就要住進國分寺的警察醫院了。」

「我啊。」順子看向窗外，然後說：「明天放假，難得要去東京一趟。你要和我一起搭火車去東京嗎？」

順子的老家似乎在輕井澤車站附近，聽說她每天搭小巴士來療養院上班。

民雄猶豫片刻之後回答：

「我十一點要到飯田橋。」民雄要去飯田橋的警察醫院看診。「所以要搭很早的火車喔。」

「我也是打算搭早上八點的火車，我們在車站會合好嗎？」

「好。」

順子放心地微笑，離開民雄身邊。

民雄目送順子走回廚房。

這座療養院是警視廳的附設機關，只有警視廳的員工與家屬可以使用，院裡的員工也都基於這個前提來服務。民雄長期以來被迫隱瞞自己的職業與單位，有這種理所當然把他當警察對待的機構存在，令他感到安心。他深深感受到，不需要偽裝自己有多麼舒暢，多麼放心。他感覺自己能擺脫恐慌症了，並感謝笠井下了這道指令。

民雄又回頭看向窗外，尤其是那個叫順子的女孩，不僅可以輕鬆聊天，又不需要對她隱瞞身分，實在很開心。自從民雄就讀北大以來，幾乎沒有對任何人提起真實身分，尤其是女性。

由於他的任務與身分，他甚至還得騙自己的母親，說他上北大只是為了接受專門教育，以後好擔任蘇聯對策要員。如果母親得知他其實已經分發到警視廳月島警署，並以臥底警探的身分刺探激進派，一定會擔心得睡不著。

但是，順子一開始就接受了民雄的警察身分。不僅如此，順子似乎還猜到民雄的任務必須保密，就這點來說，民雄在順子面前可以毫不造作，或者說赤裸裸的。就算赤裸裸的也不會有危險，就是這樣的對待關係。

順子每天會來通知民雄吃三餐，民雄甚至覺得這是治癒他的最佳良藥。這座療養院裡約有十名女員工，順子帶給他最大的療效。

民雄望向托盤，然後繼續用餐。

星期一，順子出現在候車室，看起來比平時更精心打扮。平常綁在後腦杓的髮髻放了下來，頭髮稍微過肩，感覺化了妝。

她穿著T恤配木棉布裙，警視廳職員應該不被允許在職場上穿那麼短的裙子，但其實也沒短得太誇張，約落在膝上十公分吧。但是民雄只看過順子穿長褲，那一雙白嫩的膝蓋實在引人注目。

順子微微笑著走上前來。

「你吃過早餐了嗎？」

民雄坐在長凳上回答：

「嗯，提早吃了。」

「火車要搭很久，我做了一點便當，要在車上吃嗎？」

「嗯，可以啊。」

「我們去買個茶吧。」

「嗯。」

「你都在嗯呢。」

民雄不知道該怎麼回答，結果又來一次。

「嗯。」

「你剛開始連嗯都有點說不出口，我覺得你現在比當時更愛說話了。」

「嗯，我也覺得。」

兩人有一搭沒一搭的聊，就到了收票的時間。民雄提著波士頓包起身，正要走向收票口，卻不自覺回頭看，環顧候車室裡其他的乘客，以及車站大門外面往來的行人。順子小跑步跟上。

火車比想像中更擁擠，民雄兩人對坐在走道的兩邊，民雄坐著的時候也不斷回頭，確認其他乘客的長相。

兩人之間隔著走道，沒辦法聊些什麼，這對民雄來說反而方便。火車通過橫川之後，順子從側背包裡拿出便當袋，便當裡面裝了小飯糰、甜蛋皮、炸雞塊和醃菜。順子還準備了免洗筷，民雄不客氣地收下飯糰，順子說，這都是親手做的。

民雄默默吃完之後才突然想到，順子說便當是自己做的，當下他應該要表示佩服才對，還是要大讚美味呢？但又覺得這時才讚美，不免太刻意，便保持沉默。民雄偷偷瞥了順子一眼，順子的表情似乎有些沮喪。

車廂終於廣播即將抵達終點站，上野車站。

順子往走道靠過來，好像有什麼話想說，民雄盯著順子。

順子問：

「安城哥，看診結束之後有空嗎？」

「我想有，怎麼了？」

「如果你有空，希望能陪我一下。」順子接著說：「我對東京不太熟，安城哥是東京人吧？」

「可以啊。」民雄回答。「陪妳去哪？」

「如果能帶我去銀座或新宿逛逛，那就太好了。」

「我只熟上野一帶喔。」

「啊，動物園也不錯。」

「但我不曉得看診幾點結束。」

「既然十一點看診，應該不會到下午吧。」

「應該是。」

「我十二點到醫院去，在會客室等你。如果你還沒看完，我就在會客室繼續等。」

「順子是搭幾點的火車回去？」

「我請了連假，今天會住在高中同學家裡，所以到傍晚之前都有空。如果能帶我去逛街、看電影就太好了。」

「我對這些真的不太熟。」

「是嫌我麻煩嗎？」

「不是。」

「只要安城哥不麻煩就好。」

「我陪妳到傍晚。」

「動物園也不錯，我還沒看過熊貓呢。」

「我也沒有。」

火車換了軌道，車廂左右搖晃，兩人的身子碰在一起。

順子又微笑了。

「那我先去逛個街，十二點到飯田橋去。」

「妳可以慢慢來，還是我上午就陪妳去逛街？」

「那我陪你走到飯田橋吧。」

於是民雄和順子一起前往警察醫院。

診間空間不大，只有兩坪多一點，牆壁也不是純白，而是貼了淡淡暖色系的壁紙。醫師的辦公桌並非金屬桌，而是木桌。這樣的配置應該是特別為了精神科病患所準備，避免病患太過緊張。民雄多次來過這間醫院的其他門診診間，都是冷冷而不具溫度的裝潢。

男醫師約莫五十歲，微胖，頭髮稀疏，但臉色紅潤，戴著龜殼紋框的眼鏡。

民雄一坐在凳子上，醫師就微笑問了：

「如何？這兩個星期有好好休息嗎？」

民雄回答：

「還好有休息，胃口出來了，和人對話也沒那麼痛苦了。」

「睡眠品質呢？睡得好嗎？」

「還好，已經好幾天一覺到天亮了。」

「有在讀書嗎？現在讀得下去了嗎？」

「是，這個星期已經有辦法讀書了。」
「很多本？」
「對，像是俄羅斯戲曲、科幻小說之類的。」
「讀原文嗎？」
「不是，翻譯過的，讀了四本。」
醫師點頭。
「恢復得不錯喔。我想你的精神力本來就很強，表情看來和兩星期之前完全不同，情緒低落的狀況也改善很多，但是我們多觀察一陣子好了。」
民雄問：
「我可以回工作崗位了嗎？」
「要看什麼工作，這陣子最好待個壓力不大的崗位吧。」
「怎樣算是壓力大的崗位？」
「臥底。」醫師回答：「也不能應付黑道。這種病啊，一碰到強烈的壓力就會陷入暴怒或混亂。我不會說你一定會發作，但是將這個可能性考慮進去比較妥當。」
「不能臥底，也不能應付黑道嗎？」
「一旦碰到要掏槍的狀況，很容易出現暴怒或混亂的情緒，非常危險。」
民雄嘆了口氣。
「我希望當個駐在警察，這樣應該可以吧？」
「這就不好說了。」醫師說：「就你的狀況來看，我擔心要是恐慌症發作，反而會發生和暴怒、混亂截然相反的態度。」

「什麼意思？」

「情緒麻痺，對事物漠不關心，或喪失對幸福的感受。你之前出現過這樣的症狀。」

其實民雄很清楚，他覺得彷彿成了一棵凋零的枯樹，對什麼都沒興趣，對什麼都不心動。或許一開始就是故意麻痺自己的感覺，來承受臥底的恐懼，心想只要這可怕的任務結束，再去感受外界的刺激就好，但是這位醫師的診斷結果卻非如此，醫師明確地說，民雄罹患的恐慌症已經明顯慢性化了。

醫師接著說：

「當警察最怕的就是少了正常的恐懼感，連暴力和危險都不怕，一旦失去恐懼感，可能比暴怒或混亂更危險，甚至可能連自己的命都不要。」

這會是怎樣的狀況？執行何種任務需要擔心這種狀況？像是機動隊員迎上示威人士的汽油彈？民雄倒是沒想過自己會待在那樣的處境。

民雄盯著醫師，醫師解釋：

「這當然治得好，你別急，慢慢治療就好，不必太悲觀。」

此時民雄後面傳出敲門聲，醫師回答請進。

走進診間的正是公安部的笠井參事官，民雄一驚連忙從凳子上起身。

笠井看民雄要敬禮，作勢阻止後說：

「不必，你放輕鬆。看診結束了嗎？」

笠井今天一樣穿著筆挺的深藍色西裝，心情看來不錯。由於民雄的貢獻，總算全面舉發了在東京都內引爆炸彈的團體，該團體也犯下去年八月的三菱重工大樓爆炸案。笠井身為這件案子的負責人，想必心情大好。

笠井看著民雄的臉說：

「看起來好很多了，你臉上又有表情囉。」

醫師說：

「之前真的很危險啊，幸好沒有完全慢性化，再來只要靠心理療法就夠了。」

「心理療法？」

「就是心理諮商，每星期來這裡和專業諮商師聊一次。」

「在治療結束之前都不能工作？」

醫師請笠井坐上另一張空凳子。

「我正在寫診斷書，順便口頭向兩位解釋。」

笠井坐在民雄旁邊的凳子上。

醫師把剛才說給民雄聽的內容，又對笠井重複一次。

笠井全部聽過之後向醫師確認：

「有辦法回工作崗位嗎？」

「不行。」醫師一口否決。「就算再過一年，也最好不要再回到原本的崗位。」

「外事課[10]怎麼樣？」

「那有什麼差別？」

「巡邏呢？」

「如果能持續接受諮商的話。」

「真可惜，接著還要出庭呢。」

「一名優秀警官會變廢人喔。」

笠井瞪了醫師一眼，然後對民雄說：

「看來你是該功成身退了。」

民雄說：

「長官還記得答應我的事嗎？」

「當然。」

醫師要民雄在候診間等他寫完診斷書，民雄從凳子上起身，和笠井一起離開診間。

笠井把門帶上，此時診間裡傳來響亮的金屬碰撞聲，應該是醫師手滑，撞掉了文件架或筆筒之類的物品。

民雄突然間心跳加速，上半身同時做出反應，猛然轉身回頭，以致身體撞上走廊另一邊的牆。連他自己都無法控制這樣的反應，動作顯得有點滑稽。

民雄站穩之後，發現自己腋下猛冒汗。他的恐慌症還沒痊癒，兩星期之前醫師似乎說過，這叫做驚嚇反應，只要聽到剛才那種出乎意料的聲響就會發作。

民雄愧疚地看著笠井。

笠井露出同情的眼神注視著民雄說：

「你還得多休息一陣子啊。」

---

10 負責外國諜報工作的單位。

兩人在候診間的長凳上等著，沒多久護士從診間出來，拿了診斷書給笠井。

笠井看過診斷書之後，對民雄說：

「我啊，也不打算害你變成廢人。你就照醫生吩咐，先回月島警署去吧。」

「謝謝長官。」

終於，他終於等到這句話了。

民雄鬆了一大口氣，這才是他原本想走的路。

警視廳的警官從警察學校畢業之後，會先無條件分發到轄區警署的巡邏課，通常會先在派出所服勤一年，這叫做畢業分發。畢業分發結束之後，就參考當事人的期望與表現，分發到新的部門或轄區。

民雄先前破例提早畢業，名義上分發到月島警署，實際上卻是被派往警視廳公安部。他為了考大學而接受家教指導，還得上補習班，就讀北大之後更是從來沒去過月島警署一次。

民雄從北大畢業之後，曾經希望笠井能解除這個指派的職位，他想回去當普通的制服警察。但是民雄在昭和四十七（一九七二）年從北大畢業時，紅軍派的活動正值高峰，警視廳公安部非常需要紅軍派不會起疑的探員。民雄是北大畢業生，又曾經因為大菩薩嶺口的案子被捕，經歷可說是無比珍貴，所以民雄的期望沒有實現，又奉笠井之命回到東京，參加了支持左派運動的救援對策團體。民雄身為團體中的志工，持續接觸紅軍支援團體和公開運動人士。他表面上的工作是品川區聖島一家倉儲公司的臨時工，地點就在第六機動隊宿舍附近。當時住的公寓，則位在大田區的蒲田。

接下來三年，民雄一直偵蒐檯面下的紅軍派運動人士和支援團體，提供情報。這段期間，笠井也升上了公安部的參事官。

民雄每年照例向笠井申請調動，想回去當制服警察，但是紅軍派的活動從未停歇。一九七二年二月，部分紅軍派與其他組織聯手，引發了淺間山莊[11]事件。同年五月，紅軍派前往巴勒斯坦，引發特拉維夫機場掃射案。一九七三年七月，該團體劫持了杜拜的日航班機，團體名稱也逐漸定為日本紅軍。

在這種狀況下，笠井也很難判斷什麼時候該解除民雄的任務。一九七四年，民雄蒐集到的情報開始減少，品質也明顯降低。這有兩個可能，一個是紅軍已經開始懷疑民雄的身分，另一個是日本紅軍的活動完全「國際化」，因而情報不再流向日本國內的支援團體。

這時笠井對民雄提出建議，明年推薦民雄上警察大學，難得民雄學了一身好俄語，不如去外事課工作。

民雄一口回絕，說已經不想再當間諜了，希望回去當制服警察。

一九七四年八月，東京丸之內的三菱重工總部大樓正門口，有人引爆了一顆定時炸彈，造成八人死亡、三百多人受傷的慘案，公安部驚慌失措。一個月後，有個號稱東亞反日武裝戰線的團體宣稱犯案，這個團體先前從來沒有浮出檯面，笠井緊急成立團隊，要舉發這個東亞反日武裝戰線，民雄也被派到笠井的團隊裡。

民雄重新比對之前在紅軍派、日本紅軍支援團體活動中接觸過的人士，發現他曾接觸的一名運動人士，點名要攻擊三菱重工等日本民間企業。這人和民雄在札幌接觸，先前民雄因大菩薩關口事件被捕，獲得不起訴後回到札幌，後來運動人士示威抗議警方舉發逮人，有個補習班學生主動來找他。當時是一九七〇年一月，這個補習班學生在一九六九年秋天，多次於北大校舍內和民雄碰面，民雄也記得這人。

11　一九七二年二月十九日至二十八日，五名聯合紅軍成員脅持淺間山莊管理人妻子等人質事件，十天後警方攻堅，人質全數獲釋。

兩人曾經在咖啡廳聊天，補習班學生說，紅軍派主張組織軍隊發動武裝起義是迫切的課題，實在是可笑的方針。就算要發動武裝起義，也是以後的事，這時應該集中能量攻擊日本帝國主義及其尖兵。這學生說，帝國主義尖兵就是三菱重工等民間企業。民雄很感興趣，問清楚之後，就將補習班學生的姓名與聯絡方式報告給道警總部的井岡重治。井岡後來調查了這學生的身家，並建檔保存。

笠井吩咐民雄再次接觸這學生。民雄根據道警紀錄追蹤這名年輕人的下落，找出他的所在地。這人從東京私立大學畢業之後，就在東京都的民間企業工作，是個不起眼的上班族。

民雄假裝偶然與對方重逢，成功接觸。對方稱讀大學之後，沒有加入任何政治團體，連進了公司也沒有接觸任何左派活動，民雄一時感到失望，以為這條線是白忙一場。

但是民雄又和對方聊了第二次，那人提到了三井物產、大成建設、鹿島建設、帝人等民間企業。十月，三井物產遭炸彈攻擊，隔月是帝人中央研究所，十二月則是大成建設和鹿島建設的大樓發生爆炸。於是笠井團隊展開二十四小時的監控，並調查那人於一九六九年開始每一天的行蹤。沒多久，確定是激進團體東亞反日武裝戰線的成員。

三月，笠井對民雄說，雖然約定的時間到了，但是希望在這個團體落網之前，民雄能留下來繼續幫忙，再撐一兩個月就好。

就在三個星期前，笠井總算備齊證據，全面逮捕了該團體。警視廳公安部先前累積的情報和線民，完全無法分析這個團體的輪廓，而笠井利用民雄的情報舉發成功，再度提升了他在警視廳的評價。

民雄已經從警察學校畢業七年，連畢業分發都還沒服務完，如果他要回頭走警視廳警察的正規路線，時限也快到了。他必須先消化一年的派出所勤務，才能回歸正常的勤務體系，而且絕對不要照笠井的提議當個大學畢業組，進入外事課當探員。

這七年來，民雄當然還是會參與正規的警視廳組織活動。當了臥底警探，必須吸收臥底對象的世界觀與理念，不免會讓人懷疑效忠的對象。因此，民雄在這七年間，有四次派回第六機動隊當額外隊員，與機動隊員分享一樣的時間、空間與情緒，一起在宿舍吃飯睡覺，接受相同的訓練，和同僚並肩執行警備任務。這個過程是為了解除他對效忠對象的疑慮。

通常這麼做可以恢復警察的自覺，補強臥底所需的心理耐性，但是到了上次卻行不通了。他發現儘管自己當了兩星期的機動隊員，仍不足以重新確認自己是個警察。他的自我認知已經撕裂了，甚至擔心是否會像醫師說的那樣，變成一個廢人。

這麼說來，結論就很明顯了。

不行了，必須結束任務。

笠井深吸了一口氣，說：

「我明天就辦好手續。」

民雄確認清楚。

「我能去月島警署的派出所服勤了？」

「你現在哪還需要畢業分發的派出所勤務啊？就當服完了吧。我應該能安排。」

「沒有派出所服勤的經驗，就不能當制服警察了吧？」

「跳過這一段慢慢學就好啦。」

「這樣我會常常犯錯。」

「沒那種事。」笠井口氣突然一轉：「我再確認最後一次，警察大學也是一條不錯的路，你只要繼續接受治療就好了。」

「醫生不是說不行嗎？」
「病總有治好的一天，但是天分改不了。」
「我不適合去外事課或是當公安刑警。」
「你立了很多功勞。」
「所以才傷痕累累吧。」
笠井輕嘆了一口氣。
「月島警署的單身宿舍，應該有保留你的房間，你隨時可以回單位。」
「是穿制服執行的任務對吧。」
「應該是，要看人事課和署長決定。總之，這週我就會解除你的臥底任務。」
「謝謝長官。」
「等等要一起吃午餐嗎？」
民雄猶豫了一下。
「抱歉，已經和人有約了。」
笠井看上去沒有很失望，應該也只是隨口問問。東亞反日武裝戰線的人還在接受偵訊，笠井可能巴不得馬上趕回總廳。
笠井把診斷書收進胸前口袋，起身說：
「對了，國際警察通知我。」
民雄抬頭看著笠井，等他繼續說：
「三月，在瑞典抓到兩個日本紅軍的成員，你記得嗎？」

「記得。」

「當時溜掉了一個，現在查明身分，叫做宮野俊樹。」

宮野俊樹，民雄在北大的同學，原本政治意識並不強，但是參加了紅軍派的軍事外宿，和民雄等人一起在大菩薩嶺口被逮捕。當時有五十三人被捕，宮野、民雄和其他高中生等多數參與者獲得不起訴。後來民雄親自監視宮野，可惜宮野沒向民雄說一聲，就在一九七二年二月離開札幌。

宮野果然出了國，去和巴勒斯坦的團體會合。

民雄想起宮野的女友，守谷久美子。在那畢業典禮將近的冬夜，久美子哽咽著跑到民雄的住處，說宮野失蹤了，什麼都沒說就從她面前消失了。

民雄沉默，笠井又說：

「真是辛苦你了。」

笠井轉身背對民雄，打開候診室的門走出去。

民雄想知道時間，一看牆上的時鐘，已經十二點十分了。

堀米順子坐在一樓大候診室角落的長凳上。

她看到民雄走來，背起側肩包起身問：

「怎麼樣？」

民雄指著大門口繼續走。

「好很多了，每星期回診一次就好。」

「每星期一次？從療養院過去嗎？」

「不是，我要回月島警署當制服警察。」

「什麼時候開始？」

「下星期開始。」

「所以這星期放假囉。」

「今天已經沒事了。」

「今天請陪我到底吧。」

「嗯。」

兩人走出大門來到馬路，民雄不自覺左右張望，確認是否有認識的人或盯著他的人。

民雄一邊確認一邊問順子：

「要去哪？」

「新宿呢？太遠？」

「一班車就到，去新宿做什麼？」

「看電影，能不能順便陪我逛街？」

「什麼電影？」

「《美國風情畫》，要是哪間戲院有上映就好了，我去年沒看到。」

「還有呢？」

「《東方快車謀殺案》？克莉絲蒂原作改編的喔。」

「這也不錯。」

順子突然繞到民雄面前，直盯著民雄。

「哎，安城哥是怎麼了？是看上誰了嗎？」

民雄這才回過神。

「沒有。」民雄盯著順子的臉急忙搖頭。「沒在看誰，這是老毛病了。」

此時三名護士走過民雄的眼角，順子似乎以為民雄在看她們。

順子顯得有些不甘心。

「那就好。」

兩人到了新宿的電影院街，看看有哪些院線電影以及上映時間。雙片電影院[12]正在放映《美國風情畫》，但是順子說新片電影院的座位比較舒服，建議去看《東方快車謀殺案》。民雄也同意了。

離放映還有一點時間，兩人決定去吃午餐，就到電影院街附近的速食店填飽肚子。這是最近迅速流行起來的美式速食店，民雄還是第一次來這種餐廳，吃完之後電影也要上映了。

兩人走進一間面向廣場的電影院，觀看這部推理電影，民雄很快就解開了電影中的謎團，解謎之後開始研究偵探角色的問訊技巧，以及凶手們犯案的理由。

電影播映結束，兩人走出電影院，天色還很亮。仔細想想，已經快到夏至了，這是一年裡白天最長的時期。

民雄在電影院外東張西望，然後問順子：

「妳不用去找朋友嗎？」

12 連續播放兩部電影的電影院。

順子笑說：

「現在還早呢，可以再陪我一下嗎？」

民雄照順子的要求陪同逛街，順子在可以分期付款的百貨公司購完物，太陽總算要下山了。

民雄問：

「會熱嗎？」

「有點悶。」順子提著百貨公司的紙袋說。

「想不想喝啤酒？」

「我幾乎不喝酒的，安城哥會喝酒？你在療養院都沒有喝吧。」

那是因為醫師禁止喝酒，酒精是恐慌症發作的原因之一，醫師說恐慌症痊癒之前要少喝酒。民雄知道自己私底下酒品可說非常差，他絕對不算是會喝酒的人。

但如果說酒品不好是恐慌症的症狀之一，今天應該可以喝得很舒暢。因為已經沒有喝到爛醉如泥的理由了。

民雄說：

「護欄旁邊的巷子裡喝酒便宜，我們去那裡。」

這間巷子裡的居酒屋，路邊的玻璃拉門全部拉開，從外頭就能看見店內的擺設。店內格局很複雜，像是把幾間房間打通而成，到處都是柱子，十二、三張桌子隔著柱子擺放，連桌子的款式都不太一樣，似乎是從舊貨攤買來的，連桌邊的椅子款式都五花八門。

已經晚上七點了，居酒屋裡約有十個看似上班族的客人，男店員大概也有十人。有一桌坐著一群戴鴨舌帽的老先生，還帶著兩個像要去上班的酒女。

民雄兩人被帶到居酒屋後面的兩人座，民雄坐在裡側，順子坐民雄對面。民雄點了一瓶啤酒，又從牆上菜單點了五道小菜，這裡的小菜都是下酒菜，療養院的菜單上可沒列出這些。

啤酒送上來之後，順子替民雄斟酒，接著也打算替自己斟酒，但被民雄阻止。

「良家婦女不能自己倒酒喝。」

順子呵呵笑著。

「安城哥說話還真老氣啊。」

「會嗎？」

或許吧。在居酒屋喝酒的規矩，是向那些「沒有血緣的大伯」學的。民雄大學畢業之後回到東京，上面吩咐沒必要的時候不該接觸其他警察，但是他每年都會和世伯們見上幾面。他已經不是高中生，見面時都會喝酒，記得也是之前和世伯們喝酒的時候，是香取茂一還是誰說了剛才那句話？當時似乎是香取碰巧帶了手下的女警一起來喝酒。

兩人聊起電影，聊著喜歡的演員，然後聊到興趣，聊到家人。這時第二瓶啤酒差不多也喝完了。

順子的老家是輕井澤車站附近的燃料店，她是長女，有一個弟弟和一個妹妹。

弟弟十八歲，說高中畢業後想去當警察。

「原因很單純。」順子說，臉紅紅的，或許是因為啤酒。「他看到警察在淺間山莊事件裡很威風，才說想當。你覺得呢？」

民雄問：

「是指長野縣警嗎？」

此時民雄瞥見順子身後來了新的客人，一個看似學生的長髮男子，一個三十歲左右的男子，像是老師。兩人散發著左派運動人士的氣場。

民雄和那名男老師對上眼，突然感覺芒刺在背。

是誰？我應該認識他，而他也認識我，他的表情就是認識我。他是誰？

那兩人被帶到離民雄最遠的一張桌子，兩人才就坐，又換年輕的男學生和民雄對上眼。

民雄這次感到更強烈的戰慄。

這兩人認識他，他自己沒有印象，但對方認識他，知道他是什麼人。對方究竟是誰？

順子繼續說：

「所以我說，用這種隨便的理由想當警察，最後一定撐不下去啦。不能用威不威風去選工作。」

看來那兩人正在閒聊，但男學生緊盯著我瞧，男老師也正好轉頭，像是在看牆上的菜單，但應該是在確認我的長相。

「安城哥。」順子說。

「咦？」民雄連忙望向順子。

「怎麼了嗎？你的臉色很差呢。」

「這樣啊。」

民雄頓了一下，才對順子說：

「我們走，去別家店。」

「這麼快？」

「嗯，有點靜不下心。」

民雄不等順子回應，就對剛好經過的女店員說，買單。

那兩名男客人還是輪流往民雄看，眼神感覺沒有敵意，但是兩人肯定有些疑慮。也就是說，那兩人知道我在社會上打的是什麼名號。

店員當場算出酒菜錢，民雄坐在椅子上付了錢，店員先走回櫃檯，很快就找了零錢回來。

民雄起身，避開兩個男客人的眼神往店門口走去，順子也急忙拿起包包跟上。

兩人一走出巷子，民雄就回頭。巷子人來人往，沒辦法看得很遠。民雄擔心那兩人也走出居酒屋，結果並沒有看到。是真的沒有走出來，還是民雄沒看到？不曉得，總之得快點甩掉那兩人。

眼前路口的號誌燈轉綠燈了。

「這邊。」民雄對順子說，就走上斑馬線。

走過路口之後，民雄又確認一次，這時大批行人正經過斑馬線，裡面沒看到剛才那兩個男人，但還是小心為上。

順子憂心地看著民雄，民雄對她使了個眼色，迅速沿人行道走開。

沿路走了約五十公尺，旁邊有個號誌燈轉綠，民雄快速走過馬路，順子也默默跟上。

過馬路之後又回頭確認，這下民雄糊塗了，路上每個男的，看上去都像剛才那兩人。

「安城哥，你怎麼了？」

民雄搖搖頭，沿著人行道左側走，這方向會走回剛才那條巷子。

民雄快速瀏覽右手邊的酒館招牌，他不要剛才那種門戶大開的格局，最好是從路上看不進來的小店。

他找到一家居酒屋，格調看來比巷子裡其他酒館高級，正好有三個穿襯衫打領帶的中年男子從裡面出來，民雄立刻快步走入。一進門，一名年輕女子迎上前說歡迎光臨。這裡的裝潢比前一家來得精緻，消費應該不低。但是民雄只能接受，反正這兩個星期沒花什麼錢，手頭還算寬裕。

後面有個吧檯，吧檯前兩邊各有五張桌子，民雄掃過酒客們的臉，一半的座位上有人。民雄走向離門口最近的桌子，坐了下來。年輕的女店員走來，民雄點了一瓶啤酒，但菜單上沒有瓶裝啤酒，而是生啤酒，所以他改點兩杯啤酒。

順子在民雄對面坐下。

「安城哥，你還好嗎？你的臉色真的很……」

「別擔心。」民雄說：「我的任務就是這樣。」

「你注意到哪些人？」

「不曉得，他們有跟過來吧？」

「跟過來？」順子搖搖頭。「我沒看到。」

「算了，我得設法靜一靜，讓我吃點東西。」

店員送上兩只啤酒杯，民雄立刻舉杯，一口氣就灌了三分之一。

民雄把啤酒杯放在桌上的同時，發現裡面有個坐吧檯的酒客突然別過頭去。這個男客看上去要四十多歲，穿白襯衫捲起袖子，短髮，手臂相當粗壯。

是誰呢？我認識嗎？

順子故作開朗地說：

「一定是因為你空腹喝酒。多吃點吧。」

「妳盡量點，我請客。」

「那怎麼行？」

「妳跟我一起，應該沒打算各付各的吧。」

「我就是要付自己的啊，我也有在工作。」

民雄又發現那男人從順子身後看過來，嘴角露出冷笑。

是誰？

民雄又喝了一口啤酒，心想男人比自己更早進來，不是跟蹤來的。經驗告訴他，這八成只是巧合，可是這情況根本不需要考慮巧合。民雄不認識男人，男人也和他沒什麼關係，不可能的，就邏輯來說也不可能。

順子也喝起啤酒，盯著民雄。好像在說，什麼都別想了，看著我就好。

順子整張臉泛起淡淡的粉紅色。

真漂亮，我說過嗎？

民雄盯著順子的雙眼說：

「好漂亮啊。」

順子噗哧一笑。

「安城哥是怎麼了？突然講這個。」

「因為我就這麼想。」

「是不是酒喝多了，眼睛也花了？」

「我想是吧。」

「過分。」

「不，不是那個意思。」

「來不及了。」

吧檯邊的男人又往這裡看，不會錯，他是在看我。他是不是也在拚命回想我究竟是誰？

女店員來了，這次換順子看菜單點菜，在前一家居酒屋已經吃了點東西，所以她只點了一些小碟配菜。沒多久，小菜送了上來，民雄也暫時忘記吧檯邊的男人。

民雄喝完了第二杯啤酒，突然有個念頭。

男人是不是公安的探員？

那個氣質，那個體格，那個眼神，怎麼看都是公安探員。不會錯，我的直覺告訴我，他就是公安的刑警。

順子擔心地看著民雄，挺身湊上前，想引起他的注意力。

「安城哥，你到底怎麼了？有點不對勁。」

民雄眨眨眼，低聲對順子說：

「那裡有個公安，公安的刑警。」

順子想回頭，但是民雄攔住她。

「別看，裝作不知道。」

順子疑惑地偏了偏頭。

「公安怎麼會在這裡？不對，就算真的是公安刑警，他在這裡有什麼不行？」

「因為……」

民雄正要回答，突然語塞。他之所以害怕公安的探員，應該有個原因，但是他想不起來。

我已經確定那傢伙是公安的刑警，這應該不必解釋，他就是公安刑警，所以我就是知道他是公安刑警。難道順子不懂我為什麼害怕公安刑警嗎？這很簡單啊，因為，我就是……

民雄想不出接下來要說什麼，因為，我就是什麼？

此時女店員經過。

民雄攔住她。

「吧檯那男人是公安吧？」

女店員瞪大眼睛。

「嗄？」

「就他啊，是公安的刑警吧？」

「不知道。」

女店員不悅地走開。

順子說：

「安城哥，你喝多了，我們該走了。」

「不行，我得去找他談。」

「談什麼？」

「問他為什麼要跟蹤我。」

「他沒有跟蹤你啊。」

「就是有！所以他才會在這裡！」

民雄嗓門大了起來，女店員又走過來。

順子急忙對店員說：「麻煩結帳。」

「我話還沒說完。」

「安城哥，你醉了，我送你，你要回哪裡？」

「我沒醉。」

只見吧檯的男人整個人轉過來，注視著民雄。

如果他要抓我，就只能逃了，我可沒那麼容易被抓。

民雄站起身，手一揮，把桌上的碟子撞落地面。碟子碎裂的聲音引得其他客人都往這邊瞧。

民雄這才發現，店裡所有客人不都是公安嗎？

順子拉著民雄的手臂，要把他帶出門。

「安城哥，你等等，我馬上結帳，我們走了。」

民雄甩開順子，心想少管閒事，但是絆到了腳，反而跌在順子身上。順子順勢抱住民雄的腰，用小小的個子撐住民雄，才勉強站穩。

下一秒，民雄腦袋一片空白。

民雄醒來的時候，人趴在床上，臉似乎埋在枕頭裡。

我在哪？

民雄眨了眨眼，等待意識清醒過來。他看到昏黃的燈光下，有個女人的身影，女人正坐在床邊看著他。是順子。

這是哪裡？

民雄緩緩轉身，抬起頭四處張望，好像是飯店，有兩張床的雙人房，他正穿著內衣躺在一張床上，蓋著的毯子皺得亂七八糟，看來他的睡相很糟。

順子小聲說：

「繼續睡吧，別勉強起來了。」

民雄問：「這是哪裡？」

「你不記得了？」

「新宿嗎？」

「半藏門，警視廳的互助會館[13]，是安城哥打的電話啊。」

也就是說，我把順子帶來旅館了？順子的打扮和今天早上一樣，白T恤配木棉短裙，並沒有換上睡衣。

「幾點了？」民雄問。

順子看向床頭桌的時鐘回答：

「一點鐘，你大概睡了三小時，而且一直呻吟呢。」

「我一直呻吟？」

「對啊，好像做了可怕的噩夢。」

應該是做了噩夢，好痛苦，心頭滿滿的鬱悶，這一覺睡得完全算不上舒服。

13 機關團體人員與家屬使用的飯店類設施。

民雄環顧整個房間，又問順子：

「我到底怎麼了？」

「記得嗎？你因為貧血暈倒了。暈倒前還一直大喊，說店裡有公安刑警。」

「應該是吧？」

「那人好像不是。」

「是嗎？店裡所有的客人都不是公安？」

順子同情地盯著民雄。

「你真的是喝醉了，我還沒看過醉成那樣的人。很多警察會來療養院，但我還是第一次看到有人喝醉後變化那麼大。」

「妳說這裡是互助會館？」

「對，三樓的房間。」

民雄猛然跳下床，順子輕輕別過頭，視線避開了穿著內衣褲的民雄。

民雄沒管太多，走到窗邊，撥開窗簾一道縫往外看。這不曉得是哪裡，外面的街道黯淡無光，有汽車往來卻不見行人。如果順子說得沒錯，這裡是警視廳的互助會館，那就是半藏門了？

民雄離開窗邊走向門口，門內側安裝了防盜鍊，但是沒有扣上。這下子任何人都可以拿主鑰匙隨時開門進來。民雄扣上防盜鍊，轉動門把，多虧有防盜鍊，門只能打開五公分。

他發現身上的內衣已經溼透，看來昏睡時流了滿身汗。

床邊的桌上放著一套日本浴衣，民雄迅速脫下內衣換上浴衣，順子在這段期間一直盯著床頭桌。

民雄綁好浴衣腰帶之後坐上床，把腳伸進毯子裡。

順子盯著民雄，一臉迷惘，像在問她待在這裡還要做些什麼？能不能給她一些指示？

民雄盯著順子。

「能不能來我旁邊？我想要妳在身邊。」

順子微微低下頭，然後輕輕點頭。

這次民雄醒來，天已經亮了，從窗簾縫隙看得見外面是晴天，再看看時鐘，清晨四點二十分。這是一年之中最早天亮的季節，這時候天亮也是理所當然。

順子躺在民雄的右手臂上睡得香甜，順子的腿緊貼著民雄的腿，毯子底下可見順子白皙的肩頭。民雄輕輕掀起毯子。

順子睜開眼。

發現民雄正注視著她，順子微笑說：

「你一直在看我嗎？」

民雄搖頭。

「我也剛醒。」

「酒醒了嗎？」

「還在醉，我喝了那麼多嗎？」

「兩瓶啤酒，兩大杯生啤酒。」

「還真不少，讓妳困擾了。」

「沒關係，只是……」

「只是？」

「沒事。」順子更貼緊了民雄，她的胸口壓著民雄的胸膛。「都沒事了。」

民雄雙手抱緊順子，突然冒出一股念頭，像是突如其來的衝動。

民雄貼近順子的臉，吻了她的左右眼皮，然後說：

「順子小姐，我問妳。」

「什麼？」

「妳能不能陪著我？就像這樣，一直陪在我身邊。」

民雄口氣顯得無助。

順子眼中亮起光芒，同時雙頰泛紅。

「可以啊，你願意嗎？」

「嗯。」

「如果是因為喝醉了，也可以反悔喔。」

「我是醉了，但是很認真。」

「我真的會一直陪著你喔。」

「陪著我吧。」

順子微笑。

民雄心想，只要有這個微笑撐著，應該可以擺脫慢性恐慌，擺脫驚恐、失眠與噩夢。他能夠治好恐慌症，變回一個心理健康的警察，找回身心如一的自己。只要有這微笑，他就能回歸正常社會。

民雄再次抱緊了順子。

8

安城民雄在巢鴨警察署警務股的座位上辦公，突然抬起頭來。

一名女職員說副署長叫他。

看向牆上的時鐘，下午兩點五十分。民雄下午一直在處理拘留室改裝的相關文件，沒有休息，現在正好告一段落。

民雄穿上制服上衣，打好領帶，前往副署長的座位。副署長的座位也在同一層，就是後方署長室的旁邊，位置對一些警務股的人來說是死角。

副署長東野坐在座位上，手拿文件夾，似乎是送來了通知書。

民雄來到座位前，東野抬起頭，指著旁邊的待客沙發。

「這邊坐。」

民雄在沙發坐下，東野拿出菸盒，坐到民雄對面。看東野的表情應該不是好消息。

東野頭髮斑白，平頭，高顴骨，眼神就像熱愛將棋或圍棋的高手。可想而知他在警視廳裡應該經過不少大風大浪，現任的巢鴨警署署長怎麼看都是公子哥兒，手下就要有東野這種人效力。

東野直直盯著民雄。

「就那件事。」

說的應該是民雄希望調單位的事，民雄兩個月前找副署長談過，想要調下一個單位。

「我先說結論，你今年不會調單位，沒辦法照你要求的調去城東轄區的巡邏課。」

是這樣的結果啊。

民雄分發到巢鴨警署的警務股已經三年，他原以為可以調單位了，可惜還是不行。

民雄問：

「方便問原因嗎？」

東野點頭。

「原因就是恐慌症。去年的診斷書上，還是提到你應該避開工作壓力大的崗位。」

「診斷書上應該沒有寫不適合巡邏課？」

「巡邏課也是壓力很大的單位，可不像在這裡寫公文啊。」

「看來這是總廳警務的判斷。」

「警務難得來問你適不適合巡邏的工作，不愧是得過兩次警視總監獎的名警察，警務才會破例來關心。」

想必這是現任公安部長笠井特別交代下來。笠井遵守承諾，努力在警視廳裡遊說，想完成民雄的心願。

民雄問：

「您回答可以嗎？」

「不。」東野斬釘截鐵。「我回答不行。」

「不行嗎？」

「對，我看你的抗壓性很低，容易激動，喝酒常喝過頭，也不懂得和人交際。你也有自覺吧？就連現在警務股的文書工作都會讓你感到壓力。」

「這是因為一直在警務股做文書工作，才會有壓力。」

「這可是人人欣羨的崗位啊，不用值夜班，也不用出外勤，星期天還能陪家人。」

「我想當巡邏課的警察。」

「你有要求可以提出，但這裡畢竟是組織，組織會判斷你適不適合，而你必須服從。」

聽來就是這件事情到此為止。

東野抽出一根菸，以打火機點火後說了。

「我和人事課的承辦人聊過，如果你想去外事課當俄語翻譯，或者去警察大學的資料室，肯定三兩下就過關。你好歹受過高等教育，有這種崗位可以一展長才，不是很好？」

結果又說到了這件事。

民雄趁東野不注意嘆了口氣，他打死都不想走這條路。

東野往正前方吐了一口菸，白煙籠罩了民雄的臉，意思是民雄可以離開了。

「謝謝長官。」

民雄行禮之後離開。

既然組織有了結論，他也只能打退堂鼓，死纏爛打沒意義，只會讓副署長的印象更差，而且下次調動時期也只會被當成燙手山芋，被丟去自己最不喜歡的部門，處罰他頂撞上司。

民雄更不希望發生這種事。

回座位之前，民雄去了一趟廁所，洗手時抬起頭，發現眼前有個看什麼都不順眼的男人正瞪著他，就是三十六歲的自己。

從就讀警察學校起已經過了十八年，他暫時分發到月島警署，然後被派遣到公安部服勤七年，派遣結束之後又當了十年的制服警官。這十年的制服警官生涯中，首先在月島警署接受遲來的畢業分發，但只待了六個月就轉調派出所勤務。接著分發到駒込警察署的交通課，負責處理駕照、發行車庫證明，就這樣過了六年。三年前轉調到巢鴨警署的警務課，負責辦理署員福利和總務工作。

扣掉派出所勤務和剛分發後的巡邏課待命時期，民雄老是被分發到自己不想去的單位。他想當個和父親一樣的警察，但父親是融入當地的駐在警官，而非公安的臥底探員，不是車庫證明辦理員，更不是總務人員。先不提公安刑警，另外兩個單位對警察組織來說確實不可或缺，一定要有人來處理這些工作。然而這些都是警視廳的警察輪流養老的職缺，立志當警察的人坐這種位子可不會開心。

三十六歲。

民雄看著鏡中的自己，心想。

記得父親清二當上天王寺駐在所駐在警官的時候，比現在的他還年輕一兩歲，如果他是為了追隨父親而成為警視廳的警察，這個年紀也應該要追上了。

民雄從鏡中看到一個同僚走進來，連忙關上水龍頭，掏出手帕離開洗手臺。

這天，民雄在都營地下鐵三田線的車廂裡和一名男子對上眼，突然心頭一驚。他現在和人對上眼還是忍不住心跳加速，只是不如以前嚴重了。

民雄才在想男人是誰，下一秒就察覺是警察，因為氣質一樣。

既然搭的是三田線，可能是住在高島平的警視廳宿舍，這樣的話不僅是同事，還是鄰居。這男子臉色紅潤，五官精悍，短髮，比民雄約莫大個三歲，和民雄一樣穿著早春常見的薄料大衣。

現在的警視廳警察已經改穿便服上下班了，不再像父親那樣得穿制服通勤，也不用把手槍帶回家保管，都是到了單位才去置物櫃換裝，不過警察還是能嗅出其他警察的氣味，即使穿著便服也一樣。

民雄在高島平車站下車之後，那男人在月臺上走向他。

「不好意思，是安城兄嗎？」

民雄停下腳步看向對方，是同期嗎？

「我是。」民雄回答：「你是……」

下車的乘客們默默地走向樓梯，步伐一致。民雄怕擋路，往旁邊退了一步。

「我姓工藤。」對方也停下腳步報上名號。「王子警署交通課，上個月搬進警察宿舍。」

「我在巢鴨警署警務課，我們在哪裡見過嗎？」

「或許安城兄不知道，我小時候就住在谷中一帶，對那裡熟得很。我在警察宿舍名冊裡看到了安城兄的名字，想說應該是天王寺駐在所的安城一家。」

「你竟然記得我的名字和長相啊。」

「我看過鄰居喊你們家的名字，你和過去天王寺駐在所的安城先生有關係嗎？」

「家父曾經在天王寺駐在所服勤，可惜時間不長。」

「他是在五重塔失火那天過世的吧。」

「是啊。」民雄很驚訝，這個姓工藤的警察竟然知道這麼多。「他摔落在國鐵的軌道上死了。」

「警方不承認他是殉職吧。」

「你知道的真清楚。」

「伯父好幾次把我罵得狗血淋頭。我以前交上了壞朋友，差點走上歧途，還好伯父罵了我，我才清醒過來。」

「你說你姓工藤？」

「對，我被罵過之後就很在意安城伯父，畢竟伯父過世的前一天才剛罵過我呢。」

民雄突然想起那天，駐在所旁邊的天王寺五重塔失火，父親在那場混亂中失蹤。到了天亮時分，五重塔燒到崩塌之後，接著傳來父親的屍體被發現的消息。

前一天，民雄確實在駐在所裡看到父親痛罵一名不斷扒竊的中學生，還有中學生的父親，態度是前所未有的激動。民雄的父親清二怒斥中學生的父親，結果中學生撲向清二，清二一腳反將中學生掃倒在地。中學生的父親原本還漫不經心，但是看到兒子倒地之後，頓時挺身護兒，真誠懺悔自己未負起責任，請清二原諒失足的兒子。

民雄當時將紙門拉開一條縫，目睹駐在所裡的激烈爭執。他和清二對上眼，清二發現民雄的眼神似乎有些慚愧。民雄這才知道，父親的怒火是在演戲，或許是因為演戲而感到慚愧，也或許認為不該讓年幼的孩子看到這一幕。

當時的中學生已經當上警察了。

月臺上人潮散去，民雄往收票口走去，工藤也跟在旁邊。

「我是因為安城伯父才想當警察，反正繼承老爸的石匠生意不好玩，才想找一份威風的工作。」

「警察很威風嗎？」

「伯父真的很威風。安城兄也很仰慕伯父吧？」

「是啊。」

「我現在還在交通課，但我的夢想是像伯父一樣去駐在所服勤，而且不是地方城市或小笠原，要在二十三區裡。」

「現在地方少了。」

「我的第一志願就是天王寺駐在所。」

走過高島平車站的收票口時，工藤真誠說了。

「要不要喝一杯？就當我歡迎新鄰居吧。」

民雄把定期票收進大衣口袋，對工藤說：

「抱歉，我還得幫家裡買些東西。」

「這樣啊，那改天一定要喝一杯。」

「好。」

工藤揮揮手，往警察宿舍走去。

民雄東張西望，尋找接下來該去的地方，他突然非常想喝酒，而且要一個人喝。

民雄是警察，高島平站附近沒有幾家店能讓他隨便進去喝酒。等眼前的號誌燈轉綠燈，他往某間居酒屋走去。

父親過世前一天，因扒竊被父親教訓的男孩現在成了警察。民雄遇到工藤，喚醒許多記憶深處的光景。

那天民雄是第一次見到如此激動的父親，甚至上演一齣誇張的戲碼，父親處世的智慧震撼了八歲的民雄。當天晚上，民雄莫名興奮，怎麼也睡不著。

隔天天還沒亮，父親已經穿好制服，奮力指揮駐在所旁邊天王寺五重塔的滅火工作。圍觀群眾愈來愈多，消防隊和支援警察也趕到，父親在火場裡東奔西跑，高聲指揮。然而不知不覺間父親從火災現場消失了。母親還一頭霧水，父親的長官隨即氣沖沖地趕到，就在五重塔崩垮的那一刻，有人發現了父親的屍體。

父親是自殺的，大家委婉地這麼說，認為父親是為了駐在所旁失火負起責任，才從芋坂的鐵路天橋跳橋自殺。放棄職務，放棄現場，父親幹下警察最可恥的行徑後自殺，因而父親即使穿著制服而死，卻不被認定殉職，葬禮也不是警察葬。只有幾位「沒有血緣的大伯」穿著警視廳的制服，來參加冷清的告別式。

民雄走進熟悉又廉價的居酒屋，看了看裡面的酒客，沒有同住在警察宿舍裡的警官，也沒有可疑人物。民雄一屁股坐上櫃檯的空位，點了加水燒酒。

喝完第二杯，塵封的記憶浮現。

民雄從來沒對任何人說過，他志願當警察最大的理由，就是當上警察後獨力調查父親死亡的真相。當然，這已經是二十八年前的事了，就算父親不是自殺，不是意外，而是他殺，追訴期也過了。就算找到凶手，法律上也不能採取任何實質行動。

但民雄想知道真相。父親真的是會自殺的人嗎？真的是會放棄駐在警官職責的人嗎？父親在他八歲的時候死去，他還沒能了解父親的個性、父親的信念、父親的原則，父親就走了。他想更了解父親是個怎樣的人，是個怎樣的警察。

再來是死亡的真相。或許父親不是自殺，而是出自某個原因摔下芋坂鐵路的天橋？若是意外就罷了，不對，就算是自殺也好，只要有個像水一樣清澈的真相，他就能夠接受。

民雄不就是為了找出真相才志願當警察嗎？

民雄脫口而出：

「搞什麼……」他嗤笑一聲，又說，「繞了這麼遠的路？」

坐在右手邊櫃檯座的中年男子一臉不悅地瞪著民雄，這人身穿灰色工作服，表情像在說，對我有意見嗎？

民雄搖搖頭。

「我說我自己。」

男子說：

「還以為你要找碴。」

民雄瞥見櫃檯裡的女店員，表情陰鬱，似乎擔心酒客起爭執。

民雄起身。

「麻煩結帳。」

想到自己的壞習慣，現在就離開比較明智。

女店員收下了民雄的鈔票說：

「搖搖晃晃的，走路危險，附近搶匪很多呢。」

我可是警察。民雄本來想這麼說，但勉強忍住。在這種地方報上身分，連剛才的酒客都會聽到，實在不像樣。

民雄說：

「我是男人，也沒帶皮包。」

女店員冷冷地應聲：

「搶匪可是會從背後狠狠攻擊喔。」

那就有意思了。

民雄接過零錢，離開居酒屋。

回過神來，民雄看到了兒子和也的眼神。

妻子順子蜷縮在客廳牆角，雙手摀著臉想躲開民雄。兒子和也站在順子身邊瞪著民雄，眼神帶著憐憫與憎恨。

又搞砸了。

民雄頓時感到非常愧疚，想不到自己又在兒子面前打了妻子……

民雄酒醒得很快，腦筋也清楚了。他曾經發誓再也不動手，結果不到一年又親手毀了這個約定。民雄才一回家又喝起了啤酒，根本不記得何時喝過頭。他在居酒屋裡沒有惹麻煩，乖乖回家。他很清楚今天腦中想的都是過去的事，這時他會變得緊張，不對，用醫師診斷的說法，他會過度警覺，以致出現驚嚇的反應。也就是突然暴怒。

他喝酒的時候應該要很小心才對……

妻子順子還是縮著不動，民雄感覺自己手背有點疼，看來剛才打得並不輕。警視廳的警官會學柔道與逮捕術，更別說他在警官裡個頭還算大，順子臉上挨打的力道肯定非同小可。

抱歉。民雄在心中道歉，想走到順子身邊，但才踏出一步，和也就衝上前抱住民雄的腰。

「不要！不要打媽媽！」

和也口氣非常激動。

民雄想拉開今年才滿八歲的兒子，但兒子抱得更緊，緊抓住民雄的睡衣不肯放手。

民雄對和也說：

「不會，我不會再打媽媽了。」

「騙人！」

「不打了。」

「又打了！」

民雄無話可說，前一次也是被和也看見，而再之前和也應該也看見了。民雄是個家暴慣犯，是個一動氣就會出手打妻子的丈夫。他的承諾不可信，即使他以自己的行徑為恥，還是無法遵守約定。

右側發出了聲響，民雄轉頭，孩子房間的紙門拉開了約十公分，紙門裡傳出棉被沙沙的聲響。女兒也看到了？女兒奈緒子看到這一幕大受打擊，躲進棉被裡了？女兒今年五歲，只要看到父親打母親的情景就會擔心受怕上好一陣子，還要擔心她尿床或口吃。雖然女兒以往曾目睹家暴，卻不明白發生了什麼事。

民雄又望向妻子，努力保持語氣平靜。

「對不起，我喝太多了。」

順子沒有回應。

民雄想上前看順子的臉，但是和也抱得更用力，民雄動不了。

民雄只好死心，又說一次：

「臉讓我看看，應該受傷了吧。」

順子慢慢放開臉上的雙手，挺直腰，但沒有正眼看民雄。只見順子左邊鼻孔流下一道紅痕。

民雄對和也說：

「和也，是爸爸不好，我不會再打媽媽，不會再打了。所以你放手，我要看看媽媽的傷勢。」

順子總算開口了：

「我沒事，這沒什麼。」

「妳流鼻血了。」

「馬上就會停。」順子說著，伸手要拿旁邊的毛巾。「你氣消了嗎？」

這是她最大的抗議，聽來有些諷刺。

民雄說：

「對不起，我道歉。」

「和也。」順子對兒子說：「你去冰箱拿冰塊出來，還有一條新毛巾。」

和也轉頭看順子，然後小心翼翼地鬆手離開民雄。

民雄打開冰箱拿冰塊，又從流理臺的抽屜拿出一條新毛巾，他才要走向順子，和也就緊張地靠上前，伸出雙手。民雄用毛巾包著冰塊，交給和也。

順子從和也手上接過毛巾，按在臉上。

民雄說：

「我知道力道很大，我們去醫院吧。」

順子還是沒有看民雄，只是回話：

「又要去警察醫院？這次就要留紀錄了。」

「妳得療傷，說不定還得照X光。」

「我沒事，沒有骨折，反正去了醫院也只是領個貼布而已。」

「也比那包冰塊好。」

順子板起臉，可能是麻痺階段過去，開始感覺疼痛了。

「也好。」順子沮喪地說：「或許領個止痛藥比較好。」

民雄想把睡衣換成便服，伸手要拉寢室紙門。

順子開口阻止：

「我自己去，你留在家裡吧。」

「可是……」

「如果你在旁邊，醫院會問你很多問題。」

「我會說實話。」

「沒關係，你喝醉了，我自己去就好。」

順子拿毛巾按著臉，站起身，和也憂心忡忡地盯著母親。

順子走往玄關，回頭說：

「關口整形這時間應該還有看診，我去那裡。」

民雄看向茶櫃上的時鐘，晚上八點四十五分，那間私人診所應該還開著。

民雄沒想到，今天竟然這麼快就喝到爛醉。

和也急著換衣服，趕上已經穿好鞋的母親。

「我也要去。」

順子搖搖頭。

「你不用跟來，待在家裡，快去睡覺。」

和也望向民雄，口氣很堅決。

「我不要。」

和也迅速穿好鞋，站在門口注視著順子。

順子說：

「可能會很晚喔。」

不清楚這話是說給和也聽，還是說給民雄聽。語氣像是對著孩子說，但也像在安撫民雄。我會晚回來，你要乖乖的喔。

母子倆走出玄關，關上門。警視廳高島平警察宿舍的走廊上，兩人的腳步聲漸漸遠去。

民雄回過頭，輕輕打開孩子房間的紙門，女兒縮在被窩裡背對著他，聽不見呼吸聲。可見女兒沒睡，只是繃起神經豎起耳朵。

對不起。

民雄在心中對女兒道歉，拉起紙門。

客廳矮桌上的啤酒瓶和玻璃杯都倒了，啤酒從矮桌流到了地毯。

民雄從流理臺拿了抹布過來，跪在矮桌邊擦拭打翻的啤酒。

他今天打順子的理由是什麼？長官說，他沒有希望調單位。碰到姓工藤的警察，聊天時想起了父親死去那天的經過。在高島平車站附近的居酒屋喝了燒酒，回家之後又向順子討啤酒。當時兒子和也與女兒奈緒子正要上床睡覺，他也換好了睡衣，坐在矮桌邊吃著晚餐的菜配啤酒。

一瓶啤酒喝完了，民雄說再來一瓶。平時他只喝一瓶，每次說要拿第二瓶，順子不都會這麼說嗎？

發生了什麼事？或今天怎麼了嗎？然後加上一句，啤酒只能喝一瓶喔。

這時民雄火氣上來了。感覺順子瞧不起他的人生，他的職涯，甚至他整個人。妳說什麼！就動手了。

反手就打了順子的臉，順子嗚咽了一聲踉蹌跌到牆邊去。不對，或許是挨打才跌倒的。這時孩子房間的紙門立刻打開，和也衝了出來。

民雄這才愣愣地起身。

他已經打了順子好多次，每次都是因為喝悶酒。有時候在外面喝太多，回來和順子吵架，吵得凶了就忍不住動手。

換句話說，民雄打順子都有一定的順序，喝悶酒，爛醉如泥，吵架，然後動手。

但是今天並不算喝到爛醉，也沒有太多爭吵，民雄卻突然動手。他根本沒有任何克制暴力的念頭，拳頭就直接揮出去了。

上次打順子約在一年前，順子衝出家門向鄰居求救，鄰居住著和民雄差不多年紀的巡查部長，轄區不同，但是在這裡住了很久。巡查部長見順子來求救，立刻趕來安撫民雄。

民雄家暴被其他警察看見了，即使喝得爛醉，民雄也知道情況嚴重。儘管家暴發生在自家裡，嚴重的話一樣會依傷害罪逮捕，一被逮捕就是革職。於是民雄聽鄰居的話猛灌水，躺到地鋪上。

後來，民雄極力避免喝到爛醉，心情惡劣時也會避免喝酒，要喝也很注意飲酒量和時間。他曾經對順子發誓，再也不會動粗，而且還補上一句，絕對不會在孩子們面前動手。

但是今天明明不怎麼醉，心情也不算惡劣，卻跳過了所有的順序，直接揮出拳頭。

民雄感到恐懼，難道他不僅沒治好恐慌症，還淪落到精神崩潰？家庭、社會和警察，都宣布了他應該要被淘汰？

民雄走向流理臺轉開水龍頭，探了一下是冰涼的自來水，就把臉湊過去沖洗。整張臉都用冷水沖過之後，隨手拿來杯子裝了水就喝。他剛喝完一瓶啤酒，肚子脹得很，勉強才喝了兩杯水。

民雄把杯子放在水槽裡，心想。

該是去看診的時候了。

醫師一臉親切，問民雄：

「好久不見，上次是……」

民雄說：

「約莫兩年前，剛好是名古屋連續殺人犯被逮捕的時候。」

這裡是飯田橋警察醫院的一所診間，心理醫師已經和民雄成了好友，點頭說：

「對啦，勝田案是吧。當時還有警視廳警官在柏市那邊搶地下錢莊，對吧？」

不愧是警察醫院的醫師，對警察幹的案子印象深刻。

「沒錯。」

「心理諮商如何？」

「也有兩年沒去了。」

「今天特地來，是出現什麼症狀了嗎？」

民雄猶豫片刻後回答：

「我打了順子。」

「很嚴重？」

「還好，沒把她打傷。」

騙人，至少有瘀傷，順子臉上得貼上好幾天的紗布。

醫師確認：

「常發生這種狀況？」

「沒有。」民雄想起一年前順子腫脹的臉頰。「已經隔一年了。」

「這段期間裡，你也有喝酒吧？」

「喝得都不多。」

「昨天喝得多嗎？」醫師低頭看了病歷問：「兩杯燒酒，一瓶啤酒，不像是喝太多啊。」

「我也不記得自己喝太多。」

「是不是感到比平常更沉重的壓力了？」

「嗯，和長官談到人事的問題，長官說我希望的調職不會過，或許是這個原因。」

醫師微笑。

「不管公務員還是民間企業的上班族，最大的壓力都在人事，出個問題就會讓你發作。」

「醫師也很清楚，我一直希望分發到巡邏課，不知道您怎麼診斷？還是沒辦法承受這份工作的壓力？」

醫師頓了一下才回答：

「我覺得可以，或許對你來說目前的工作才是壓力來源。」

「如果日後有人徵詢醫師的意見，希望您也能這樣回答。」

「我會如實回答我的診斷。」

醫師蓋上了鋼筆，接著說：

「今天一樣開藥給你，你就繼續吃，這只能像剝洋蔥皮一樣，一道一道來治，記得不要擅自停藥。但是一碰到強烈的壓力，病情還是會惡化，只能請你盡量避免過著有壓力的生活。」

「我會努力。」

民雄道謝，從凳子上起身，離開診間。

民雄走下樓梯前往一樓的藥局窗口，發現走廊上有個熟人。

是窪田勝利，父親在警察練習所的同期，也是「沒有血緣的大伯」。窪田穿著西裝，目前的單位應該是新宿警署防犯課，階級是警部補，職位是股長。他總是站在第一線，維護新宿歌舞伎町的治安。

窪田也發現民雄，停下腳步。

「民雄，你怎麼在這裡？」

民雄反問：

「窪田世伯又是怎麼了？」

「做檢查，肚子有點痛。」

難怪，窪田臉色發黃，一看就是肝不好的樣子，是因為喝酒？

「那邊坐吧。」窪田指著候診室的空長凳。「你該不會是來看精神疾病的吧？」

「是，一直沒辦法治好。」

「難免的。」窪田邊走邊說：「你在公安大案頻傳的時期當臥底，就像民間上班族一直加班加到憂鬱症那樣吧。休息去，別逞強，慢慢治療就行了。警視廳可以等你痊癒。你現在在巢鴨？」

「對，警務課。」

窪田坐上了長凳。

民雄坐在窪田旁邊。

「我覺得要治好這個病，最好的辦法就是當上駐在警官。」

「你爸當初也是想當個駐在警官，好像就在你這個年紀，被分發到天王寺駐在所服勤是吧？」

「比現在的我還年輕一歲。」

「你目前是巡查部長？」

「對，三年前升的。」

「總廳怎麼沒讓你走大學畢業組的路？不然你現在也該是警部補了。」

「因為我沒辦法聽話當公安刑警啊。」

「但學歷還是學歷啊。」

「我是以高中畢業學歷當上警察，按照命令才去讀大學，並沒有專心念書啦。」

「話雖如此……」

「對我來說，走大學路線升官，還不如當駐在警官來得重要。」

「你要繼承你爸的衣缽啊，真令人羨慕。」

「我並不打算繼承什麼，只是從小就想當個和父親一樣的警官。」

「要不是那件案子的話，你爸一定會有個出色的警官生涯。」

民雄詢問窪田：

「果然是案件，對吧？」
窪田點頭。
「我至今都不認為那是自殺，而且……」
「而且？」
窪田往候診室四處張望，好像準備要說什麼祕密。
「你爸當年注意到兩個案件，說明白了，就是他想暗中調查。」
這還是第一次聽說，窪田和其他世伯從來都沒提過。
「什麼樣的案子？」
「老案子囉。」
「我想也是。」
「第一件是你爸在上野警署公園前派出所服勤時期，一名年輕男妓在不忍池畔遇害，應該是昭和二十三年的事了。」
「為什麼父親會在意這案子？」
「因為被害人死在他的管區裡，也是他的朋友。」
「這案子變冷案了嗎？」
「對，一開始成立了搜查總部，但遲遲找不到凶手。」
「另一件呢？」
「你爸在動物園前派出所服勤的時候，谷中墓地裡發生了凶殺案。」
「殺人案？」

「對，一名年輕的鐵路員被殺害，這也成了冷案。」

「什麼時候發生的？」

「應該是昭和二十八年，你爸調去天王寺派出所的前幾年。」

「父親也認識被害人嗎？」

「我想不認識，但是當時發現屍體的地方就在你們家的長屋後面。對你爸來說，那是他要管的案子。」

民雄想起了小時候的住處，記憶有點模糊了。長屋巷尾有道牆壁，牆的另一頭就是谷中墓地。父親死後，一家人又在谷中住了一陣子。搬離駐在所之後，就搬進谷中的公寓，谷中就像是民雄的搖籃，是熟悉的光景，也是許多出身農村之人的故鄉。

一名護士拿著文件走到旁邊，對著候診室裡的病患大喊：

「窪田先生，窪田先生？」

窪田起身。

「對了，我聽早瀨提過，香取這次好像要調去哪個警署當課長，已經內定了。」

護士來到窪田面前。

「窪田先生嗎？」

「就是我。」

「要做檢查了，這邊請。」

窪田點頭，然後對民雄說：

「等我身體好點，再和你好好聊這件事。」

「麻煩您了。」

窪田走向走廊那一頭。

四個月後。

走在醫院的長廊上，窪田的夫人絹子小聲說著：

「我先生早知道患了肝癌，卻沒告訴我，也沒告訴醫生。他只說肝功能衰退了，請安城先生也裝作沒聽說肝癌的事吧。」

民雄低聲回答：

「我了解了，可以談多久？」

「希望在五分鐘內，他現在連說話都有困難了。」

「是。」

來到病房前面，夫人停下腳步，民雄也在病房門前站定，調整呼吸。

絹子夫人輕輕敲了門。

沒等房裡回應，夫人就用右手拉開房門，接著表情一變，擠出了笑臉來。

民雄也連忙趕走臉上的同情與擔憂。

「安城先生來了。」夫人走進房間這麼說。

民雄捧著花束和點心禮盒，跟著夫人進去。

窪田躺在床上，病床前半往上升，形成一個角度，看起來像窪田挺起上半身一樣。

窪田望向民雄，民雄差點脫口驚呼。窪田的臉瘦到剩皮包骨，眼窩下陷，顴骨突出，臉色比前一次見面更焦黃，皮膚完全沒有光澤。

窪田的表情看來有些開心。

「您好。」民雄試圖保持鎮定。「原本很擔心呢，看您氣色還不錯。」

憔悴的窪田苦笑。

「胡說。」

民雄把禮物和花束交給夫人，坐在病床旁邊的凳子上。夫人帶著花束離開病房。

窪田盯著民雄好一會兒，眼神透著些懷念。

「請您好好休養。」民雄說：「痊癒是第一優先。」

窪田說：

「你跟你爸一個樣子。」

「大家都這麼說。」

說得氣若游絲，但勉強聽得清楚。

「今天找你來，就是要談你爸掛心的案子。」

民雄心想大概也是這麼回事。昨天接到絹子夫人的電話，夫人說窪田想聊聊民雄父親的事，然後才說窪田罹患了肝癌。

「您是說，父親在查兩件殺人案的真相對吧。」

「男妓之死，還有國鐵男孩的凶殺案。」

「父親當時鎖定凶手了嗎？」

窪田搖搖頭，看來他沒力氣說太多話，只好搖頭替代。

民雄接著問：

「但應該有查到些什麼？」

「有。」窪田回答：「凶手是同一人，關鍵就是那一區。」

「那一區？」

「上野和谷中。」

「就在隔壁啊。兩個案件相隔很多年，案發地卻很近。」

「凶手就在那裡。」

民雄吃了一驚，父親竟然查到了這個地步？

「是指那一帶的居民嗎？當時查得很仔細了？」

「不對，不是居民，你爸說過，是個在那一帶活動的男人。」

「是男人，代表父親查清楚了嗎？」

「似乎是因為殺人手法。」

「凶手在那裡活動是什麼意思？不是居民的話，為什麼會在那裡出沒？」

「你爸沒有解釋那麼多，或許是在那裡幹活的人。」

「所以是在上野或谷中工作的男人？當時警方判定是同一名凶手嗎？」

「應該沒有，但是你爸查到那一步了。」

「什麼時候查到的？」

「應該是當上駐在警察之後。」

民雄突然想到，這難道和父親的死有關？

這天很熱，民雄卻渾身發涼，就像有冰塊從背後滑落一樣。

民雄稍微靠向窪田。

「這件事是否和父親的死有關？」

「不曉得。」窪田搖搖頭。「之後我才想到這個可能，而且老實說，也是最近才又想起來。」

「您有什麼頭緒嗎？」

「有，」窪田呼吸急促，或許是有點激動。「有啊。」

聽起來已經分不清是在說話還是喘氣了。

夫人拿著花瓶回到病房。

民雄一看夫人的表情，就知道她希望到此為止。

民雄又看了窪田一眼，窪田抿起嘴盯著天花板，彷彿在說我知道的全都說給你聽了。

民雄站起身。

「窪田世伯，務必好好休養。賞楓、泡個溫泉都好。這件事就由我來查下去。」

窪田微笑瞇起了眼。

民雄鞠躬之後離開病房，卻沒想到這是他最後一次和窪田說話。

探病後兩個月，窪田因肝癌過世，從發現到死亡不過短短半年。畢竟發現時已經是末期了。窪田一發現就住院，再也沒有出院，還差三年就退休，卻這麼走了。

葬禮在新宿區落合的齋場[14]舉辦。

昭和六十（一九八五）年九月底，熱得不像是晚夏，民雄這天穿著便服趕去守靈，見到另外兩位世伯，香取茂一和早瀨勇三。

民雄已經超過五年沒見過這兩人，只互相寄了賀年卡。

香取一把年紀，頭髮仍烏黑茂密，抹油往後貼平，身型肥胖，下巴變成了三層。民雄打招呼，得知香取正在下谷警署的巡邏課服務。

早瀨的頭髮則稀疏許多，剩下的也都白了，五官看來還是帶點刻薄，聽說從年輕時就是這樣。或許是因為他都快退休了，還待在警視廳公安部的緣故，那個部門會消磨掉一個人的誠懇與爽朗。

民雄上了香之後，香取和早瀨找他去東西線落合車站旁邊的酒館。

「怎麼樣？」早瀨問：「現在哪個單位？」

「巢鴨警署。」民雄回答：「警務課。」

香取聽了訝異地說：

「你在警務課？」

「對，上面一直不肯放我走。」

「你不是好了嗎？」他也知道民雄患有精神疾病。「還是不行？」

「只要沒碰到太強烈的壓力，應該沒問題，但是不能應付黑道或當臥底。我一直向上面申請調去巡邏。」

早瀨問：

「你現在是警部補？」

民雄轉向早瀨。

「不是，是巡查部長。」

「難得念完大學了吧？去考試了嗎？」

「沒有，我不希望人家說我連巡邏都沒去過，只會窩在輕鬆的位子上準備考試。」

「誰在意這種事？」

「我想那些升不了官的同事會在意。」

「你不升官，打算在警察組織裡面幹什麼？」

「幹巡查，我希望在駐在所當駐在警察。」

香取放下手邊的啤酒杯，擦了擦嘴角。

「你爸也一直想著要當駐在警官，好不容易當上了，卻發生那種事。」

「父親是我的目標。」

早瀨問：

「你爸死了幾年？三十年了嗎？」

「二十八年。」

香取說：

「難得出了個第二代警察，警視廳怎麼不乾脆把你分發到一樣的駐在所？這對所有警視廳的警官來說，都是一樁佳話啊。」

早瀨說：

「這聽起來像駐在勤務成了世襲特權啊。」

14　原為神道教的法事場地，後來泛指舉辦葬禮的場地。

香取偏了偏頭。

「會嗎？早瀨兄的兒子說要當警察的時候，你不也很開心嗎？」

民雄聽說早瀨的兒子也進了警視廳，應該是大學畢業錄取的。

早瀨的口氣卻顯得有點不自然。

「我倒希望他別選這麼一個苦差事。」

香取靈機一動。

「民雄，我目前在下谷警署的巡邏課，天王寺駐在所的巡查再過一年就要退休了。你若能先調來我們的巡邏課，應該是最快的捷徑。」

下谷警署是轄區警署，整合過去的坂本警署和谷中警署，天王寺町也在它的轄區裡。下谷警署管轄天王寺駐在所裡的巡查要退休……這可是他夢寐以求的接班機會，如果錯失了，至少五、六年都不可能調到自己想去的單位。

早瀨問香取：

「你是說你這課長可以安排？」

「對啊。」香取回答早瀨：「我和現在的副署長以前是股長和主任的關係，當初就是副署長帶我調來下谷警署。我會在下谷警署做到退休，安排一下不成問題。巡邏裡的人事，肯定是我說了算。」

早瀨進一步確認：

「你先把民雄拉到下谷警署，等現在的駐在警官退休，就讓民雄補缺？」

「沒錯，副署長一定會接受，而且副署長的提議，署長只會點頭。」

「警視廳裡應該有不少人想調去天王寺駐在所。」

「轄區說話最有分量。再說，想當駐在警察一定要對那區很熟，八成是下谷警署巡邏課的人中選。」

早瀨凝視著民雄。

「這招還不錯，你覺得呢？」

民雄點點頭，他完全同意。

香取說：

「你爸在你這個年紀，就在那駐在所裡結束了他的警官生涯。你要接下他的棒子，努力當個你爸想當的駐在警察。」

「是，如果能分發過去，我全力以赴。」

早瀨搖搖頭。

「當警察不必太逞強，只要做好駐在警察分內的工作，也就夠了。」

香取似乎不同意這話，噘起了嘴。

「總之你來我們這裡，治好心裡的病吧。」

看來民雄的夢想終於要實現了。他從報考警察學校那時起就做著這個夢，如今真的要實現了嗎？果真如此，他內心的病想必會大為改善，至少不會再對順子動手了。即使碰到了令人憤怒的事，也一定能順利克服的。

民雄將雙手放在桌上，對眼前兩位世伯深深鞠躬。

〈上集完〉

警官之血（上）
警官の血

作　　者　佐佐木讓
譯　　者　李漢庭
社　　長　陳蕙慧
副總編輯　戴偉傑
特約編輯　周奕君
行銷企畫　陳雅雯、尹子麟、汪佳穎
封面設計　POULENC
內頁排版　極翔企業有限公司

集團社長　郭重興
發行人兼出版總監　曾大福
印　　務　黃禮賢、林文義
出　　版　木馬文化事業股份有限公司
發　　行　遠足文化事業股份有限公司
地址　231新北市新店區民權路108之4號8樓
電話　02-22181417　傳真　02-86671065
Email: service@bookrep.com.tw
郵撥帳號　19588272　木馬文化事業股份有限公司
客服專線　0800221029
法律顧問　華洋國際專利商標事務所　蘇文生 律師
印　　刷　前進彩藝有限公司
初　　版　2021年9月
定　　價　新台幣700元（上／下冊不分售）
ISBN　978-626-314-016-5

有著作權，侵害必究
歡迎團體訂購，另有優惠，請洽業務部02-22181417分機1124、1135

特別聲明：有關本書中的言論內容，不代表本公司 / 出版集團之立場與意見，
文責由作者自行承擔。

KEIKAN NO CHI (JOU)
Copyright © Joh Sasaki 2007
Originally published in Japan by SHINCHOSHA Publishing Co., Ltd.
Traditional Chinese translation rights arranged with SHINCHOSHA Publishing Co., Ltd.
Through AMANN CO., LTD.

國家圖書館出版品預行編目(CIP)資料

警官之血 / 佐佐木讓著；李漢庭譯. -- 初版. -- 新北市：木馬文化事業股份有限公司出版：遠足文化事業股份有限公司發行, 2021.09
2冊；14.8×21公分
ISBN 978-626-314-016-5（全套：平裝）

861.57　　110011804